U0689196

# 人间孤独，却有温度

余秋雨 蒋勋 白先勇 等著

华语文坛
名家散文
精  选

浙江文艺出版社
Zhejiang Literature & Art Publishing House

图书在版编目（CIP）数据

人间孤独，却有温度 / 余秋雨等著. -- 杭州：浙江文艺出版社，2022.2
ISBN 978-7-5339-6675-1

Ⅰ.①人… Ⅱ.①余… Ⅲ.①散文集 – 中国 – 当代 Ⅳ.①I267

中国版本图书馆CIP数据核字(2021)第225268号

责任编辑：陈园

本书由台湾远见天下文化出版股份有限公司授权出版，限在中国大陆地区发行

## 人间孤独，却有温度

余秋雨　蒋勋　白先勇　等著

全案策划

联合读创（北京）文化传媒有限公司

出版发行

浙江文艺出版社

杭州市体育场路347号　邮编 310006

浙江省新华书店集团有限公司 经销

天津光之彩印刷有限公司 印刷

2022年2月第1版　2022年2月第1次印刷
880毫米×1230毫米　32开本　9印张
印数：1-15000　字数：185千字
书号：ISBN 978-7-5339-6675-1
定价：56.00元

# 目录

I

蒋勋

白先勇

余光中

司马中原

张晓风

壹 | 岁 月 如 流

蒋 勋

　　1947 年生于西安，福建长乐人。1950 年赴台，小时候住在台北大龙峒。蒋勋早在学生时代就开始涉猎绘画、戏剧、佛学、西洋音乐，以及文、史、哲学，后来又远赴法国巴黎第一大学艺术史研究所，攻读音乐史、戏剧史、文学史及社会史课程。1981 年，受邀参加美国艾奥瓦大学国际写作计划。曾任《雄狮美术》月刊主编，淡江大学、辅仁大学、台湾大学副教授，东海大学美术系创系主任，现从事写作及中国美术研究工作。曾获中兴文艺奖章、吴鲁芹散文奖等。

我喜欢中国人的除夕。年事增长，再到除夕，仿佛又回到了那领压岁钱的欢欣。我至今仍喜欢"压岁钱"这三个字，那样粗鄙直接，却说尽了对岁月的惶恐、珍重，和一点点的撒赖与贿赂。

# 无关岁月

时间其实是一条永不停止的长河，无法从其中分割出一个截然的段落。我们把时间划分成日、月、年，是从自然借来某一种现象，以地球、月球、太阳或季节的循环来假设时间的段落；时间，也便俨然似乎有了起点和终点，有了行进和栖止，有了盛旺和凋零，可以供人感怀伤逝了。

"抽刀断水水更流"，在岁月的关口，明知道这关口什么也守不住，却因为这虚设的关口，仿佛也可以驻足流连片刻，可以掩了门关，任他外面急景凋年，我自与岁月无关啊！

今日的过年是与我童年相差很大了。

在父母的观念中，过年是一件了不得的大事。一九五〇年许，我们从大陆迁台，不仅保留了故乡过年的仪节规矩，也同时增加了不少本地新的习俗。我孩童时代的过年，便显得异常热闹忙碌。

母亲对于北方过年的讲究十分坚持。一进腊月，各种腌腊风干的食物，便用炒过的花椒盐细细抹过，浸泡了酱油，用红绳穿挂了，一一吊晒在墙头竹竿上。

用土坛封存发酵的豆腐乳、泡菜、糯米酒酿，一缸一瓮静静置于屋檐角落。我时时要走近去，把耳朵俯贴在坛面上，仿佛可以听到那平静厚实的稳重大缸下酝酿着美丽动人的声音。

母亲也和邻居本地妇人们学做了发粿和闽式年糕。

碾磨糯米的石磨现在是不常见到了。那从石磨下汩汩流出的白色米浆，被盛放在洗净的面粉袋中，扎成饱满厚实胖鼓鼓的样子，每每逗引孩子们禁不住去戳弄它们。水分被挤压以后凝结的白色的米糕，放在大蒸笼里，底下加上彻夜不熄的炽旺的大火，那香甜的气味，混杂着炭火的烟气便日夜弥漫我们的巷弄。放假无事的孩童，在各处忙碌的大人脚边钻窜着，驱之不去，连那因为蒸年糕而时常引发的火警、消防车当当赶来的急迫和匆促，也变成心中不可解说的紧张与兴奋。

早年台湾普遍经济状况并不富裕的情况下，过年的确是一种兴奋的刺激，给贫困单调的生活平添了一个高潮。

在忙碌与兴奋中，也夹杂着许多不解的禁忌。孩子们一再被提醒着不准说不吉祥的话。禁忌到了连同音字或一切可能的联想也被禁止着。单方面地禁止孩子，便不生什么实际的效果，母亲就干脆用红纸写了几张"童言无忌"，四处张贴在我们所到之处。

母亲也十分忌讳在腊月间打破器物，如果不慎失手打碎了盘碗，必要说一句："岁岁（碎碎）平安。"

这些小时候不十分懂，大了以后有一点厌烦的琐碎的行为，现今回想起来是有不同滋味的。

远离故土的父母亲，在异地暂时安顿好简陋的居处，稍稍歇息了久经战乱的恐惧不安，稍稍减低了一点离散、饥饿、流亡的阴影，他们对于过年的慎重，他们许多看来迷信的禁忌，他们对食物刻意丰盛的储备，今天看来，似乎都隐含着不可言说的辛酸与悲哀吧。

我孩童时的过年，便对我有着这样深重的意义，而特别不能忘怀的自然是过年的高潮——除夕之夜了。

除夕当天，母亲要蒸好几百个馒头。数量多到这样，过年以后一两个月，我们便重复吃着一再蒸过的除夕的馒头。而据母亲说，我们离开故乡的时候，便是家乡的邻里们汇聚了上百个馒头与白煮鸡蛋，送我们一家上路的。

馒头蒸好，打开笼盖的一刻，母亲特别紧张，她的慎重的表情也往往使顽皮的我们安静下来，仿佛知道这一刻寄托着她的感谢、怀念，她对幸福圆满简单到不能再简单的祝愿。

我当时的工作便是拿一支筷子，蘸了调好的红颜色，在每一个又胖又圆冒着热气的馒头正中央点一个鲜丽的红点。

在母亲忙着准备年夜饭的时候，父亲便裁了红纸，研了墨，用十分工整的字体在上面写一行小字："历代本门祖宗神位"。

父亲把这字条高高贴在白墙上，下面用新买的脚踏缝衣机做桌案，铺了红布，置放了几盘果点，两台蜡烛，因为连香炉也没有，便用旧香烟罐装了米，上面覆了红纸，端端正正插了三炷香。

香烟缭绕，我们都曾经依次跪在小竹凳上，向这简陋到不能再简陋的宗族的祖先神祠叩了头。

在人们的心中，如果还存在着对生命的慎重，对天地的感谢，对万物的敬爱与珍惜，便一定存在着这香烟缭绕的桌案吧。虽然简陋到不能再简陋，在我的记忆中，却如同华贵庄严的神庥俎豆，有我对生命的慎重，有我对此身所有一切的敬与爱，使我此后永远懂得珍惜，也懂得感谢。

我喜欢中国人的除夕。年事增长，再到除夕，仿佛又回到了那领压岁钱的欢欣。我至今仍喜欢"压岁钱"这三个字，那样粗鄙直接，却说尽了对岁月的惶恐、珍重，和一点点的撒赖与贿赂。而这些，封存在簇新的红纸袋中，递传到孩童子侄们的手上，那抽象无情的时间也仿佛有了可以寄托的身份，有许多期许，有许多期望。

## 白先勇

1937年生，广西桂林人。台湾大学外文系学士，美国艾奥瓦大学国际作家工作坊硕士。大学时期曾经和王文兴、欧阳子、陈若曦等几位外文系同学创办《现代文学》双月刊，后来又创办晨钟出版社。曾任美国加州大学圣芭芭拉分校教授，在东亚语言文化系讲授中国现代小说课程，于1994年退休。1997年，圣芭芭拉分校图书馆成立"白先勇资料特藏室"，收录其作品的各国译本与手稿。著有短篇小说集《游园惊梦》《台北人》，长篇小说《孽子》，散文集《树犹如此》等。

# 树犹如此——纪念亡友王国祥君

我家后院西隅近篱笆处曾经种有一排三株意大利柏树。这种意大利柏树（Italian cypress）原本生长于南欧地中海畔，与其他松柏皆不相类。树的主干笔直上伸，标高至六七十呎[1]，但横枝并不恣意扩张，两人合抱，便把树身圈住了，于是擎天一柱，平地拔起，碧森森像座碑塔，孤峭屹立，甚有气势。南加州滨海一带的气候，温和似地中海，这类意大利柏树，随处可见。有的人家，深宅大院，柏树密植成行，远远望去，一片苍郁，如同一堵高耸云天的墙垣。

我是一九七三年春迁入"隐谷"这栋住宅来的。这个地区叫"隐谷"（Hidden Valley），因为三面环山，林木幽深，地形又相当隐蔽，虽然位于市区，因为有山丘屏障，不易发觉。当初我按报上地址寻找这栋房子，弯弯曲曲，迷了几次路才发现，原来

---

[1] 英尺的旧称，1呎约为0.3米。

山坡后面，别有洞天，谷中隐隐约约，竟是一片住家。那日黄昏驱车沿着山坡驶进"隐谷"，迎面青山绿树，只觉得是个清幽所在，万没料到，谷中一住迄今，长达二十余年。

巴塞罗那道（Barcelona Drive）九百四十号在斜坡中段，是一幢很普通的平房。人跟住屋也得讲缘分，这栋房子，我第一眼便看中了，主要是为着屋前屋后的几棵大树。屋前一棵宝塔松，庞然矗立，颇有年份，屋后一对中国榆，摇曳生姿，有点垂柳的风味，两侧的灌木丛又将邻舍完全隔离，整座房屋都有树荫庇护，我喜欢这种隐遮在树丛中的房屋，而且价钱刚刚合适，当天便放下了定洋。

房子本身保养得还不错，不需修补。问题出在园子里的花草。屋主偏爱常春藤，前后院种满了这种藤葛，四处窜爬。常春藤的生命力强韧惊人，要拔掉煞费工夫，还有雏菊、罂粟、木槿都不是我喜爱的花木，全部根除，工程浩大，绝非我一人所能胜任。幸亏那年暑假，我中学时代的挚友王国祥从东岸到圣芭芭拉来帮我，两人合力把我"隐谷"这座家园重新改造，遍植我属意的花树，才奠下日后园子发展的基础。

王国祥那时正在宾州州立大学做博士后研究，只有一个半月的假期，我们却足足做了三十天的园艺工作。每天早晨九时开工，一直到傍晚五六点钟才鸣金收兵，披荆斩棘，去芜存菁，清除了几卡车的废枝杂草，终于把花园理出一个轮廓来。我与国祥都是生手，不惯耕劳，一天下来，腰酸背痛。幸亏圣芭芭拉夏天凉爽，在和风煦日下，胼手胝足，实在算不上辛苦。

圣芭芭拉附近产酒，有一家酒厂酿制一种杏子酒（Aprivert），清香甘洌，是果子酒中的极品，冰冻后，特别爽口。邻舍有李树一株，枝丫一半伸到我的园中，这棵李树真是异种，是牛血李，肉红汁多，味甜如蜜，而且果实特大。那年七月，一树累累，挂满了小红球，委实诱人。开始我与国祥还有点顾忌，到底是人家的果树，光天化日之下，采摘邻居的果子，不免心虚。后来发觉原来加州法律规定，长过了界的树木，便算是这一边的产物。有了法律根据，我们便架上长梯，国祥爬上树去，我在下面接应，一下工夫，我们便采满了一桶殷红光鲜的果实。收工后，夕阳西下，清风徐来，坐在园中草坪上，啜杏子酒，啖牛血李，一日的疲劳，很快也就消除了。

圣芭芭拉有"太平洋的天堂"之称，这个城的山光水色的确有令人流连低回之处，但是我觉得这个小城的一个好处是海产丰富：石头蟹、硬背虾、海胆、鲍鱼，都属本地特产。尤其是石头蟹，壳坚，肉质细嫩鲜甜，还有一双巨螯，真是圣芭芭拉的美味。那个时候美国人还不很懂得吃带壳螃蟹，码头上的鱼市场，生猛螃蟹，团脐一元一只，尖脐一只不过一元半。王国祥是浙江人，生平就好这一样东西，我们每次到码头鱼市，总要携回四五只巨蟹，蒸着吃。蒸蟹第一讲究是火候，过半分便老了，少半分又不熟。王国祥蒸螃蟹全凭直觉，他注视着蟹壳渐渐转红，叫一声"好！"，将螃蟹从锅中一把提起，十拿九稳，正好蒸熟。然后佐以姜丝米醋，再烫一壶绍兴酒，那便是我们的晚餐。那个暑假，我和王国祥起码饕掉数打石头蟹。那年我刚拿到终身教职，

《台北人》出版没有多久。国祥自加大柏克莱[1]毕业后，到宾州州大去做博士后研究是他的第一份工作，那时他对理论物理还充满了信心热忱。我们憧憬人生前景，是金色的，未来命运的凶险，我们当时浑然未觉。

园子整顿停当，选择花木却颇费思量。百花中我独钟茶花。茶花高贵，白茶雅洁，红茶秾丽，粉茶花俏生生、娇滴滴，自是惹人怜惜。即使不开花，一树碧亭亭，也是好看。茶花起源于中国，盛产于云贵高原，后经欧洲才传到美国来。茶花性喜温湿，宜酸性土，圣芭芭拉恰好属于美国的茶花带，因有海雾调节，这里的茶花长得分外丰蔚。我们遂决定，园中草木以茶花为主调，于是遍搜城中苗圃，最后才选中了三十多株各色品种的幼木。美国茶花的命名，有时也颇具匠心：白茶叫"天鹅湖"，粉茶花叫"娇娇女"，有一种红茶名为"艾森豪威尔将军"——这是十足的美国茶，我后院栽有一棵，后来果然长得伟岸钦奇，巍巍然有大将之风。

花种好了，最后的问题只剩下后院西隅的一块空地，屋主原来在此搭了一架秋千，架子撤走后便留空白一角。因为地区不大，不能容纳体积太广的树木，王国祥建议："这里还是种 Italian cypress 吧。"这倒是好主意，意大利柏树占地不多，往空中发展，前途无量。我们买了三株幼苗，沿着篱笆，种了一排。

---

[1] 即加州大学伯克利分校。

刚种下去，才三四呎高，国祥预测："这三棵柏树长大，一定会超过你园中其他的树！"果真，三棵意大利柏树日后抽发得傲视群伦，成为我花园中的地标。

十年树木，我园中的花木，欣欣向荣，逐渐成形。那期间，王国祥已数度转换工作，他去过加拿大，又转得州。他的博士后研究并不顺遂，理论物理是门高深学问，出路狭窄，美国学生视为畏途，念的人少，教职也相对有限，那几年美国大学预算紧缩，一职难求，只有几家名校的物理系才有理论物理的职位，很难挤进去，亚利桑那州立大学曾经有意聘请王国祥，但他却拒绝了。当年国祥在台大选择理论物理，多少也是受到李政道、杨振宁获得诺贝尔奖的鼓励。后来他进柏克莱，曾跟随名师，当时柏克莱物理系竟有六位获过诺贝尔奖的教授。名校名师，王国祥对自己的研究当然也就期许甚高。当他发觉他在理论物理方面的研究无法达成重大突破，不可能做一个顶尖的物理学家，他就断然放弃物理，转行到高科技去了。当然，他一生最高的理想未能实现，这一直是他的一个隐痛。后来他在洛杉矶休斯（Hughes）公司找到一份安定工作，研究人造卫星。海湾战争，美国军队用的人造卫星就是休斯制造的。

那几年王国祥有假期常常来圣芭芭拉小住，他一到我家，头一件事便要到园中去察看我们当年种植的那些花木。他隔一阵子来，看到后院那三株意大利柏树，就不禁惊叹："哇，又长高了好多！"柏树每年升高十几呎，几年间，便标到了顶，成为六七十呎的巍峨大树。三棵中又以中间那棵最为苗壮，要高出两侧一大截，成了一个山字形。山谷中，湿度高，柏树出落得苍翠欲滴，夕照的霞光映在上面，金碧辉煌，很是醒目。三四月间，园中的茶花全部绽放，树上缀满了白天鹅，粉茶花更是娇艳光鲜，我的花园终于春意盎然起来。

有一天，我突然发觉后院三棵意大利柏树中间那一株，叶尖露出点点焦黄来。起先我以为暑天干热，植物不耐旱，没料到才几天工夫，一棵六七十呎的大树，如遭天火雷殛，骤然间通体枯焦而亡。那些针叶，一触便纷纷断落，如此孤标傲世风华正茂的常青树，数日之间竟至完全坏死。奇怪的是，两侧的柏树却好端端的，依旧青苍无恙，只是中间赫然竖起槁木一柱，实在令人触目惊心，我只好教人来把枯树砍掉拖走。从此，我后院的西侧，便出现了一道缺口。柏树无故枯亡，使我郁郁不乐了好些时日，心中总感到不祥，似乎有什么奇祸即将降临一般，没有多久，王国祥便生病了。

那年夏天，国祥一直咳嗽不止，他到美国二十多年，身体一向健康，连伤风感冒也属罕有。他去看医生检查，验血出来，发觉他的血红素竟比常人少了一半，一分升只有六克多。接着医生替他抽骨髓化验，结果出来后，国祥打电话给我："我的旧病又复发了，医生说，是'再生不良性贫血'。"国祥说话的时候，声音还很镇定，他一向临危不乱，有科学家的理性与冷静，可是我听到那个长长的奇怪病名，就不由得心中一寒，一连串可怕的记忆，又涌了回来。

许多年前，一九六〇年的夏天，一个清晨，我独自赶到台北中心诊所的血液科去等候化验结果，血液科主任黄天赐大夫出来告诉我："你的朋友王国祥患了'再生不良性贫血'。"那是我第一次听到这个陌生的病名。黄大夫大概看见我满面茫然，接着对我详细解说了一番"再生不良性贫血"的病理病因。这是一种罕有的贫血症，骨髓造血机能失调，无法制造足够的血细胞，所以红血球[1]、血小板、血红素等通通偏低。这种血液病的起因也很复杂，物理、化学、病毒各种因素皆有可能。最后黄大夫十分严肃地告诉我："这是一种很严重的贫血症。"的确，这棘手的血液病，迄至今日，医学突飞猛进，仍旧没有发明可以根除的特效药，一般治疗只能用激素刺激骨髓造血的机能。另外一种治疗法便是骨髓移植，但是台湾那个年代，还没有听说过这种事情。那天我走出中心诊所，心情当然异常沉重，但当时年轻无知，对这种症病的严重性并不真正了解，以为只要不是绝症，总还有希望治愈。事实上，"再生不良性贫血"患者的治愈率，是极低极低的，大概只有百分之五的人，会莫名其妙自己复元。

王国祥第一次患"再生不良性贫血"时在台大物理系正要上三年级，这样一来只好休学，而这一休便是两年。国祥的病势开始相当险恶，每个月都需到医院去输血，每次起码五百西

---

1　红细胞的旧称。

西[1]。由于血小板过低，凝血能力不佳，经常牙龈出血，甚至眼球也充血，视线受到障碍。王国祥的个性中，最突出的便是他争强好胜，永远不肯服输的戆直脾气，是他倔强的意志力，帮他暂时抵挡住排山倒海而来的病灾。那时我只能在一旁替他加油打气，给他精神支持。他的家已迁往台中，他一个人寄居在台北亲戚家养病，因为看医生方便。常常下课后，我便从台大骑了脚踏车去潮州街探望他，那时我刚与班上同学创办了《现代文学》，正处在士气高昂的奋亢状态，我跟国祥谈论的，当然也就是我办杂志的点点滴滴。国祥看见我兴致勃勃，他也是高兴的，病中还替《现代文学》拉了两个订户，而且也成为这本杂志的忠实读者。事实上王国祥对《现代文学》的贡献不小，这本赔钱杂志时常有经济危机，我初到加州大学当讲师那几年，因为薪水有限，为筹杂志的印刷费，经常捉襟见肘。国祥在柏克莱念博士拿的是全额奖学金，一个月有四百多块生活费。他知道我的困境后，每月都会省下一两百块美元寄给我接济《现文》，而且持续了很长一段时间。他的家境不算富裕，在当时，那是很不小的一笔数目。如果没有他长期的"经援"，《现代文学》恐怕早已停刊。

我与王国祥十七岁结识，那时我们都在建国中学念高二，一开始我们之间便有一种异姓手足祸福同当的默契。高中毕业，本

---

[1] 即五百毫升。

来我有保送台大的机会，因为要念水利，梦想日后到长江三峡去筑水坝，而且又等不及要离开家，追寻自由，于是便申请保送台南成功大学，那时只有成大才有水利系。王国祥也有这个念头，他是他们班上的高才生，考台大，应该不成问题，他跟我商量好便也投考成大电机系。我们在学校附近一个军眷村里租房子住，过了一年自由自在的大学生活，后来因为兴趣不合，我重考台大外文系，回到台北。国祥在成大多念了一年，也耐不住了，他发觉他真正的志向是研究理论科学，工程并非所好，于是他便报考台大的转学试，转物理系。当年转学、转系又转院，难如登天，尤其是台大，王国祥居然考上了，而且只录取了他一名。我们正在庆幸，两人懵懵懂懂，一番折腾，幸好最后都考上与自己兴趣相符的校系。可是这时王国祥偏偏遭罹不幸，患了这种极为罕有的血液病。

西医治疗一年多，王国祥的病情并无起色，而治疗费用的昂贵已使得他的家庭日渐陷入困境，正当他的亲人感到束手无策的时刻，国祥却遇到了救星。他的亲戚打听到江南名医奚复一大夫医治好一位韩国侨生，他同样也患了"再生不良性贫血"，病况还要严重，西医已放弃了，却被奚大夫治愈。

我从小看西医，对中医不免偏见。奚大夫开给国祥的药方里，许多味草药中，竟有一剂犀牛角，当时我不懂得犀牛角是中药的凉血要素，不禁啧啧称奇，而且小小一包犀牛角粉，价值不菲。但国祥服用奚大夫的药后，竟然一天天好转，半年后已不需输血。

很多年后，我跟王国祥在美国，有一次到加州圣地亚哥¹世界闻名的动物园去观览百兽，园中有一群犀牛族，大大小小七只。那是我第一次真正看到这种神奇的野兽，我没想到近距离观看，犀牛的体积如此庞大，而且皮之坚厚，似同披甲戴铠，鼻端一角耸然，如利斧朝天，神态很是威武。大概因为犀牛角曾治疗过国祥的病，我对那一群看来凶猛异常的野兽，竟有一份说不出的好感，在栏前盘桓良久才离去。

我跟王国祥都太过乐观了，以为"再生不良性贫血"早已成为过去的梦魇，国祥是属于那百分之五的幸运少数。万没料到，这种顽强的疾病，竟会潜伏二十多年，如同酣睡已久的妖魔，突然苏醒，张牙舞爪反扑过来。而国祥毕竟已年过五十，身体抵抗力比起少年时，自然相差许多，旧病复发，这次形势更加险峻。自此，我与王国祥便展开了长达三年，共同抵御病魔的艰辛日子，那是一场生与死的搏斗。

鉴于第一次王国祥的病是中西医合治医好的，这一次我们当然也就依照旧法。国祥把二十多年前奚复一大夫的那张药方找了出来，并托台北亲友拿去给奚大夫鉴定，奚大夫更动了几样药，并加重分量；黄芪、生熟地、党参、当归、首乌等都是一些补血调气的草药，方子中也保留了犀牛角。幸亏洛杉矶的蒙特利公园市的中药行这些药都买得到。

---

1 即圣迭戈。

有一家叫"德成行"的老字号，是香港人开的，货色齐全，价钱公道。那几年，我替国祥去抓药，进进出出，与"德成行"的老板伙计也都熟了。因为犀牛属于受保护的稀有动物，在美国，犀牛角是禁卖的。开始"德成行"的伙计还不肯拿出来，我们恳求了半天，才从一只上锁的小铁匣中取出一块犀牛角，用来磨些粉卖给我们。但经过二十多年，国祥的病况已大不同，而且人又不在台湾，没能让大夫把脉，药方的改动，自然无从掌握。这一次，服中药并无速效。但三年中，国祥并未停用过草药，因为西医也并没有特效治疗方法，还是跟从前一样，使用各种激素；我们跟医生曾讨论过骨髓移植的可能，但医生认为，五十岁以上的病人，骨髓移植风险太大，而且寻找血型完全相符的骨髓赠者，难如海底捞针。

那三年，王国祥全靠输血维持生命，有时一个月得输两次。我们的心情也就跟着他血红素的数字上下而阴晴不定。如果他的血红素维持在九以上，我们就稍宽心，但是一旦降到六，就得准备，那个周末，又要进医院去输血了。国祥的保险属于凯撒公司（Kaiser Permanente），是美国最大的医疗系统之一。凯撒在洛杉矶城中心的总部是一连串延绵数条街的庞然大物，那家医院如同一座迷宫，进去后，转几个弯，就不知身在何方了。我进出那家医院不下四五十次，但常常闯进完全陌生的地带，跑到放射科、耳鼻喉科去。因为医院每栋建筑的外表都一模一样，一整排的玻璃门窗反映着冷冷的青光。那是一座卡夫卡式超现代建筑物，进到里面，好像误入外星。

因为输血可能有反应，所以大多数时间王国祥去医院，都是由我开车接送。幸好每次输血时间定在周末星期六，我可以在星期五课后开车下洛杉矶国祥住处，第二天清晨送他去。输血早上八点钟开始，五百西西输完要到下午四五点钟了，因此早上六点多就要离开家。

洛杉矶大得可怕，随便到哪里，高速公路上开一个钟头车是很平常的事，尤其在早上上班时间，十号公路塞车是有名的。住在洛杉矶的人，生命大部分都耗在那八爪鱼似的公路网上。由于早起，我陪着王国祥输血时，耐不住要打个盹，但无论睡去多久，一张开眼，看见的总是架子上悬挂着的那一袋血浆，殷红的液体，一滴一滴，顺着塑胶管往下流，注入国祥臂弯的静脉里去。那点点血浆，像时间漏斗的水滴，无穷无尽，永远滴不完似的。但是王国祥躺在床上却能安安静静地接受那八个小时生命浆液的挹注。他两只手臂弯上的静脉都因针头插入过分频繁而经常瘀青红肿，但他从来也没有过半句怨言。

王国祥承受痛苦的耐力惊人，当他喊痛的时候，那必然已经不是一般人所能负荷的痛苦了。我很少看到像王国祥那般能隐忍的病人，他这种斯多葛（Stoic）式的精神是由于他超强的自尊心，不愿别人看到他病中的狼狈。而且他跟我都了解到这是一场艰巨无比的奋斗，需要我们两个人所有的信心、理性以及意志力来支撑。我们绝对不能向病魔示弱，露出胆怯，我们在一起的时候，似乎一直在互相告诫：要挺住，松懈不得。

事实上，只要王国祥的身体状况许可，我们也尽量设法苦中作乐，每次国祥输完血后，精神体力马上便恢复了许多，脸上又浮现了红光，虽然明知这只是人为的暂时安康，我们也要趁这一刻享受一下正常生活。开车回家经过蒙特利公园时，我们便会到平日喜爱的饭馆去大吃一餐，大概在医院里磨了一天，要补偿起来，胃口特别好。我们常去"北海渔村"，因为这家广东馆港味十足，一道"避风塘炒蟹"非常地道。吃了饭便去租录像带回去看，我一生中从来没看过那么多"连续剧"，几十集的《红楼梦》《满清十三皇朝》《严凤英》，随着那些东拉西扯的故事，一个晚上很容易打发过去。

当然，王国祥也很关心世界大势。那一阵子，我们天天看电视，看到德国人爬到东柏林墙上喝香槟庆祝，王国祥跟我都拍手喝起彩来，那一刻，"再生不良性贫血"真的给忘得精光。

王国祥直到一九八八年才在艾尔蒙特（El Monte）买了一幢小楼房，屋后有一片小小的院子，搬进去不到一年，花园还来不及打点好，他就生病了。生病前，他在超市找到一对酱色皮蛋缸，上面有姜黄色二龙抢珠的浮雕，这对大皮蛋缸十分古拙有趣，国祥买回来，用电钻钻了洞，准备作花缸用。有一个星期天，他的精神特别好，我便开车载了他去花圃看花。我们发觉原来加州也有桂花，登时如获至宝，买了两棵回去移植到那对皮蛋缸中。从此，那两棵桂花，便成了国祥病中的良伴，一直到他病重时，也没有忘记常到后院去浇花。

王国祥重病在身，在我面前虽然他不肯露声色，他独处时内心的沉重与惧恐，我深能体会，因为当我一个人静下来时，我自己的心情便开始下沉了。

我曾私下探问过他的主治医生，医生告诉我，国祥所患的"再生不良性贫血"，经过二十多年，虽然一度缓解，但已经达到末期。他用"End stage"这个听来十分刺耳的字眼，他没有再说下去，我不想听也不愿意他再往下说。然而一个令人不寒而栗的问题却像潮水般经常在我脑海里翻来滚去：这次王国祥的病，万一恢复不了，怎么办？

事实上国祥的病情，常有险状，以至于一夕数惊。有一晚，我从洛杉矶友人处赴宴回来，竟发觉国祥卧在沙发上已是半昏迷状态，我赶紧送他上医院。那晚我在高速公路上起码开到每小时八十英哩[1]以上，我开车的技术并不高明，不辨方向，但人能急中生智，平常四十多分钟的路程，一半时间便赶到了。医生测量出来，国祥的血糖高到每分升合八百毫克，大概再晚一刻，他的脑细胞便要受损了。原来他长期服用激素，引发血糖升高。医院的急诊室本来就是一个生死场，凯撒的急诊室比普通医院的要大几倍，里面的生死挣扎当然就更加剧烈，只看到医生护士忙成一团，而病人围困在那一间间用白幔圈成的小隔间里，却好像完全被遗忘掉了似的，好不容易盼到医生来诊视，可是探一下头，人又不见了。我陪着王国祥进出那间急诊室多次，每次一等就等到天亮才有正式病房。

---

自从王国祥生病后，我便开始到处打听有关"再生不良性贫血"治疗的讯息。我在台湾看病的医生是长庚医学院的吴德朗院长，吴院长介绍我认识长庚医院血液科的主治医生施丽云女士。我跟施医生通信讨教并把王国祥的病历寄给她，与她约好，我去台湾时，登门造访。同时我又遍查大陆中医治疗这种病症的书籍杂志。我在一本医疗杂志上看到上海曙光中医院血液科主任吴正翔大夫治疗过这种病，大陆称为"再生障碍性贫血"，简称"再障"。同时我又在大陆报上读到河北省石家庄有一位中医师治疗"再障"有特效方法，并且开了一家专门医治"再障"的诊所。我发觉原来大陆这种病例并不罕见，大陆中西医结合治疗行之有年，有的病疗效还很好。于是我便决定亲自往大陆走一趟，也许能够寻访到医治国祥的医生及药方。我把想法告诉国祥，他说道："那只好辛苦你了。"王国祥不善言辞，但他讲话全部发自内心。他一生最怕麻烦别人，生病求人，实在万不得已。

　　一九九〇年九月，去大陆之前，我先到台湾，去林口长庚医院拜访了施丽云医师。施医生告诉我，她也正在治疗几个患"再生不良性贫血"的病人，治疗方法与美国医生大同小异。施医生看了王国祥的病历没有多说什么，我想她那时可能不忍告诉我，国祥的病，恐难治愈。

　　我携带了一大盒重重一叠王国祥的病历飞往上海，由我在上海的朋友复旦大学陆士清教授陪同，到曙光医院找到吴正翔大夫。曙光是上海最有名的中医院，规模相当大。吴大夫不厌其详以中医观点向我解说了"再障"的种种病因及治疗方法。曙光医院治疗"再障"也是中西合诊，一面输血，一面服用中药，长期调养，主要还是补血调气。吴大夫与我讨论了几次王国祥的病况，最后开给我一个处方，要我与他经常保持电话联络。我听闻浙江中医院也有名医，于是又去了一趟杭州，去拜访一位辈分甚高的老中医，老医生的理论更玄了，药方也比较偏。

有亲友生重病，才能体会得到"病急乱投医"这句话的真谛。当时如果有人告诉我喜马拉雅山顶上有神医，我也会攀爬上去乞求仙丹的。在那时，抢救王国祥的生命，对于我重于一切。

我飞到北京后的第二天，便由社科院袁良骏教授陪同，坐火车往石家庄去，当晚住歇在河北省政协招待所。

那晚在招待所遇见了一位从美国去的工程师，原本也是台湾留美学生，而且是成大毕业。他知道我为了朋友到大陆访医特来看我。我正纳闷，这样偏远地区怎会有美国来客，工程师一见面便告诉了我他的故事：原来他太太年前车祸受伤，一直昏迷不醒，变成了植物人。工程师四处求医罔效，后来打听到石家庄有位极负盛名的气功师，开诊所用气功治疗病人。他于是辞去了高薪职位，变卖房财，将太太运到石家庄接受气功治疗。他告诉我，每天有四五位气功师轮流替他太太灌气，他讲到他太太的手指已经能动，有了知觉，他脸上充满希望。

我深为他感动，是多大的爱心与信念，使他破釜沉舟，千里迢迢把太太护运到偏僻的中国北方来就医。这些年来我早已把工程师的名字给忘了，但我却常常记起他及他的太太，不知她最后恢复知觉没有。几年后我自己经历了中国气功的神奇，让气功师治疗好眩晕症，而且变成了气功的忠实信徒。当初工程师一番好意，告诉我气功治病的奥妙，我确曾动过心，想让王国祥到大陆接受气功治疗。但国祥经常需要输血，又容易感染疾病，实在不宜长途旅行。但这件事我始终耿耿于怀，如果当初国祥尝试气功，不知有没有复元的可能。

次晨，我去参观那家专门治疗"再障"的诊所，会见了主治大夫。其实那是一家极其简陋的小医院，有十几个住院病人，看样子都病得不轻。大夫很年轻，讲话颇自信，临走时，我向他买了两大袋草药，为了便于携带，都磨成细粉。我提着两大袋辛辣呛鼻的药粉，回转北京。

那已是九月下旬，天气刚入秋，是北京气候最佳时节。那是我头一次到北京，自不免到故宫、明陵去走走，但因心情不对，毫无游兴。我的旅馆就在王府井附近，离天安门不远。晚上，我信步走到天安门广场去看看，那片全世界最大的广场，竟然一片空旷，除了守卫的解放军，行人寥寥无几。那天晚上，我的心境就像北京凉风习习的秋夜一般萧瑟。在大陆四处求医下来，我的结论是，大陆也没有医治"再生不良性贫血"的特效药。王国祥对我这次大陆之行，当然也一定抱有许多期望，我怕又会令他失望了。

回到美国后，我与王国祥商量，最后还是决定服用曙光医院吴正翔大夫开的那张药方，因为药性比较平和。石家庄医生的两大袋药粉我也扛了回来，但没敢用。而国祥的病，却是一天比一天沉重了。头一年，他还支撑着去上班，但每天来回需开两小时车程，终于体力不支，而把休斯的工作停掉。幸亏他买了残障保险，没有因病倾家荡产。第二年，由于服用太多激素，触发了糖尿病，又因长期缺血，影响到心脏，发生心律不齐，逐渐行动也困难起来。

一九九二年一月，王国祥五十五岁生日，我看他那天精神还不错，便提议到"北海渔村"，去替他庆生。我们一路上还商谈着要点些什么菜，谈到吃我们的兴致又来了。"北海渔村"的停车场上到饭馆有一道二十多级的石阶，国祥扶着栏杆爬上去，爬到一半，便喘息起来，大概心脏负荷不了，很难受的样子。我赶忙过去扶着他，要他坐在石阶上休息一会儿。他歇了口气，站起来还想勉强往上爬。我知道，他不愿扫兴，我劝阻道："我们不要在这里吃饭了，回家去做寿面吃。"我没有料到，王国祥的病体已经虚弱到举步维艰了。

回到家中，我们煮了两碗阳春面，度过王国祥最后的一个生日。星期天傍晚，我要回返圣芭芭拉，国祥送我到门口上车，我在车中反光镜里，瞥见他孤立在大门前的身影，他的头发本来就有少年白，两年多来，百病相缠，竟变得满头萧萧，在暮色中，分外怵目。开上高速公路后，突然一阵无法抵挡的伤痛袭击过来，我将车子拉到公路一旁，伏在方向盘上，不禁失声大恸。我哀痛王国祥如此勇敢坚忍，如此努力抵抗病魔咄咄相逼，最后仍然被折磨得形销骨立。而我自己亦尽了所有的力量，去回护他的病体，却眼看着他的生命一点一滴耗尽，终至一筹莫展。我一向

26

相信人定胜天，常常逆数而行，然而人力毕竟不敌天命，人生大限，无人能破。

夏天暑假，我搬到艾尔蒙特王国祥家去住，因为随时会发生危险。八月十三日黄昏，我从超市买东西回来，发觉国祥呼吸困难，我赶忙打九一一叫了救护车来，用氧气筒急救，随即将他扛上救护车扬长鸣笛往医院驶去。去医院住了两天，星期五，国祥的精神似乎又好转了。他进出医院多次，这种情况已习以为常，我以为大概第二天，他就可以出院了。我在医院里陪了他一个下午，聊了些闲话，晚上八点钟，他对我说道："你先回去吃饭吧。"我把一份《世界日报》留给他看，说道："明天早上我来接你。"那是我们最后一次交谈。

星期六一早，医院打电话来通知，王国祥昏迷不醒，送进了加护病房。我赶到医院，看见国祥身上已插满了管子。他的主治医生告诉我，不打算用电击刺激国祥的心脏了，我点头同意，使用电击，病人太受罪。国祥昏迷了两天，八月十七日星期一，我有预感恐怕他熬不过那一天。中午我到医院餐厅匆匆用了便餐，赶紧回到加护病房守着。显示器上，国祥的心脏愈跳愈弱，五点钟，值班医生进来准备，我一直看着显示器上国祥心脏的波动，五点二十分，他的心脏终于停止。我执着国祥的手，送他走完人生最后一程。霎时间，天人两分，死生契阔，在人间，我向王国祥告了永别。

一九五四年，四十四年前的一个夏天，我与王国祥同时匆匆赶到建中去上暑假补习班，预备考大学。我们同级不同班，互相并不认识，那天恰巧两人都迟到，一同抢着上楼梯，跌跌撞撞，碰在一起，就那样，我们开始结识，来往相交，三十八年。

王国祥天性善良，待人厚道，孝顺父母，忠于朋友。他完全不懂虚伪，直言直语，我曾笑他说谎舌头也会打结。但他讲究学问，却据理力争，有时不免得罪人，事业上受到阻碍。王国祥有科学天才，物理方面应该有所成就，可惜他大二生过那场大病，脑力受了影响。他在休斯研究人造卫星，很有心得，本来可以更上一层楼，可是天不假年，五十五岁，走得太早。我与王国祥相知数十载，彼此守望相助，患难与共，人生道上的风风雨雨，由于两人同心协力，总能抵御过去，可是最后与病魔死神一搏，我们全力以赴，却一败涂地。

我替王国祥料理完后事回转圣芭芭拉，夏天已过。那年圣芭芭拉大旱，市府限制用水，不准浇洒花草。几个月没有回家，屋前草坪早已枯死，一片焦黄。由于经常跑洛杉矶，园中缺乏照料，全体花木黯然失色，一棵棵茶花病恹恹，只剩得奄奄一息，我的家，成了废园一座。我把国祥的骨灰护送返台，安置在善导寺后，回到美国便着手重建家园。草木跟人一样，受了伤须得长期调养。我花了一两年工夫，费尽心血，才把那些茶花一一救活。退休后时间多了，我又开始到处搜集名茶，愈种愈多，而今园中，茶花成林。我把王国祥家那两缸桂花也搬了回来，因为长大成形，皮蛋缸已不堪负荷，我便把那两株桂花移到园中一角，让它们入土为安。

冬去春来。我园中六七十棵茶花竞相开发，娇红嫩白，热闹非凡。我与王国祥从前种的那些老茶，二十多年后，已经高攀屋檐，每株盛开起来，都有上百朵。春日负暄，我坐在园中靠椅上，品茗阅报，有百花相伴，暂且贪享人间瞬息繁华。美中不足的是，抬望眼，总看见园中西隅，剩下的那两棵意大利柏树中间，露出一块愣愣的空白来，缺口当中，映着湛湛青空、悠悠白云，那是一道女娲炼石也无法弥补的天裂。

余光中

　　1928 年生于南京，卒于 2017 年，福建永春人。台湾大学外文系学士、美国艾奥瓦大学艺术硕士。曾担任台湾师范大学英语系教授、政治大学西语系主任，台大、东海、东吴、淡江四校兼任教授，香港中文大学中文系教授及系主任，台湾中山大学教授兼文学院院长及外文研究所所长。1954 年，与覃子豪、钟鼎文等友人创办"蓝星诗社"，并曾主编《蓝星诗刊》《现代文学》等刊物。曾获吴三连文艺奖、中山文艺奖等。余光中的创作涵盖新诗、散文、评论和翻译，至今已出版著译六十余部。

# 催魂铃

一百年前发明电话的那人，什么不好姓，偏偏姓"铃"（Alexander Bell），真是一大巧合。电话之来，总是从颤颤的一串铃声开始，那高调，那频率，那精确而间歇的发作，那一迭连声的催促，凡有耳神经的人，没有谁不悚然惊魂，一跃而起的。最吓人的，该是深夜空宅，万籁齐寂，正自杯弓蛇影之际，忽然电话铃声大作，像恐怖电影里那样。旧小说的所谓"催魂铃"，想来也不过如此了。王维的辋川别墅里，要是装了一架电话，他那些静绝清绝的五言绝句，只怕一句也吟不出了。电话，真是现代生活的催魂铃。电话线的天网恢恢，无远弗届，只要一线袅袅相牵，株连所及，我们不但遭人催魂，更往往催人之魂，彼此相催，殆无已时。古典诗人常爱夸张杜鹃的鸣声与猿啼之类，说得能催人老。于今猿鸟去人日远，倒是格凛凛不绝于耳的电话铃声，把现代人给催老了。

古人鱼雁往返，今人铃声相迫。鱼来雁去，一个回合短则旬月，长则经年，那天地似乎广阔许多。"晚来天欲雪，能饮一杯无?"那时如果已有电话,一个电话刘十九就来了,结果我们也就读不到这样的佳句。至于"断无消息石榴红",那种天长地久的等待,当然更有诗意。据说阿根廷有一位邮差,生就拉丁民族的洒脱不羁,常把一袋袋的邮件倒在海里,多少叮咛与嘱咐,就此付给了鱼虾。后来这家伙自然吃定了官司。我国早有一位殷洪乔,把人家托带的百多封信全投在江中,还祝道:"沉者自沉,浮者自浮,殷洪乔不能作致书邮!"

这位逍遥殷公,自己不甘随俗浮沉,却任可怜的函书随波浮沉,结果非但逍遥法外,还上了《世说新语》,成了任诞趣谭。如果他生在现代,就不能这么任他逍遥,因为现代的大城市里,电话机之多,分布之广,就像工业文明派到家家户户去卧底的奸细,催魂的铃声一响,没有人不条件反射地一弹而起,赶快去接,要是不接,它就跟你没了没完,那高亢而密集的声浪,锲而不舍,就像一排排嚣张的惊叹号一样,滔滔向你卷来。我不相信魏晋名士乍闻电话铃声能不心跳。

至少我就不能。我家的电话,像一切深入敌阵患在心腹的奸细,竟装在我家文化中心的书房里,注定我一夕数惊,不,数十惊。四个女儿全长大了,连"最小偏怜"的一个竟也超过了《边城》里翠翠的年龄。每天晚上,热门的电视节目过后,进入书房,面对书桌,正要开始我的文化活动,她们的男友们(?)也纷纷出动了。我用问号,是表示存疑,因为人数太多,讲的又全是广东话,我凭什么分别来者是男友还是天真的男同学呢?总之我一生没有听过这么多陌生男子的声音。电话就在我背后响起,当然由我推椅跳接，问明来由，便扬声传呼，辗转召来"他"要找的那个女儿。铃声算是镇下去了，继之而起的却是人声的哼哼唧唧，喃喃喋喋。被铃声惊碎了的静谧，一片片又拼了拢来，却夹上这么一股昵昵尔汝、不听不行、听又不清的涓涓细流，再也拼不完整。世界上最令人分心的声音，还是人自己的声音，尤其是家人的语声。开会时主席滔滔的报告，演讲时名人侃侃的大言，都可以充耳不闻，别有用心，更勿论公交车上、渡轮上不相干的人声鼎沸，唯有这家人耳熟的声音，尤其是向着听筒的窃窃私语、叨叨独白，欲盖弥彰，似抑实扬，却又间歇不定，笑嗔无常，最能乱人心意。你当然不会认真听下去，可是家人的声音，无论是音色和音调，太亲切了，不听也自入耳，待要听时，却轮到那头说话了，这头只剩下了唯唯诺诺。有意无意之间，一通电话，你听到的只是零零碎碎、断断续续的"片面之词"，在朦胧的听觉上，有一种半盲的幻觉。

好不容易等到叮咛一声挂回听筒，还我寂静，正待接上断绪，重新投入工作，铃声响处，第二个电话又来了。四个女儿加上一个太太，每人晚上四五个电话，催魂铃声便不绝于耳了。像一个现代的殷洪乔，我成了五个女人的接线生。有时也想回对方一句"她不在"，或者干脆把电话挂断，又怕侵犯了人权，何况还是女权，在一对五票的劣势下，怎敢冒天下之大不韪？

绝望之余，不禁悠然怀古，想没有电话的时代，这世界多么单纯，家庭生活又多么安静，至少房门一关，外面的世界就闯不进来了，哪像现代人的家里，肘边永远伏着这么一枚不定时的炸弹。那时候,要通消息,写信便是。比起电话来,书信的好处太多了。首先,写信阅信都安安静静,不像电话那么吵人。其次,书信有耐性和长性,收到时不必即拆即读,以后也可以随时展阅,从容观赏,不像电话那样即呼即应,一问一答,咄咄逼人而来。"星期三有没有空?""那么,星期四行不行?"这种事情必须当机立断,沉吟不得,否则对方会认为你有意推托。相比之下,书信往还,中间有绿衣人或蓝衣人作为缓冲,又有洪乔之误周末之阻等等的借口,可以慢慢考虑,转肘的空间宽得多了。书信之来,及门而止,然后便安详地躺在信箱里等你去取,哪像电话来时,登堂入室,直捣你的心脏,真是迅铃不及掩耳。一日二十四小时,除了更残漏断、英文所谓"小小时辰"之外,谁也抗拒不了那催魂铃武断而坚持的命令,无论你正做着什么,都得立刻放下来,向它"交耳"。周公"一沐三握发,一饭三吐哺",是为接天下之贤士,我们呢,是为接电话。谁没有从浴室里气急败坏地裸奔出来,一手提裤,一手去抢听筒呢?岂料一听之下,对方满口日文,竟是错了号码。

电话动口,书信动手,其实写信更见君子之风。我觉得还是老派的书信既古典又浪漫;古人"呼儿烹鲤鱼,中有尺素书"的优雅形象不用说了,就连现代通信所见的邮差、邮筒、邮票、邮戳之类,也都有情有韵,动人心目。在高人雅士的手里,书信成了绝佳的作品,进则可以辉照一代文坛,退则可以怡悦二三知己,所以中国人说它是"心声之献酬",西洋人说它是"最温柔的艺术"。但自电话普及之后,朋友之间要互酬心声,久已勤于动口而懒于动手，眼看这种温柔的艺术已经日渐没落了。其实现代人写的书信，甚至出于名家笔下的，也没有多少够得上"温柔"两字。

也许有人不服，认为现代人虽爱通话，却也未必疏于通信，耶诞新年期间，人满邮局信满邮袋的景象，便是一大例证。其实这景象并不乐观，因为年底的函件十之八九都不是写信，只是在印好的贺节词下签名而已。通信"现代化"之后，岂但过年过节，就连贺人结婚、生辰、生子，慰人入院、出院、丧亲之类的场合，也都有印好的公式卡片任你"填表"。"听说你离婚了，是吗？不要灰心，再接再厉，下一个一定美满！"总有一天会出售这样的慰问明信片的。所谓"最温柔的艺术"，在电话普及、社交卡片泛滥的美国，是注定要没落的了。

甚至连情书，"最温柔的艺术"里原应最温柔的一种，怕也温柔不起来了。梁实秋先生在《雅舍小品》里说："情人们只有在不能喁喁私语时才要写信。情书是一种紧急救济。"他没有料到电话愈来愈发达，情人情急的时候是打电话，不是写情书，即使山长水远，也可以两头相思一线贯通。以前的情人总不免"肠断萧娘一纸书"，若是"玉珰缄札何由达"，就更加可怜了。现代的情人只拨那小小的转盘，不再向尺素之上去娓娓倾诉。麦克卢汉说得好，"消息端从媒介来"，现代情人的口头盟誓，在十孔盘里转来转去，铃声叮咛一响，便已消失在虚空里，怎能转出伟大的爱情来呢？电话来得快，消失得也快，不像文字可以永垂后世，向一代代的痴顽去求印证。我想情书的时代是一去不返了，不要亚伯拉德和哀绿绮思¹，即使近如徐志摩和郁达夫的多情，恐也难再。

有人会说："电话难道就一无好处吗？至少即发即至，随问随答，比通信快得多啊！遇到急事，一通电话可以立刻解决，何必劳动邮差摇其鹅步，延误时机呢？"这我当然承认，可是我也要问，现代生活的节奏调得这么快，究竟有什么意义呢？你可以用电话去救人，匪徒也可以用电话去害人，大家都快了，快，又有什么意义？

　　　　客从远方来，遗我一书札；
　　　　上言长相思，下言久离别。
　　　　置书怀袖中，三岁字不灭；
　　　　一心抱区区，惧君不识察。²

在节奏舒缓的年代，一切都那么天长地久，耿耿不灭，爱情如此，一纸痴昧的情书，贴身三年，也是如此。在高速紧张的年代，一切都即生即灭，随荣随枯，爱情和友情，一切的区区与耿耿，都被机器吞进又吐出，成了车载斗量的消耗品了。电话和电视的恢恢天网，使五洲七海千城万邑缩小成一个"地球村"，四十亿兆民都迫到你肘边成了近邻。人类愈"进步"，这大千世界便愈加缩小。英国记者魏克说，孟买人口号称六百万，但

---

1　即阿伯拉尔和爱洛伊丝。
2　出自《古诗十九首·孟冬寒气至》。

是你在孟买的街头行走时，好像那六百万人全在你身边。据说有一天附带电视的电话机也将流行，那真是无所逃于天地之间了。《二〇〇一年：太空放逐记》[1]的作者克拉克曾说：到一九八六年我们就可以跟火星上的朋友通话，可惜时差是三分钟，不能"对答如流"。我的天，"地球村"还不够，竟要去开发"太阳系村"吗？

野心勃勃的科学家认为，有一天我们甚至可能探访太阳以外的太阳。但人类太空之旅的速限是光速，一位太空人从二十五岁便出发去织女星，长征归来，至少是七十七岁了，即使在途中他能因"冻眠"而不老，世上的亲友只怕也半为鬼了。"空间的代价是时间"，一点也不错。我是一个太空片迷，但我的心情颇为矛盾。从《二〇〇一年：太空放逐记》到《第三类接触》，一切太空片都那么美丽、恐怖而又寂寞，令人"念天地之悠悠，独怆然而涕下"。而尤其是寂寞，唉，太寂寞了。人类即使能征服星空，也不过是君临沙漠而已。

长空万古，渺渺星辉，让一切都保持点距离和神秘，可望而不可即，不是更有情吗？留一点余地给神话和迷信吧，何必赶得素娥青女都走投无路，"逼神太甚"呢？宁愿我渺小而宇宙伟大，一切的江河不朽，也不愿进步到无远弗届，把宇宙缩小得不成气象。

对无远弗届的电话与关山阻隔的书信，我的选择也是如此。在英文里，叫朋友打个电话来，是"给我一声铃"。催魂铃吗？不必了。不要给我一声铃，给我一封信吧。

---

1　即《2001：太空漫游》。

司马中原

本名吴延玫，1933 年生，江苏淮阴人。现专事写作，著有散文集、小说集约七十部。

# 蟋蟀

　　童年家宅的庭园很宽大，墙角蔓草丛生，后园更见荒芜，有许多砖堆和瓦砾。每到秋天，那些地方便是鸣虫们的天下了。秋虫夜吟声繁密而柔和，织成一阕伴人入梦的歌，像蝼蛄、蟋蟀、纺织娘、金铃子，偶尔也伴和着断续的蛙鼓。尤其在有月光的夜晚，坐在花坛边，倾听着秋夜自然的歌声，很使人着迷。

　　在鸣虫合组成的乐队里，蟋蟀该是主要的歌手了；其实，有些形状很像蟋蟀的鸣虫，并非真的蟋蟀，只能算是它们的亲族。一种体形特别大，满身褐红色油光的，我们管它叫"油葫芦"，别名"油叫鸡儿"，因为它们喜欢躲藏在温暖的灶缝里过冬，也有人称它为"躲壁儿虫"，它的叫声尖锐绵长，很像高音的唢呐。有一种体形特别小，背呈深褐黑色，有着长过尾叉的飞翅，我们管它叫"草蟋蟀"，它也不是蟋蟀的正种，它们到处飞跳，经常会飞到灯下来。它们的鸣声短促低弱，很容易辨别。还有一种，头部凸起，我们管它叫"棺材头"，把它看成不吉利的虫子。而正种蟋蟀，俗称"蛐蛐儿"，形体适中，形貌威武，雄的性好斗，尾生双叉。母的头部小，腹部大，翅短，尾生三叉，我们管它叫"三尾儿"。

最早我对蟋蟀懂得很有限，只知道这些，而且也从没想到翻砖弄瓦去捕捉它们。后来，我的一位远房姑丈从江南避乱到家里来，跟我讲起养蟋蟀和斗蟋蟀的故事，我才知道这种鸣虫，因为勇狠好斗的缘故，在古代就被人捕捉饲养着，作为斗乐娱人的玩物。那位姑丈自幼受到流风的感染，迷上了玩蟋蟀，一直到头发花白，仍然兴致不减，每当他提起蟋蟀的时候，就显得眉飞色舞，嗓门儿也大了起来。

据他说，蟋蟀有很多名贵的品种，愈是勇猛健壮勇于咬斗的，品价愈高。古代有人凭借经验，写了一部有关捕捉、辨识、饲养蟋蟀学问的书，叫作《蟋蟀谱》。他曾经看过，那部线装书一共有好多本。

他又告诉我一些关于捕捉蟋蟀的技巧、辨识品种的方法和饲养上应该注意的地方，比如捕蟋蟀，考究一些的人，要带着竹筒、捕网、柔软的扫子（用狗尾草制成，挑逗蟋蟀之用）等等的工具，不能在捕捉时伤着它们，即使弄断它一节触须，都是很大的损失。

因为蟋蟀打穴或巢居的地方不同，有的在土层下，有的在砖堆瓦缝里，有的甚至躲在成长中的辣椒里面，使人必须使用不同的捕捉方法，有的要灌之以水，有的要翻砖弄瓦，主要是要把它逼出来，然后用捕网扑获，装进刻有细缝的透空气的竹筒，携回去饲养。

但在夜晚，四处都是蟋蟀鸣叫的声音，怎样辨别哪只是上品的蟋蟀呢？他说："凡是鸣声粗洪嘹亮，平时不常鸣叫的，大多是好的蟋蟀，更有些极上品的，都有异物守穴，像蛇守穴的，蛤蟆守穴的，蜈蚣守穴的，你想捕捉它，非得先把那些异物驱除不可。"

蟋蟀既有无数珍贵的品种，他也就大略地告诉我一些：像紫牙、辣牙、麻头、毛项、蓝项、大翅……这些都算是最上乘的异品；一个人玩一辈子蟋蟀，也不见得遇上几只。一般的蟋蟀品评，多半是看它的体形是否壮健，斗志是否高昂。通常是身体狭长的，不敌身体粗圆的；身体粗圆的，又不敌身体方正的；而身体方正的，仍不敌前述的异品。

那位姑丈在我们家寄居不久就离去了，但我却迷起玩蟋蟀来了。凭着他教会我的那点知识，每个秋季，我都利用闲暇去捉蟋蟀，捉来之后，把它们分别养在铁罐或粗陶的器皿里，上面盖上玻璃片，喂给它石榴子或熟米粒，经常把这一盆和那一盆的蟋蟀放在一起，用扫子激怒双方，使它们舍生忘死地互相咬斗。有时双方势均力敌，能咬斗很久，都难分胜负；有时甫一接触，胜负立判，胜的剔翅扬须，发出得意的鸣叫，败的一声不响，被追逐得绕罐奔逃。经过咬斗的过程，产生了冠亚季殿，我管它们叫"头盆""二盆"……并在罐外写明它们的身份，再逐渐把新捉来的蟋蟀，参与过关斩将式的试验，先和末盆斗，如果斗赢了，便淘汰原有的，再胜，便逐级递升，完全使用奖优汰劣方法，加强我所饲养的蟋蟀的阵容。

在当时，老家小镇上也有些玩蟋蟀的人，有个陈姓的年轻医生最为著名，我把我捉得的头盆蟋蟀去挑战，想不到它竟以横扫千军的姿态，斗胜了他那些称王称霸的所有蟋蟀，使我这毛头孩子，被那些玩家另眼相看。

当我还不足八岁，已经算是玩蟋蟀的能手了。不过，逐渐我发现，在饲养方面，我还非常欠学。有个老玩家告诉我，把蟋蟀养在铁罐或光滑的器皿里，极为不妥，日子久了，会损伤它们爪上的斗毛。他养蟋蟀，都使用古老的瓦制的蟋蟀盆，那是专为饲养蟋蟀制造的器皿。有些名贵的蟋蟀盆，是用紫砂烧制的，和紫砂茶壶是同一种质料。那些蟋蟀盆的外面，有的烧出花纹，有的雕上草体的诗和词，盆底并注明了烧制的年代。我看过许多名贵的蟋蟀盆，大都是清代的，间有明代的，当然愈古远的愈值钱了。

有经验的老玩家又告诉我，早年在北地若干城镇里，都有专门开设的蟋蟀斗场，更有些人，靠着捕捉和饲养蟋蟀斗采维生的，那俨然成为一项特殊的行业了。据说斗场里立有很多的规矩，并设有公证人，双方的蟋蟀开斗前，先要用过笼引出盆来，先称体重，这倒与现代拳击所订的规矩差不多了。体重相当的，放入斗盆前，先行展览，使一旁博彩的人自由下注，斗场不管谁输谁赢，只收取一分水钱，因为以蟋蟀作为赌博的工具，使有些人满载而归，而有些人甚至输到倾家荡产。

我玩蟋蟀的兴趣，前后维持了四五年之久，经验也随着时间不断增加了。其间也听过许许多多前朝前代发生过的关于蟋蟀的故事，说是有个穷苦的人，无意中捉着一只蟋蟀，那只蟋蟀逃走了，旁边有只公鸡想啄食它，它竟然敢和公鸡相斗，一跳跳到公鸡头上去，咬住鸡冠。有人知道这事，便劝他把这只蟋蟀捧进京师去，献给一位玩蟋蟀成癖的王爷，准能得到厚赏，那人果真去献蟋蟀，结果竟然得到千金赏赐。……这类的故事太多了，只能当成缥缈的传闻罢了！

在我玩蟋蟀的岁月里，民间以蟋蟀博彩之风业已过去了。我所捕捉的蟋蟀倒真有几只名贵的异品，一次是在观音柳丛的根部捉得的，体形奇大，我管它叫"楚霸王"，因为一般蟋蟀和它咬斗，一交齿便败，从没撑过两个回合的。我一天让它咬斗十多次，过不久它便自己死掉了，也许是累死的。另一次在砖堆里捉住一只大翅，用它换得一个紫砂的蟋蟀盆子。我也捉到过麻头、紫牙，都用它们换了蟋蟀盆子，每年辛勤捕捉，使我拥有十多只很讲究的蟋蟀盆子，都是从老玩家那儿换来的。

后来，年纪略大了一点，突然觉得玩蟋蟀固然会使人人迷成癖，但把那种快乐寄放在蟋蟀同类相残的咬斗上，实在太残忍了。母亲为这事也曾责骂我，举出玩物丧志的例子，仔细说给我听。我也自觉每夜翻砖弄瓦，满身泥污，失去当年静坐着聆听自然虫吟的乐趣，便痛下决心，把那种癖好戒除了。但那些制作精致的蟋蟀盆子，我却珍藏着，直到战乱离家，我还把它们埋藏在地下。

人在战乱里成长，逐渐领悟到在时代的风暴中，一个必须肩负着更多思想和感觉的重量，奋力为更庄严的人生理想去贡献力量的人，自身命定不是有闲人，无须再去品尝古人的风月了。玩弄蟋蟀成风的中国，将是怎样的中国？如果说一族的文化精神，表现在民间广大的多面生活形态上，那么，玩蟋蟀的流风，消闲固然消闲，颓废也够颓废了，既用以赌博，又涉及残忍，哪有泱泱大国的温厚之风？这无疑是优美的传统文化中的一股逆流，真不知前朝前代，怎会有那许多有头脑有智慧的风雅之士，竟也会迷于它成好成癖的？

观诸先秦时代，我国浑莽的民风习尚，雄昂奋发，简朴单纯，方得开创出汉唐盛世。也许，人逢安乐饱暖之余，便会耽于逸乐罢？生活上贪闲图乐的花式繁多，人的精神便会在愈益升起的文明假象里松弛下去，多数社会人终生浮荡，白耗光阴，何止是百年积弱？仔细算来，怕有千年了！无怪早年有人以睡狮形容吾土吾民，安闲饱暖之余，狮子也会打盹的！若以历史为镜，照照当前呢？勤奋图强的固居多数，至少，少数都市生活的病态，使人有推陈出新之感，蟋蟀是不玩了，而旁的借口消闲的玩意儿还多着，仿佛忘却此地何地、今日何日了！

正因童年迷溺过玩蟋蟀罢？用它比映真实人生，使人很容易产生触类旁通的领悟，观诸人类种种历史愚行，仿佛都展现在蟋蟀盆中，不论它胜者瞿瞿，败者鼠鼠，只激起人无限的悲怜和慨叹！

而人毕竟为万物之灵，深知拥抱理想，秉持正义，历史上复国之战，仁义之师，值得人仰怀和称颂。而蟋蟀只是无知鸣虫，除了逞猛私斗，便别无所有。其间区分是极为明显的。

经历过战斗岁月和无尽长途，寄居岛上，转瞬间已度过半生；如今眼见一些青少年，荒游嬉乐，逞强私斗，仿佛我当年饲养在蟋蟀盆中的那些将军霸王，内心悲怜得直欲滴出血来。人间的战斗应是理性的，自觉的，有理想有选择的，为国族自由与生存而兴的战斗。那种血流五步的蟋蟀式的私斗，早该扬弃了！谁愿把自身当成蟋蟀，自己玩弄自己呢？

然而，忍心切责那些无知的黑发少年吗？社会是河床，少年是流水，有什么样的河床，便有什么样的流水罢？若从根检讨，社会上衮衮诸公能无汗颜之处吗？

窗外正是皓月当空的秋夜，山麓的鸣虫们，正繁密地吟唱着，温静而祥和，在如此安定繁荣中成长的小友们，你们都自具有极深的灵性、极高的慧根，该摆脱不正常的流风的浸染，多在自然的和谐里去领悟人生的真谛罢！去听听秋夜的鸣虫，感觉那种快乐的奥秘，便不会再学斗盆里剔翅扬须的蟋蟀了。

我虽是个愚鲁浅俗的人，愿将经验和思悟到的一得之愚，极为恳切地贡献给我关爱的小友们。

张晓风

笔名有晓风、桑科、可叵，1941 年生于浙江金华，江苏铜山人。东吴大学中文系毕业，曾任教于东吴大学、香港浸会学院、阳明大学。曾获中山文艺奖、吴三连文艺奖、联合报文学奖、洪建全儿童文学奖等。张晓风的创作跨越散文、小说、剧本、儿童文学等四个文类，著作近四十部。

# 只因为年轻啊

## 爱·恨

小说课上，正讲着小说，我停下来发问："爱的反面是什么？"

"恨！"

大约因为对答案很有把握，他们回答得很快而且大声，神情明亮愉悦，此刻如果教室外面走过一个不懂中国话的老外，随他猜一百次也猜不出他们唱歌般快乐的声音竟在说一个"恨"字。

我环顾教室，心里浩叹，只因为年轻啊，只因为太年轻啊。我放下书，说："这样说吧，譬如说你现在正谈恋爱，然后呢？就分手了，过了五十年，你七十岁了，有一天，黄昏散步，冤家路窄，你们又碰到一起了，这时候，对方定定地看着你，说：'×××，我恨你！'

"如果情节是这样的，那么，你应该庆幸，居然被别人痛恨了半个世纪，恨也是一种很容易疲倦的情感，要有人恨你五十年也不简单，怕就怕在当时你走过去说：'×××，还认得我吗？'对方愣愣地呆望着你说：'啊，有点面熟，你贵姓？'"

全班学生都笑起来，大概想象中那场面太滑稽太尴尬吧？

"所以说，爱的反面不是恨，是漠然。"

笑罢的学生能听得进结论吗？——只因太年轻啊，爱和恨是那么容易说得清楚的一个字吗？

## 受创

来采访的学生在客厅沙发上坐成一排，其中一个发问道："读你的作品，发现你的情感很细致，并且总是在关怀，但是关怀就容易受伤，对不对？那怎么办呢？"

我看了她一眼，多年轻的额，多年轻的颊啊，有些问题，如果要问，就该去问岁月，问我，我能回答什么呢？但她的明眸定定地望着我，我忽然笑了起来，几乎有点促狭的口气："受伤，这种事是有的——但是你要保持一个完完整整不受伤的自己做什么用呢？你非要把你自己保卫得好好的不可吗？"

她惊讶地望着我，一时也答不上话。

人生世上，一颗心从擦伤、灼伤、冻伤、撞伤、压伤、扭伤，乃至到内伤，哪能一点伤害都不受呢？如果关怀和爱就必须包括受伤，那么就不要完整，只要撕裂。基督不同于世人的，岂不正在那双钉痕宛在的受伤手掌吗？

小女孩啊，只因年轻，只因一身光灿晶润的肌肤太完整，你就舍不得碰撞就害怕受创吗！

## 经济学的旁听生

"什么是经济学呢？"他站在台上，戴眼镜，灰西装，声音平静，典型的中年学者。

台下坐的是大学一年级的学生，而我，是置身在这二百人大教室里偷偷旁听的一个。

从一开学我就昂奋起来，因为在课表上看见要开一门社会科学概论的课程，包括四位教授来设"政治""法律""经济""人类学"四个讲座。想起可以重新做学生，去听一门门对我而言崭新的知识，那份喜悦真是掩不住藏不严，一个人坐在研究室里都忍不住要轻轻地笑起来。

"经济学就是把'有限资源'做'最适当的安排'，以得到'最好的效果'。"

台下的学生沙沙地抄着笔记。

"经济学为什么发生呢？因为资源'稀少'，不单物质'稀少'，时间也'稀少'。而'稀少'又是为什么？因为，相对于'欲望'，一切就显得'稀少'了……"

原来是想在四门课里跳过经济学不听的，因为觉得讨论物质的东西大概无甚可观，没想到一走进教室来竟听到这一番解释。

"你以为什么是经济学呢？一个学生要考试，时间不够了，

49

书该怎么念，这就叫经济学啊！"

我愣在那里反复想着他那句"为什么有经济学——因为稀少——为什么稀少，因为欲望"而麻颤惊动，如同山间顽崖愚壁偶闻大师说法，不免震动到石骨土髓咯咯作响的程度。原来整场生命也可作经济学来看，生命也是如此短小稀少啊！而人的不幸却在于那颗永远渴切不止的有所索求、有所跃动、有所未足的心，为什么是这样的呢？为什么竟是这样的呢？我痴坐着，任泪下如麻不敢去动它，不敢让身旁年轻的助教看到，不敢让大一年轻的孩子看到。奇怪，为什么他们都不流泪呢？只因为年轻吗？因年轻就看不出生命如果像戏，也只能像一场短短的独幕剧吗？"朝如青丝暮成雪"，乍起乍落的一朝一暮间又何尝真有少年与壮年之分？"急罚盏夜阑灯灭"，匆匆如赴一场喧哗夜宴的人生，又岂有早到晚到早走晚走的分别？然而他们不悲伤，他们在低头记笔记。听经济学听到哭起来，这话如果是别人讲给我听的，我大概会大笑，笑人家的滥情，可是……

"所以，"经济学教授又说话了，"有位文学家卡莱亚这样形容：经济学是门'忧郁的科学'……"

我疑惑起来，这教授到底是因有心而前来说法的长者，还是以无心来渡脱的异人？至于满堂的学生正襟危坐是因岁月尚早，早如揭衣初涉的浅溪，所以才凝然无动吗？为什么五月山栀子的香馥里，独独旁听经济学的我为这被一语道破的短促而多欲的一生而又惊又痛泪如雨下呢？

50

# 如果作者是花

"年年岁岁花相似，岁岁年年人不同。"

诗选的课上，我把句子写在黑板上，问学生："这句子写得好不好？"

"好！"

他们的声音听起来像真心的，大概在强说愁的年龄，很容易被这样工整、俏皮而又怅惘的句子所感动吧？

"这是诗句，写得比较文雅，其实有一首新疆民谣，意思也跟它差不多，却比较通俗，你们知道那歌词是怎么说的？"

他们反应灵敏，立刻争先恐后地叫出来：

> 太阳下山明早依旧爬上来，
> 花儿谢了明年还是一样地开。
> 美丽小鸟飞去无影踪，
> 我的青春小鸟一样不回来，
> 我的青春小鸟一样不回来。

那性格活泼的干脆就唱起来了。

"这两种句子从感性上来说，都是好句子，但从逻辑上来看，却有不合理的地方——当然，文学表现不一定要合逻辑，但我还是希望你们看得出来问题在哪里。"

他们面面相觑，又认真地反复念诵句子，却没有一个人答得上来。我等着他们，等满堂红润而聪明的脸，却终于放弃了，只因太年轻啊，有些悲凉是不容易觉察的。

"你知道为什么说'花相似'吗？是因为陌生，因为我们不懂花，正好像一百年前，我们中国是很少看到外国人，所以在我们看起来，他们全是一个样子，而现在呢，我们看多了，才知道洋人和洋人大有差别，就算都是美国人，有的人也有本领一眼看出住纽约、旧金山和南方小城的不同。我们看去年的花和今年的花一样，是因为我们不是花，不曾去认识花、体察花。如果我们不是人，是花，我们会说：'看啊，校园里每一年都有全新的新鲜人的面孔，可是我们花却一年老似一年了。'同样的，新疆歌谣里的小鸟虽一去不回，太阳和花其实也是一去不回的。太阳有知，太阳也要说：'我们今天早晨升起来的时候，已经比昨天疲软苍老了，奇怪，人类却一代一代永远有年轻的面孔……'我们是人，所以感觉到人事的沧桑变化，其实，人世间何物没有生老病死，只因我们是人，说起话来就只能看到人的痛，你们猜，那句诗的作者如果是花，花会怎么写呢？"

"年年岁岁人相似，岁岁年年花不同。"他们齐声回答。

他们其实并不笨，不，他们甚至可以说很聪明，可是，刚才他们为什么全不懂呢？只因为年轻，只因为对宇宙间生命共有的枯荣代谢的悲伤有所不知啊！


## 高倍数显微镜


他是一个生物系的老教授，外国人，我认识他的时候他已经

52

退休了。

"小时候，父亲是医生，他看病，我就站在他旁边，他说：'孩子，你过来，这是哪一块骨头？'我就立刻说出名字来……"

我喜欢听老年人说自己幼小时候的事，人到老年还不能忘的记忆，大约有点像太湖底下捞起的石头，是洗净尘泥后的硬瘦剔透，上面附着一生岁月所冲积洗刷出的浪痕。

这人大概注定要当生物学家的。

"少年时候，喜欢看显微镜，因为那里面有一片神奇隐秘的世界，但是看到最细微的地方就看不清楚了，心里不免想，赶快做出高倍数的新式显微镜吧，让我看得更清楚，让我对细枝末节了解得更透彻，这样，我就会对生命的原质明白得更多，我的疑难就会消失……"

"后来呢？"

"后来，果然显微镜愈做愈好，我们能看清楚的东西，愈来愈多，可是……"

"可是什么？"

"可是我并没有成为我自己所预期的'更明白生命真相的人'，糟糕的是比以前更不明白了。以前的显微倍数不够，有些东西根本没发现，所以不知道那里隐藏了另一段秘密，但现在，我看得愈细，知道的愈多，愈不明白了，原来在奥秘的后面还连着另一串奥秘……"

我看着他清癯渐消的颊和清灼明亮的眼睛，知道他是终于

"认了"。半世纪以前，那意气风发的少年以为只要一架高倍数的显微镜，生命的秘密便迎刃可解，什么使他敢生出那番狂想呢？只因为年轻吧？只因为年轻吧？而退休后，在校园的行道树下看花开花谢的他终于低眉而笑，以近乎撒赖的口气说："没有办法啊，高倍数的显微镜也没有办法啊，在你想尽办法以为可以看到更多东西的时候，生命总还留下一段奥秘，是你想不通猜不透的……"

## 浪掷

开学的时候，我要他们把自己形容一下，因为我是他们的导师，想多知道他们一点。

大一的孩子，新从成功岭下来，从某一点上看来，也只像高四罢了。他们倒是很合作，一个一个把自己尽其所能地描述了一番。

等他们说完了，我忽然觉得惊讶不可置信，他们中间照我来看分成两类，有一类说"我从前爱玩，不太用功，从现在起，我想要好好读点书"，另一类说"我从前就只知道读书，从现在起我要好好参加些社团，或者去郊游"。

奇怪的是，两者都有轻微的追悔和遗憾。

我于是想起一段三十多年前的旧事，那时流行一首电影插曲（大约是叫《渔光曲》吧），阿姨舅舅都热心播唱。我虽小，听到"月儿弯弯照九州"觉得是可以同意的，却对其中另一句大为疑惑。

"舅舅，为什么要唱'小妹妹青春水里流（或"丢"？不记得了）'呢？"

"因为她是渔家女嘛，渔家女打鱼不能去上学，当然就浪费青春啦！"

我当时只知道自己心里立刻不服气起来，但因年纪太小，不会说理由，不知怎么吵，只好不说话，但心中那股不服倒也可怕，可以埋藏三十多年。

等读中学听到"春色恼人"，又不死心地去问，春天这么好，为什么反而好到令人生恼，别人也答不上来，那讨厌的甚至眨眨狎邪的眼光，暗示春天给人的恼和"性"有关。但事情一定不是这样的，一定另有一个道理，那道理我隐约知道，却说不出来。

更大以后，读《浮士德》，那些埋藏许久的问句都汇拢过来，我隐隐知道那里有一番解释了。

年老的浮士德，坐对满屋子自己做了一生的学问，在典籍册页的阴影中他乍乍瞥见窗外的四月，歌声传来，是庆祝复活节的喧哗队伍。那一霎间，他懊悔了，他觉得自己的一生都抛掷了，他以为只要再让他年轻一次，一切都会改观。中国元杂剧里老旦上场照例都要说一句"花有重开日，人无再少年"（说得淡然而确定，也不知看戏的人惊不惊动），而浮士德却以灵魂押注，换来第二度的少年以及因少年才"可能拥有的种种可能"。可怜的浮士德，学究天人，却不知道生命是一桩太好的东西，好到你无论选择什么方式度过，都像是一种浪费。

生命有如一颗神话世界里的珍珠，出于砂砾，归于砂砾，晶光莹润的只是中间这一段短短的幻象啊！然而，使我们颠之倒之甘之苦之的不正是这短短的一段吗？珍珠和生命还有另一个类同之处，那就是你倾家荡产去买一粒珍珠是可以的，但反过来你要拿珍珠换衣换食却是荒谬的，就连镶成珠坠挂在美人胸前也是无奈的，无非使两者合作一场"慢动作的人老珠黄"罢了。珍珠只是它圆灿含彩的自己，你只能束手无策地看着它，你只能欢喜或喟然——因为你及时赶上了它出于砂砾且必然还原为砂砾之间的这一段灿然。

而浮士德不知道——或者执意不知道，他要的是另一次"可能"，像一个不知是由于技术不好或是运气不好的赌徒，总以为只要再让他玩一盘，他准能翻本。三十多年前想跟舅舅辩的一句话我现在终于懂得该怎么说了，打鱼的女子如果算是浪掷青春的话，挑柴的女子岂不也是吗？读书的名义虽好听，而令人眼目为之昏眊，脊骨为之佝偻，还不该算是青春的虚掷吗？此外，一场刻骨的爱情就不算烟云过眼吗？一番功名利禄就不算滚滚尘埃吗？不是啊，青春太好，好到你无论怎么过都觉浪掷，回头一看，都要生悔。

"春色恼人"那句话现在也懂了，世上的事最不怕的应该就是"兵来有将可挡，水来以土能掩"，只要有对策就不怕对方出招。怕就怕在一个人正小小心心地和现实生活斗阵，打成平手之际，忽然阵外冒出一个叫宇宙大化的对手，他斜里杀出一记叫"春天"的绝招，身为人类的我们真是措手不及。对着排山倒海而来的桃红柳绿，对着蚀骨的花香、夺魂的阳光，生命的豪奢绝艳怎能不令我们张皇无措，当此之际，真是不做什么既要懊悔——做了什么也要懊悔。春色之叫人气恼跺脚，就是气在我们无招以对啊！

回头来想我导师班上的学生，聪明颖悟，却不免一半为自己的用功后悔，一半为自己的爱玩后悔——只因年轻啊，只因太年轻啊，以为只要换一个方式，一切就扭转过来而无憾了。孩子们，不是啊，真的不是这样的！生命太完美，青春太完美，甚至连一场匆匆的春天都太完美，完美到像喜庆节日里一个孩子手上的气球，飞了会哭，破了会哭，就连一日日空瘪下去也是要令人哀哭的啊！

所以，年轻的孩子，连这么简单的道理你难道也看不出来吗？生命是一个大债主，我们怎么混都是他的积欠户。既然如此，干脆宽下心来，来个"债多不愁"吧！既然青春是一场"无论做什么都觉是浪掷"的憾意，何不反过来想想，那么，也几乎等于"无论诚恳地做了什么都不必言悔"，因为你或读书或玩，或作战，或打鱼，恰好就是另一个人叹气说他遗憾没做成的。

——然而，是这样的吗？不是这样的吗？在生命的面前，我可以大发职业病做一个把别人都看作孩子的教师吗？抑或我仍然只是一个太年轻的蒙童，一个不信不服欲有所辩而又语焉不详的蒙童呢？

简媜

爱亚

余秋雨

张错

阿盛

贰 | 多 忧 何 为

# 简　媜

原名简敏媜，1961年生于宜兰，台湾宜兰人。台湾大学中文系毕业，曾任广告公司撰文、《联合文学》主编、大雁书店创办人、远流出版公司大众读物部副总编辑、实学社编辑总监，现专事写作。曾获吴鲁芹散文奖、梁实秋文学奖、九歌年度散文奖。

# 小同窗

　　连续几日雨水的春天早晨，空气中飘浮着水雾；楼房是软的，电线杆疲了，巷子像衣袖。你刚接完一个电话，垂头坐在书桌前沉思，陷入不确定的浮游状态。但是你在笑，让人摸不清是因为春雨冲刷水泥都市引起缥缈情绪，还是刚才那个人，理直气壮地用被你丢弃十八年的绰号喊了你。

　　你反复低唤绰号——一个布袋戏偶的名字，怀疑、紧张，你无法想象被锁入戏偶箱里不知多少年的某个布偶，在它"活着"所扮演的诸多角色中的一个名字，突然掉进你的都会生活，要求结合！我听到你发出怪异笑声，空气被震出漩涡，涟漪一圈圈地扩散。你站起，立即轻轻地飘浮半空打了几个漩，朝书柜最高层的抽屉游升。你清楚地看到蟑螂屎与尘垢包装着一大叠被你刻意遗忘的文件，你拂灰，一粒粒屎蛋浮在水面，像旧时光的痣。那些干瘪的文件吮吸了春雨，居然丰盈起来。其中，一张比巴掌还小的照片趁机溜出来，随着回旋的水波翻斤斗。你追着，喊它回来，忽然听到一阵喧哗的儿童笑声从照片里传出，你聆听着，那

61

些声音好像在讨论郊游。接着，你看到前推后拥的一群儿童从照片上浮出来，挤满你的书房，空白的相纸变成方框落在他们肩上。你讶异，这群孩子何等面熟，却又不敢指认，而他们无视于你的存在，快速整编队伍，你数了数，四十七个。现在，你决定偷偷跟踪他们，像一个好奇的间谍。

"嘿哟！嘿哟！左脚右脚！左脚右脚！"穿着吊带裙、水兵短裤，他们扛起一扇木质方框的玻璃窗踏步前进；穿过榕荫，风梳着胡子，大樟树下，蝴蝶荡秋千。来到浮散尿臊的厕所，几个小男生跑进去，其余的仍然扛着窗子，却因吃重不耐烦地大叫："快点啦，那么慢！"小男生陆续冲出来，一面扯拉链一面喊："来啰！来啰！"嘿哟嘿哟，踏过黄沙飞扬的小操场，惊走几只从隔篱民家溜来上学的小鸡，一只土狗以吠声开路，窗子走到校门——依照规定，向中山像一鞠躬；他晒黑了，由于没有脚，只好乖乖罚坐。路上，某位女生受不了后面男生推挤，故意踹他一脚，受到突击的男生迅速拔出插在裤腰的大弹弓，从口袋摸出石头，朝她的臀部发射。当私人恩怨即将变成男生与女生的集体战争时，正巧来到卖枝仔冰与金柑糖的杂货铺。班长喊"立——定，稍息！"后，径自跑入铺里。队伍照例狠狠地对骂，直立的窗子在激动的肩头上起伏，有一点晕。班长捧着日历纸包的糖果出来，叫他们张大嘴巴，依序放入糖球。"向前——走！"嗯哟嗯哟，口号泡了糖汁变成快乐的呻吟；窗子轻了，像刚出炉的胖面包。

夏日的乡村小路，由于热，看起来比春天时曲折。一股热气悠游于原野，带着幻想与慵懒的蛊惑；石子是烫的，青草八分熟，厝边的莲雾树蹿起火焰，一粒粒烤红的小莲雾，掉也就掉了。你看到四十七个小童如四十七只小番鸭，走过田埂，踩过河沟，现在踏上小路了。在他们背后无际的金黄稻田，正在一寸寸地缩小，被埋伏在稻浪里的农人收割了。他们的脚步开始凌乱，你看到被踩过的石子湿了，濡着莲雾香的脚汗，他们决定到河边树林子乘凉。牵牛花盛着一碗阳光，如同孩子们的口袋装着心爱的金龟子。你看到一个束马尾的女童，独自骑在树枝上，双手捂耳又快速拍放，忽然大叫一声跳下来，告诉同伴："这样听，好像蝉在你的肚子里叫哟！"你学习他们坐在岸边，把疲倦的脚伸入河里，拍击水花，光影浮映着密林以及儿童的脸。也许，这就是他们的欢愉世界：一片黄金平原，三两农舍，一条清澈的河，茂盛的树林，让他们随意欹卧或与同伴追逐。当他们享有世界，世界也享有他们。突然，夏雷滚动，"又要炸天了！"他们相信天空需要炸一炸，夏季才有沛雨。一切安静，蝉群收声，树叶沉默。只有三两儿童捕捉飞虫的声音及一粒石子被远远踢入河里的痛。突然，天空迸出裂痕，短暂的静默后，西北雨摔下，仿佛有位开怀大笑的农夫站在云端倒一百担黄豆。"逃啊……"他们尖叫，故意奔跑让西北雨追，仿佛每粒雨都是小鬼。你看到迷蒙的雨野上，四十七顶黄布帽乱飞，终于还是被雨捉住了，纷纷捂着头一面喊"痛啊！"，一面朝树林子聚集。他们决定将窗子打横挡雨，双手撑直，一张张潮湿而兴奋的小脸在手掌缝、雨豆跳动间继续向天空鬼叫……你看到辽阔的雨野上，一扇窗户起伏着，软软地晕着，渐渐静止，在时光中凝固，终于变成你手上这张泛着雨斑的照片，你已看了许久，在春雨纷飞的早晨。

然而，你在犹豫。把小照片压在玻璃垫下，立即回案头工作，不愿再思考那通电话。虽然，爽快地答应赴约，对方高兴得主动要替你买车票，亲自送到家里来。我知道你不会出席，你总是答应对方希望你去做的事，给予肯定，最后再以突然的否定推翻所有肯定。你太熟稔都市里的人际游戏，以伪装保持和谐。"不麻烦，我自己想办法！""可是清明节人多，火车票不好买，我还是替你买预售票……""不用，真的……"对方听不出你的弦外之音，兀自慨叹："十八年了啊！……不知道你变成什么样子！"

我站在你身旁，刻意拨开桌上文件让你看到照片，你投来冷峻的目光，随即埋首工作。我嗫嚅着："真的不回去吗？他们会失望的！"你丢下一句结冰的话："回去做什么？"我一时语塞，无法回答，却看到玻璃垫下的照片开始发皱，像烈火焚过、污水淹过一样；蚀痕愈来愈大，有几个童脸已经模糊了。"就算，为了纪念吧！……"你呵斥我，拒绝讨论，仿佛我是一个恶灵。

我们之间的敌意从什么时候开始的？当天晚上，你已入睡，不眠的我独自站在黑暗中，凝视夜雨。窗外的路灯孤零零地吐着惨白的光，照亮凌乱的雨脚；远处一两扇昏黄的窗户，隐约有人影移动。我寻思你我之中谁真谁假，在这幽冥一般的时光里。我记得你曾在赴高中同学会的途中，突然反悔，带着我走进街角的咖啡小店。那是冬天的晚餐时分，窗外凛冽的寒流正在呼啸，车辆、行人及枯干的街树、多彩霓虹壅塞在你眼前，而你仿佛看着废弃场的垃圾堆，什么都有，什么都失去意义。桌上点着一盏小灯，无人的小店更空荡了；你的手握着咖啡杯，说："好冷——"眼光穿过玻璃，像孤独的行者瞭望荒漠。我追问，何以在肯定的最后加以否定，你说："我找不到坚强的理由去见他们，除了记忆的重播——像从书架抽出一册旧课本，翻几页又放回去，只是个动作而不是深沉阅读。我无法从生命内找到大背景，摆上他们，让自己渴望与他们相会，其实是渴望再次回到大背景。我们以为人跟人之间拥有某段相同的记忆就是感情的保证书，其实不，如果记忆不能扎根于生命的大背景，则只是零散的资料而已。"你的倾诉低沉缓慢，像桌上的烛火，微弱却跳动着光："曾经把一个梦或定义给了一群人，则往后出现的相同属性的人群，恐怕很难从我心里获得同等重量的意义。理论上，'同窗'可以涵盖每个学习阶段的同伴；我显然偏心了，只愿意把这两个字给予小学阶段的四十七个人。我不愿应酬式地跟高中同学共进晚餐，那只会向自己证明：我与他们的距离有多远，而不是多亲密！"

我追溯几年前你亲口说过的话，与今天的你对照，惊讶于你的改变——一个梦消逝了吗？一种定义融解了吗？正当我沉思往事，在黑夜的雨声中独自伤感时，忽然，有人拉扯我的衣角；回头看，一个束马尾、额发披散的小女生无助地看着我。她仿佛走了很长的路，淋过大雨，学生衣裙正在滴水，除了无邪的眼睛，紧抿的嘴唇仿佛不到最后一刻不向人倾诉内心的困难。我蹲下来，托住她的小肩膀："你……怎么来的？"她低声啜泣，努力压抑哭声："……迷路了，找不到家……"一径低头站着，双手不断拧绞百褶裙，水滴敲响地砖。我牵起她的手，走进你的卧房："去问她，肯不肯留你？"她站在床边，似乎畏惧你那张睡眠中仍然严肃的脸。她摇晃你的手臂，又摇了一次，你从酣眠中被吵醒非常不悦："做什么？……你是谁？"她用蚊子般的声音说："可不可以跟你睡？……"随即放声大哭，仿佛已经预料你会一口拒绝，将她赶回夜雨中。你惊讶地看着她，又看着我，脸色和缓起来，打开衣橱拉出一件衣服："别哭了，我没有童装，穿我的吧！"你帮她吹干头发、梳辫子，镜子映出那张逐渐红润的脸，你的脸被她挡着，看来像她的身体的延长。"你也留长头发呀！"她从镜中偷偷打量你，似乎为这个发现开心："我们班的男生说我像布袋戏的史艳文，头发长长的，我长大了也要留！"你催她："睡吧，明天早上送你回家！"她立刻变了脸，仿佛自尊受伤又不得不在陌生人家借宿一晚，闷不吭声上床，很努力把自己缩成一条小冬瓜挤在床边面壁侧睡，决定僵到天亮一般。你面对空荡荡的大床不知所措，疑惑谁是这张床的主人。你替她盖被，她接受了，但当你躺下，发现她已悄悄踢掉被子。夜雨像一首咏叹调，黑暗中，思绪忽远忽近，熟悉的变为陌生，陌生的仿佛熟悉。你的确不愿意春夜的床上仍有敌对，遂向她靠近，她已睡着，发出规律的鼻息。你铲起她，让她的头枕着你的臂弯，柔软的身体散发着儿童身上特有的甜香，僵持的小冬瓜一旦不抗拒，其实会舒放藤叶，还开几朵梦中花。你不禁抚摩她的头发，小小的头颅像一颗浑圆的星球，仿佛里面有丰富的想象与爱的信任。你以手背轻轻撩过细嫩的脸颊，可能是痒意，她不自

66

觉地抓了抓又翻身环抱你，你紧紧抱着她，浮升一股不可解的泪意。她忽然伸来一只脚，跨在你的肚子上，依旧发出童鼾。"多像一个人啊！……连睡觉的脾气也像……"次晨，你对我说。

几天后，你站在北回线自强号快车里，面朝窗外，像一尊冰冷的石雕。清明节的人潮一波波从月台涌进来又从车厢往外流，总有回家的人，总有离乡的人。能够说服你上车，已经很难得了——出门时，你强调："我不确定要不要见他们，这真是荒谬，丢下一桌子该做的事，要我来回搭火车只为了跟小学同学吃晚饭！你能给我一个解释吗？"所以，你面朝窗外，背对着安分地忍受拥挤人群巴望早点到站的旅客，这意味你可能在任何一站下车，折回台北。出门时，我已答应："你可以随时反悔！"

我无法给你完美的解释。我们可以轻易解说种子萌生为花朵的过程，但无法解释一个浪人独对暮春残花时，何以泫然低泣。我们不难称出婴儿的体重，但如何换算母亲对孩子的爱到底几斤几两？我甚至不能用犀利的言词向你解释为什么期待你回去。从那通意外的电话开始——他之所以能在茫茫台北街头找到你的下落，因某日与你的弟弟错身而过，忽然，他被那张脸吸引，一面走一面回头看，意外地你的弟弟也回头。两个陌生男子不自主地走向对方，愈看愈觉得对方的脸是一个答案：相询之下，两人抚额拍肩一起进了啤酒屋。他的妹妹与你的弟弟小学同班，事后，弟弟说："我连他的名字都不知道，就是觉得那张脸我明明认识！"当然，他与你小学同班，虽然不知道你有几个兄弟姊妹，但茫茫人海中一眼看出这个粗粗壮壮的陌生男人绝对跟你有关，他说："失去联络这么多年了，以为再也找不到同学，没想到找到你！我记得你坐第二排前面，绑马尾。"

那通电话有一股不可解释的厚重。什么原因使一个到台北讨生活、四处赁居的泥水匠溢出轨道去追探一张童伴的脸而抄下电话而脱口喊出你的绰号，问你过得好不好？什么原因使他牢记不值一文钱的你的绰号十八年？

那是无法解释的神秘招引，通过某种气味、影像、颜色或肤触，人从既定轨道剥离，徒步往回走，复身为青年、少年、童年，走回所隶属的根源世界，浸润其中，被第二度洗礼与祝福。人将更清楚看到自己的生命如何像竹子般节节推进，藏纳在内心底域的美丽或丑陋、善良与邪恶、爱或恨、宽恕与嗔怒的种苗，都可以在段落上找到出现的位置——有些被保留下来成为一种信仰而延续到现在，有的被刻意遗忘。当根源世界拥有的爱与美愈多时，人愈渴慕回到过去，甚至痴情地想把那一座乐园播迁到此时此刻的现实，与周围的人分享。你的同学——台北街头百千万个泥水匠中的一个，他的雀跃不是为了找到你，而是通过你找到他的美丽根源；你不难从他的声音想象，仿佛刚跳入柳烟中的蓝色湖泊，悠游着，嬉戏着，忘却了泥水匠的辛劳与拮据。他甚至慷慨地要把分散各地的小学同学找出来，吃一顿团圆饭。他像一只兴奋的番鸭向天空呼喊其他四十六只番鸭的名字："回来啰！回来啰！我找到遗失的湖泊了！"

他找到，因为他信任。而多年来，你所居住的新式社会暗示你不应该成为怀旧的滥情主义者。如果想成为新式群体的一分子，则必须扬弃过去——尤其是对根源世界的缅怀，才有可能跟上文明社会的运作。一个旧时代消失了，一群旧族人消失了，旧时代的旧族人像传家宝般交给你的"信仰"，看起来像不值钱的古董。

"难道只为了回去跟小学同学吃顿饭？"像空隆的车行声，这句话在你的脑海飞绕。你面朝窗外，翠绿的山峦像翡翠流星划过，你安静地站着，仿佛站在无人的车厢里，你的抗拒意识一层层剥落，而记忆的浮木一段段漂出来。从松山到罗东，沿途将停靠八堵、瑞芳、侯硐、双溪、福隆、头城、礁溪、宜兰。你单纯地数着，记起现在置身于台湾最美丽的铁道"北回归线"上——那是少年的你给它的秘密命名，为了收藏每次从台北火车站上车后，凝视窗外起伏的山峦与壮丽海洋时，不断在心里安慰自己"回家了！回家了！"所流下的少年泪。

我相信眼泪里有"爱"与"信仰"的光，你对某处土地所流的泪愈多，意味着你已经用泪砖将那块不起眼的穷壤砌成"理想国"了。你不会嫌弃它，那是你亲手建造的，里面有虔诚的信仰。哪怕见识到更繁荣的文明之国，你也不会把名字刻在异国墙上，要写就写在茅茨土屋的、自己的信仰里。

"爱"隐含能够无限扩大自身的动力，如同"信仰"渴望无限传播它自身的光；那么，我终于明白何以你梦境草原上的"理想国"愈来愈幅员广阔——一座座由小而大、相互挨筑的城堡都被爱与信仰的光练衔接了，因着它们的扩大而面积扩大！我不难从中倒推回去，看见所有肯定的来源：那座最初的、分外美丽的小城堡——这就是使少年的你不断在北回归线上流泪的母乡了。

我看见原野上的稻秧像绿涛一般涌动，直到连接了湛蓝的天空，三两个耕种中的农人向路头走来。竹丛下，一位老妇怀抱刚满月的婴儿，喜悦地招呼田中的乡亲来看看她的长孙女。他们仿佛瞧着一颗珠宝，腼腆地擦拭泥垢的手，轮流抱着婴儿，黝黑的脸上竟有敬重的神色，仿佛那是大家的婴儿、稻田的婴儿，是河川的孩子，也是浮云的孩子。他们祝福，信任她绝对可以平安地长大。那一口口喂食的米饭里，掺有爱与信仰的种子，仿佛是他们的秘密祷文："让她长大，让她身上的爱与信仰比我们的更大，大到足以涵盖她父母耕种过的土地、祖父母耕种过的土地、曾祖耕种过的土地……让她总是看到自己的命运在族群的命运之中，不做一个背恩的人！"

车过福隆，海洋现身。你平静地聆听我的叙述，凝视无垠瀚海拍击岩岸；阴郁的天空挣出蚕丝般的阳光，飘在军毯绿的海面上，像龟山岛张口吐出的气息。你凝视，被海洋的力量吸引，恍惚间，一座浪头卷空袭来，破入车窗，银涛刺穿你我身体，又从另一扇窗冲出，飞成春深山林的一阵白雨……你惊醒，看着湿漉漉的我，粲然而笑。车内的旅客或瞌睡、阅报，或交谈，全然没发觉你我的遭遇。就在整理湿衣时，车厢的门被推开，一位女童探头探脑地进来——那位曾在你的床上闹脾气，次晨不告而别的小学生。她打出手势，要我们跟她走。在最后一节车厢，两排长条椅上空无一人；看来像为了容纳返乡祭祖的人潮，特地挂上一节古董级的慢车车厢。

她坐在对面，小身体随着车的节拍摆动，甜甜地对我笑，又

70

假装对窗外的某间房子笑。从窗口灌进来的风吹飞头发，她似乎喜欢风抓她的感觉。两只袜子结在百褶裙的吊带上，大约为了防止遗失；那两只小鞋显然也在游戏之中，一在椅上顺向，一在地板上逆向，车靠站，她立刻挪动鞋子到下一格窗线，非常忙碌的样子。我有点明白，她在测量回家与离家的站数。

"你怎么知道我们在车里？"我问她。

"因为离开家的火车会把大海压扁，要是回家的火车，海水就会从窗户冲进来。我刚才趴在窗口唱歌，看见海水跑进你们的车厢，所以知道了。"

"为什么？"你好奇地问。

她睁大眼睛，皱着眉头，仿佛如此简单的道理居然有人不知道："海水在找它的瓶子呀，瓶子回来了，它就自己装进来了啊！"

我看见你脸红，支吾着："那……为什么是我们不是你？"

"我是小瓶子，你们是大瓶子；小瓶子装满了，换大瓶子。"她晃着两只脚，像在说一个快乐的真理。

你移到她身旁，捧起脸蛋，看着她的眼球里的两个你，说："你……长得好像一个我认识的人，你说的事，我好像听过……"她拨开你的手，迅速跑到我身边，仿佛你是一个有敌意的人："我不要她去我家！"她的话你一定听到了，我看见你孤单地坐在那儿，默默收拾她的鞋，整齐地放在你的脚边，然后看着窗外飞驰的田园，似乎懊悔那一夜为何搡她。你从不曾如此软弱，空空洞洞，像一只被踩扁的瓶。

"去吧！她是无心的……"我催促她。

走了几步，她停住了，犹豫要不要接受你，我看见你张开恳求的手，用力抱紧她，仿佛这一抱再也不准她离开了。她低声说："好吧，跟我回家！"泪滑下你的脸，你从不曾如此无助对一个孩子请求："不要赶我走！"她揉皱你的衣，还调皮地咬住纽扣，像掩饰自己的不好意思又像真的要咬下纽扣才甘心："你不赶我，我就不赶你啊！"你放任她嬉闹，仿佛要钻入你的身体般忙碌。你耳语着："是啊，跟你回家，然后，然后参加小学同学会，我还是副班长呢！——"

"我也是副班长！"她从你的怀中钻出头来，搂着你的脖子，像一只骚动的番鸭，"你告诉我你们班长得什么样子，看一不一样。"

我看见你的脸上浮出神秘的笑，像一只瓶子准备倾倒海水："我们这一班，叫孝班。

"谁都不相信我们班从入学第一天到哭哭啼啼唱毕业纪念歌为止，完全没有分过班。当时，全校只有十二班，每年级分忠、孝两班。这样的小学根本不需要智力测验分班、设特殊才艺实验班或其他把山羊与绵羊分开的教学伎俩。那时候，农村还是农村，我们完全没听过课外补习、英文数学辅导课或钢琴小提琴家教，当然，也没有近视眼镜和明星中学。我们全心全意玩六年，男女生一起打躲避球，夏天时打土芭乐¹、莲雾；还在地上画方框

---

1 即番石榴。

72

组成两国抢国宝——我总是第一个被推死的，像是敌国用来振奋士气的牺礼。后来，国王把我调到内宫看守国宝——一粒石头。我唯一立下的汗马功劳是当敌军攻破我国时，把国宝藏在口袋里一溜烟跑掉了，他们在后面追，我死也不给。"

车到罗东，离晚宴尚早，难得一个不下雨的清明节，你们决定步行回家，说不定路上还会碰到一两位同学，在你讲述孝班的故事时突然蹦出来。

你说最怕跳土风舞了。游戏时，男女生忘情扭打乃天经地义的事，舞蹈中要求拉手搂肩甚至揽腰，听了就破胆。小学版本的"爱情检定法"，拉手就是恋爱，搂肩不就是夫妻吗？所以操场上，只见老师气急败坏，疲于奔命抓姿势不合格者，终于逮到一对天才，他们用两根树枝各执一端避免直接接触，老师命令他们上司令台，示范最正确的拉手搂肩法，底下的吓得脸色发青，勉强拉手总比上台接受公开表扬"夫妻"事实好些。但是，沮丧挥之不去，人人认为自己在舞蹈中被欺负了，课后纷纷跑去洗手——仿佛不洗的话，这辈子恐怕要嫁给他或娶她当老婆了。

除了不分班凝聚了感情，你们四十七个人都有亲戚关系。全班只有十四个姓氏：九个姓林，八个姓赖，七个姓陈……从孪生兄弟、亲姊妹，到堂兄弟姊妹，再来为同曾祖或高祖，最远的也不难找到邻居关系或从母亲娘家串出一条线来，照样喊得热乎乎。最尴尬的，还有辈分，叔侄、舅甥，甚至其中一个得天独厚，与另一位同学的祖母同辈。上一代"论辈不论岁"的宗亲观念落在这群同龄孩子肩上简直碍手碍脚，叔叔好意思揍侄子吗？

堂弟能欺侮堂姊吗？亲戚关系很自然地要求每一个人在成长过程中学习更大的融合，而不是敌对。除了一两天时限的小争执外，从来没有发生寻衅报仇或围殴的校园暴力；当学校变成家庭、亲族、紧邻关系的延长时，没有一个小孩会在群体中孤单甚至受欺凌，偶发的私人争吵很容易变成两族谈判，双方"长辈"即刻出面理论、调停，末了，以一种"我会好好管教我的不肖子弟"的权威表情带走滋事分子。由于以父姓集结的各个亲族间，交叉重叠母亲从娘家带来的另一条宗脉，使得大多数人找不到立场，这面看不见的双纲大网使你们没有机会练习敌对或暴力，就连班上唯一具有外省血统的女生——她的父亲是撤退来台的山东人，不知何故流落到小农村来——你们从不曾取笑她的血统，母亲方面绵密的宗亲网路保护了她及其父亲。一切是那么自然而然，上一代用爱与信仰巩固了宗亲、乡情，你们延续它。

唯一的冲突是"'国语'运动"，凡在学校讲方言的必须受罚。老师制作两个木牌，交给担任副班长的你执管，谁讲方言就把牌子交给他，他得想办法在放学前把牌子交给下一个讲方言的人，否则会在次日受到处罚。这场贼抓贼的"'国语'运动"使你变成班上的"小特务"，连带地考验原本和谐的班情。你不了解为什么要强迫已经会说"国语"的你们放弃闽南语交谈。那阵子，下了课的教室弥漫着恐惧的安静，不说闽南语根本无法聊天，谁能用标准"国语"即兴搬演布袋戏里"藏镜人"与"小金刚"大对决呢？你很快发现自己被孤立了，在球类运动中变成男生们的敌人。他们摒弃贼抓贼的游戏规则，连成一气抵制木牌子，所以跑到大树下讲，附在耳畔讲，你束手无策。渐渐，端上台面了，有一天，你明明听到有人用闽南语讲"狗屎"，跑过去交牌，对方拒收，把牌子扫到地上，他说他是用"国语"讲"高塞"，"高塞就是高的塞"（狗屎就是狗的屎），虽然心照不宜，但言之成理，当然不能交牌。于是变本加厉了，"加爸"（吃饱）、"来兮"（来死）……纷纷插播到谈话里。某日，有人在黑板上写"懒觉"，底下开始窃笑，他贼溜地大声念："懒觉！懒觉！懒觉！"全班笑成红脸关公。你没有交牌，这的确是标准"国语"，谁来念也是这个音。没多久，"'国语'运动"就睡懒觉去了。

讨厌"'国语'运动"并不代表讨厌外省人。你说至今无法用省籍观念划分人群，导因于童年时期那两个外省人留下的好印象。其一是同班同学的父亲，住在附近。你仍记得星空下的大稻埕，他与几位阿婆坐在长板凳上摇扇子、闲话庄稼的情景。他总是叽里咕噜一大串鞭炮的山东话夹杂几句荒腔走板的闽南语，她们则神闲气定地以闽南语对答。事后，你问她们："听有？""听无。""伊讲啥你知？""知。"那真是神秘不可解的包容。或许，把根扎入泥土深层的人自然而然拥有恢宏的胸襟，去容纳漂泊到小村来的异乡人，拨给他一片抬头天，让他可以娶妻生子，当他钉起自己的门牌，也一样是地瓜签稀饭的日子。

另一位是以校为家的级任老师，住在教室后面，用三夹板隔间，只有床及书桌，简单得像一张草图，你们打扫教室时也顺便打扫老师的家。他很胖，像吃过很多苦头才胖出来的，自知乡音

75

浊重，尽量放慢速度讲课，加强板书，久之，也适应了。他是那种只要是孩子，就自然流露父性的老师，舍不得对学生凶。你们知道他一个人年节不像年节，总有人拎几粒粽子、黑草粿说："老师，请您吃！"后来，学校拨给他一间小宿舍，你们兴奋得像准备一起住进去一样，天天催他搬。某日，他开心地宣布："现在搬！"立刻抢扫把的，提水桶的，扯抹布的，一溜烟冲出去了，后头跟着捧书的，扛铺盖的，抬书桌的……满场飞奔，很像一个胖胖的外省爸爸带四十七个营养不良的闽南孩子准备"成家"了。校树如此青青，庭草依然萋萋，什么样的流浪史让他掉入这所小学校，你们不知道，只知道师生之间拥有共同的记忆；他教了课本上没有写的东西，你们给他成绩单上所没有的安慰。一个人被四十七个孩子记忆着，意味他已不再流浪。的确不再流浪，当他翻阅辞书，想把班上两个女生的名字改得独一无二、响叮当时，也许他正偷偷沉浸在做父亲的幸福里。你说，虽然只是更动一个字的部首，你也了解这种幸福的背后很苦，因为你是其中之一。

在崇山峻岭与壮阔海洋之间开展的这块母乡平原，你相信它是战神与美神交锋下的结晶。在任何一条春日的河域潜游，你都可以感受地底有一股渴望大变动的力量，在水草招摇间、河蚬吐纳间丝丝冒出，与另一股向往大安静的温柔力量——或为雨水、浮云、游烟，相互激荡，共同汇聚在你以及所有的童伴身上，你相信这就是性格的来源。

像神秘的启蒙者召唤他们的学徒，你说山峦与海洋把丰富的想象与飞翔的心灵揉成一粒粒果子，撒在成长的路上让孩子捡食。你说当一轮血玉般红润的日头，水淋淋地，从开阔的天空缓缓向山峦降落时，你凝神注视，被震慑、吸引，寸步不能移，仿佛宇宙间只有你与它存在，而你的灵魂已向它飞去，攀升、翻腾，顷刻间站在山之巅峰，伸手，轻易地托住那轮红球，将它嵌在炸了叶的斗笠中间……落日已沉入山背，归鸟飞掠将熄未熄的天空，你回复为乡间路上褴褛的女童，却有饱满的喜悦流窜，仿佛，万里长空也不过是一顶镶着太阳的桂冠而已。你说秋季的海边，你在沙滩上躺卧或嬉闹；海洋呼啸着，召唤着，像一个忧郁的女神要求一只能容纳她的瓶子。亿万条女臂向陆地抓攫又绝望地退回，你决定像一只瓶子向她走去，滴水不剩地吸尽她，让她在你面前裸露淹溺太久的珊瑚肤体。你看到自己的灵魂已经俯身吮吸，急速撤退的海水在阳光中飞溅，发出蓝宝石似的碎光。你终于看到干涸的大陆块，鲨鲸跳跃、礁岩嶙峋，一艘艘沉船欹睡着，五彩鱼群舐食锈黑了的船体，你看到红珊瑚延展枝丫，很温柔地像舞蹈中女神的手臂，慢慢露出悬挂其上的一副副银铸骷髅……灵魂复位，一座海洋在体内奔窜使你重重跌坐沙滩，你挣扎站起，发现身体变成一只透明瓶子，蓝色海水正在攻击红色的心脏。你必须释放海水，在瓶子迸碎之前；遂向天空狂喊，宝蓝海水从你的七窍喷出，归流，复合，平静如酣睡中说梦话的女人。

山与海两股大力量敲凿童骏的你，遂相信神秘的天庭里有两位神，一化身为阳刚之山，一为豪放女海，你自此无法拈除恋父恋母情结，在内心底域与之对话、倾诉、争辩。夏秋之际，台风肆虐，带来山洪暴发、海水倒灌，以一种大毁灭的决心袭击手无寸铁的小农村。你看到竹丛连根拔起、屋瓦飞坠，大水像从半空奔蹄而来的亿万恶神，杀气腾腾地破门而入；你看到鸡雏的浮尸与漂流的空铝锅、塑胶碗，仿佛取笑你及所有的村民不过是向老天爷讨一碗饭吃的乞丐，生命像蚂蚁般卑微。你没有惊恐，只有镇定，愤怒即将爆破前的镇定。你必须爬上屋顶，以红砖、石块镇住它。暴雨毒打你的身体，你怒视汪洋，怒视使妩媚的绿色平原突然变成汪洋的那两位神，以他们教你的那股生命的力量痛斥他们企图毁灭一切的力量。你几近狂怒，大声叫嚣："来啊！再来啊！把我们全淹死！"你的心里清楚明白，为了捍卫家园，不惜在你所执恋的原父原母座前，叛逆之！叛逆之！叛逆之！

你说，灾难时扎的根比任何时候都深。

你们班全部住在灾区，恢复上课后，话题不离"淹到哪里？""谷子浸水了吗？""饿了几顿？"，好似一群忧郁的小农夫。你们的便当多了肉，水厄过后，大人照例要献上一只存活着的鸡，感谢老天爷慈悲。

你们的家境都清贫，电视、冰箱被视为帝王用品。既然平等地穷着，无从比较物质生活，你们安分地从脑袋里创造游戏，自给自足。没有钱买玻璃弹珠，就用龙眼的黑籽代替；捡汽水瓶盖，写"将士车马炮"，也是象棋；最风靡的是用食指顶住大手帕中间，套上纸脸，手帕两边各绑一根筷子当作手，一群花花绿绿的布袋戏演得天昏地暗；男生流行斗陀螺时，女生捡沙包；他们摔纸牌，你们跳橡皮筋。你说一直想要一个洋娃娃，课本上的女孩都有。偷偷从母亲的衣橱揪出一块布，不会画比率图，灵机一动从竹摇篮内抱出小婴儿，压手压脚描人形，躲到稻草堆后做针线，塞去半缸米，做出来的布娃娃比两岁婴儿还重。你说，算是有过一个洋娃娃。

"你愿意永远做我的洋娃娃吗？"你抱着她问时，我们已经来到竹丛里，一群麻雀惊飞。

废弃多年的老厝散发一股潮气，门口的芒草乱藤像水似的，一寸寸往里淹，瘦小的芭乐树仍然站着，每年总会结几粒硬邦邦的土芭乐，像最后一个兵，尽责地看守门扉。大厅内，神明、祖先牌位已迁往台北，神案、酒杯、长明灯仍在，仿佛给诸神留个原乡，当他们想回来看看的时候。你了解上一代搬人不搬心的播迁手法了，让子女悄悄回乡时，仍可以在老厝内煮一壶水，或找把扫帚拆几张蜘蛛网。

"那是我的奖状，你看，这学期的！"她指着墙壁上一张注明三年孝班、泛黄的奖状说。

你抱起她，说："也是我的，还没有改名字以前，都二十一年了！……"你端详那张奖状，泛了雾的镜面映出你的脸及她的脸，黄昏的余光中，她的小脸蛋渐次扩散、模糊，溶入那张奖状，凝聚在名字上，你仿佛听到她一面挥手一面喊："再见哟！不要忘了我！"你确信她不断地挥手，毛笔写的名字上挥出一枚小小的指纹，你确信二十一年前，她已在对你挥手。

夜色，淹入老厝。"该去见见老同学了，不知道变成什么样子？"你对我说。

走出竹丛，小路上三两声狗吠，晚蝉唧唧。你回眸，看老厝一眼，仿佛听到她的回音："再见哟！不要忘了我！"你抬头，早月已经升空。

爱 亚

　　本名李丌，1945 年生于重庆璧山，黑龙江哈尔滨人。曾任《俏》杂志主编、《联合文学》执行主编。曾获中兴文艺奖章，其长篇小说《曾经》被改编成连续剧播映，深受好评。

# 坛子及其他

去买一只煎中药的瓦壶。

卖锅碗瓢盆的小五金店里永远有好看的风景！由地到天花顶的贴壁大橱，半乱半齐整的，有那许多各式各色的瓷、陶、玻璃，以及木的、竹的、金属的好东西。除了塑胶制品以外，几乎样样都能吸引我将眼睛盯放个够。是女人，大约就忍不住地会爱那些盘碗瓶罐吧！细致的有精巧的美，粗拙的也有古朴的迷人，我全都爱！每次进小五金店都得看个净久才肯真正地去挑选自己要买的东西，心里明白，这是不救的毛病。

开始认真去抚拿煎中药的瓦壶，而壶尚未拣好，我的眼波又流转到一旁的另一种陶皿上去了，那是个坛子。

坛子只一尺高，或许再高几寸，上下瘦，中腹丰圆地腴胖着，坛顶有三只小耳朵，耳朵围拢着一圈凹陷的槽沟。我傻傻地面对着坛子，一时忘记了手中的药壶，我举起药壶招店老板过来，"当"的一声，药壶正敲在头顶悬吊着的提食盒上，老板立时就跑过来了。

"有没有破掉？"老板关心地问。

"这个盖子呢？"我指着坛子。

他接过我手中的药壶，小心审视一番，才由架台上摸出个敞口碗形的盖子扣在坛子上，我两手摸搓着坛子，把手心都摸搓热了。

"这是个坛子。"我说。

"是渍咸菜的瓮啦！"老板说。

"是泡菜坛子。"我又说。

"渍咸菜萝卜干的啦！"老板又说。

我端起坛子，举高，看了又看，嫌腻它身上晶光闪亮的色釉，但，如果不理会那釉，坛子倒真是美。

"没有上釉的有没有？"

"没有釉会漏。"

我付了药壶的价款，脑子里却带走了坛子。

什么瓮！那明明是泡菜坛子！

和我小时认识的那只一模一样！

小时，大约十岁吧。那时母亲教职调到新竹湖口，配到一幢与一位韩老师共住的宿舍。宿舍是日本式的房子，我们住两间榻榻米的，很洁净，很舒服。不过我更爱的是下了一阶又一阶的水泥地厨房及宽广的后院，那里才是小孩子搞脏了也不挨骂的天堂。

十岁那年是一九五五年，还不知晓冰箱的时代。菜肴是尽量掐算得恰到好处，少有剩余的，大家全过得艰苦，也少有什么零嘴吃。而我独爱坐倚厨房的地阶上，因为那里有泡菜坛子。

母亲每每在坛顶凹槽沟里添注了水，当碗形盖扣住，水正好密封了坛的空气。母亲说泡菜要泡得好，密闭是一等要件。坛中得搁凉开水、撒盐、入酒，然后加些花椒八角，浸个两天就可以开始泡菜了，菜式包括四季豆、长豇豆、高丽菜、小黄瓜、红白萝卜，还有我又爱又怕的嫩子姜。

幼时，很向往一个人独处的世界，或者是因为和上面两个姊姊实在难相与吧。我总爱一个人缩坐在窄狭的小厨房中，唱唱歌，编编自演的对口故事，唱累说足，小手将泡菜坛盖一掀，长长的豇豆就提溜起来了，咬咬嚼嚼品品咽咽，再来一片萝卜，有时萝卜不过瘾，便一口小黄瓜配半口子姜。噫！吁！嘘！真够劲！吃过瘾了，这才到后院芭蕉树底继续唱说的功课。

母亲是不准人偷泡菜吃的，因为那是菜，要下饭的。我总得小心的，不能多吃了什么，要每样菜都分配均沾才成。有时，母亲见到坛中泡的卤水上起了一层白色的醭子，便会开口骂人："谁用油筷子夹了泡菜？"那可不是我，我从来从来都是用手提溜的，何须麻烦筷子！

年前回娘家去，竟然发现母亲的厨房底架上倒扣着一个眼熟的家伙，是那只坛子，一副老态龙钟的模样，还有些破裂的伤口，已经退休了吧？问明了母亲，知道的确是三十年前的那个老东西。三十年，母亲竟然不曾将它抛弃，想来，母亲对那坛子也和我一样，拥有着艰难日子里特有的一种平淡快乐的念忆吧。

走在小镇的小街上，赫然发现有人用竹篾编制的箩筐晒豆腐块，骄烈的阳光下白色的豆腐漫散出亮眼的光芒，我喜得叫出了声音。那小小方方的豆腐块啊，再过两天会发出红暗的颜色来，然后收入箱盒，覆盖稻草，然后……

你当然不了解那是做什么，你是现代人呐，哪里知晓以前的家庭几乎家家都会自制一些"健康食品"，包括这种——豆腐乳。

湖口的童年里，母亲也常做豆腐乳的。平日家中买豆腐不过是两方块而已，一旦母亲发疯般买豆腐，买上整整两板时，我就知道家中要做豆腐乳了。两板，好大好大好白好白的两板豆腐呢，我总忍不住要用手指去轻触那光洁又微带布纹的豆腐，极小心的，绝不将它戳破。母亲惯常使用一只旧书桌的木抽屉，豆腐切小块曝晒后，屉中铺陈了稻草，我帮着将豆腐块移置到稻草上，再小心地又盖上一层稻草，然后将抽屉置放在去厕所必经的廊角里，于是，廊角便开始酝酿出一股神秘！

上厕所或不上厕所的时候，我都会往长廊的木地板上一跪，小心地探看那些美丽的豆腐。豆腐块变化很慢，不怎么有趣，有时连续一二日我都忘记了探险的工作，每每我再跪在木抽屉前时，稻草下的豆腐不是变得滑滑腻腻，就是突然老了，白了头脸也白了身躯，绵绵密密长长细细的灰白色霉丝满布在每一方小豆腐上。我喜欢像爱抚初出生的小猫咪般，用嫩嫩的食指去触弄那些嫩嫩的霉丝，当然，少不得会引来几顿母亲的斥骂。而后来，小豆腐突然丑了，霉丝东倒西歪，颜色也泛成乌脏般的不讨喜，而且，还散放出一股臭烈烈的气味来，我便再也没有向前一跪的兴趣，至于什么时候抽屉整个儿失了踪，豆腐块块去了哪里，我更没有注意。只当有一天母亲由一只广口的绿玻璃胖罐中夹取出豆腐乳来，这才埋怨，埋怨自己一时大意，竟没有赶上看豆腐幻化为豆腐乳的最后一场戏。不过，腐乳的美味早已替代了遗憾，甚至，在竹箸夹出罐中的腐乳时，由着腐乳的刀口及格板纹形，我尚能判辨出原先躺卧草床中的位置，而倍觉亲切。

从来都爱吃腐乳，香油的，臭腐的，麻辣舌头的，全惹我馋爱。偶然经由"吃友"介绍一种家庭式豆腐乳，惊为人间仙品，两次迢迢乘了车暑日里去新生南路买了来，一买就是四大瓶。不过，近日里吃的又是另一种，大溪黄日香的，又是米又是豆的酱酱，大约就唤作米豆酱腐乳吧，吃来滑口柔舌，美滋至极。有时无事，童心大作，旋开瓶盖手指一沾，一小点腐乳便经由手指吮入喉舌，快乐！

有说腐乳霉菌可以致癌，这我是不管的，一生也没有爱吃过多少东西，一旦迷恋上一项，岂肯轻舍？豆腐乳，我是要爱它一辈子的。


总弄不清楚母鸡孵蛋要多少天才能孵出小鸡。儿子笑我"欠知识"。我或许欠知识，却不缺乏陪伴母鸡孵小鸡的经验，有过几次是记不清晰了，但，印象却是绝顶深刻的。

乡居而家中又有院子，不养几只鸡便是一种浪费。童年的日子里，清晨永远有鸡啼，餐食永远有鸡蛋，逢年过节不必花钱购买，我们也能和有钱人家一般样豪华地吃鸡肉。鸡，一直是绕在我身边的。

鸡笼是父亲亲自钉制，用木板条和铁丝格网，鸡仔则由母亲向学校中同事购来。总没留意鸡族是如何生活，反正，没有多久就会有新的母鸡加入下蛋的行列。我们有吃不完的鸡蛋就有许多满足和快乐，并不知晓还有孵蛋生鸡这种事。鸡终会老，有一只资深母鸡有一次生过蛋后，一直在院落里癫疯地乱乱绕步，喙中又"咕咯"个不停，挺吵人的，母亲说"它想抱窝"。"抱窝"？好奇怪的北方话，原来就是想孵蛋的意思。

记得是母亲对做豆腐乳的热潮冷却之后，一天，又将那久已藏隐的木抽屉取了出来，并且向附近农家讨来一捆干稻草。母亲对家中成员郑重宣布，老母鸡要孵小鸡了，谁也不准去吵搅它。木抽屉依然放置在那通厕所的长廊角，我揉搓许久才揉搓柔软的稻草上，铺放了十几只鸡蛋。这鸡蛋倒并不全是老母鸡生的，蛋壳色彩有白有黄有红，很是热闹。老母鸡却不管那许多，只兴奋地伏卧蛋上，小心翼翼，从此，十几二十天中，少有饮食，竟也不死。

像瞧豆腐乳的热闹般，对鸡孵蛋这回事，我也兴致勃勃。只是豆腐乳可任我抚之触之，可是伸手掏摸母鸡怀中的鸡蛋，要冒上极大风险的。总之，手上老带着伤，有时甚至皮开肉绽，还得挨母亲补上一掌，因为我遭母鸡痛啄，必是骚扰了母鸡。有次，我利用母鸡极短的"放风"时间去廊角大摸了一阵滚热的蛋，不料疑虑心颇大的母鸡早已知晓我的没居好心，突然飞身跃入长廊,狂狂奔向我的腿边,伸颈即啄,我的小腿立时红肿起来,而它却未打算饶我。我高跳下廊,躲入后院,它竟猛追身后,吓得我几乎哭叫起来。领教过那次,我才真正地不敢再对蛋动手动脚了。而那瘦得一把柴骨的老母鸡自此如有灵性,见我必张毛鼓翅伸颈,使我心虚得很,觉得自己是真的做过了恶事。

终于,听到了小鸡微弱的吱叫声了。冒着挨啄的大险,我终是不肯不去瞧那最压轴的好戏。小鸡湿漉漉,丑丑地歪睡在尚未全破的蛋壳中,母鸡顾不得我,只一径用喙去轻啄蛋壳。我像个使不上力的助产士,跪坐木抽屉旁急而不能出手,只能干看着鸡仔一只一只自粘连血丝黏迹的蛋壳中挣扎着立起。

第二日,鸡仔全蜕变化为一团团绒球了,圆而滚,柔软又轻糯,小嘴吱吱叫个不休。而母鸡也全不在乎那微红色的"洛岛红"、微灰色的"芦花"、蛋白色的"来亨"及黄不溜丢的什么鸡。它只认得,这一群鸡仔都是它孵育出来的,属于它一"人"的孩子!

成长之后始终居停于城市,养鸡的乐趣是不再享有了——鸡对于我只是餐桌上的菜肴而已,仅只是这样一重关系了。忆及每一个孩子幼时我都曾慎重地带他们去菜市场,去探看那深锁铁笼中傻傻兀自啄食饲料的、待宰的鸡只。认识自然的产物竟至必须经由如此的途径,不能不令人一叹。至于鸡孵蛋、蛋生鸡,对于新一代的儿童来说,大约也算是"故事一则"吧。

余秋雨

　　1946 年生，浙江余姚人。上海戏剧学院毕业后留校任教，曾任院长一职，退休后专事写作。1983 年出版的 68 万字的《戏剧理论史稿》先后获得全国首届戏剧理论著作奖、全国优秀教材一等奖，1985 年出版的《戏剧审美心理学》获上海市哲学社会科学著作奖。余秋雨曾被授予"国家级突出贡献专家""上海市十大高教精英"等荣誉称号。

# 一个王朝的背影

## 1

我们这些人，对清代总有一种复杂的情感阻隔。记得很小的时候，历史老师讲到"扬州十日""嘉定三屠"时眼含泪花，这是清代的开始；而讲到"火烧圆明园""戊戌变法"时又有泪花了，这是清代的尾声。年迈的老师一哭，孩子们也跟着哭。清代历史，是小学中唯一用眼泪浸润的课程。从小种下的怨恨，很难化解得开。

老人的眼泪和孩子们的眼泪拌和在一起，使这种历史情绪有了一种最世俗的力量。我小学的同学全是汉族，没有满族，因此很容易在课堂里获得一种共同语言。好像汉族理所当然是中国的主宰，你满族为什么要来抢夺呢？抢夺去了能够弄好倒也罢了，偏偏越弄越糟，最后几乎让外国人给瓜分了。于是，在闪闪泪光中，我们懂得了什么是汉奸，什么是卖国贼，什么是民族大义，什么是气节。我们似乎也知道了中国之所以落后于世界列强，关键就在于清代，而辛亥革命的启蒙者们重新点燃汉人对清人的仇恨，提出"驱除鞑虏，恢复中华"的口号，又是多么有必要，多么让人解气。清朝终于被推翻了，但至今在很多中国人心里，它仍然是一种冤孽般的存在。

年长以后，我开始对这种情绪产生警惕。因为无数事实证明，在我们中国，许多情绪化的社会评判规范，虽然堂而皇之地传之久远，却包含着极大的不公正。我们缺少人类普遍意义上的价值启蒙，因此这些情绪化的社会评判规范大多是从封建正统观念逐渐引申出来的，带有很多盲目性。先是姓氏正统论，刘汉、李唐、赵宋、朱明……在同一姓氏的传代系列中所出现的继承人，哪怕是昏君、懦夫、色鬼、守财奴、精神失常者，都是合法而合理的，而外姓人氏若有觊觎，即便有一千条一万条道理，也站不住脚，真伪、正邪、忠奸全由此划分。由姓氏正统论扩而大之，就是民族正统论。这种观念要比姓氏正统论复杂得多，你看辛亥革命的闯将们与封建主义的姓氏正统论势不两立，却也需要大声宣扬民族正统论，便是例证。民族正统论涉及几乎一切中国人都耳熟能详的许多著名人物和著名事件，是一个在今后仍然要不断争论的麻烦问题，在这儿请允许我稍稍回避一下，我需要肯定的仅仅是这样一点：满族是中国的满族，清朝的历史是中国历史的一部分；统观全部中国古代史，清朝的皇帝在总体上还算比较好的，而其中的康熙皇帝甚至可说是中国历史上最好的皇帝之一，他与唐太宗李世民一样使我这个现代汉族中国人感到骄傲。

既然说到了唐太宗，我们又不能不指出，据现代历史学家考证，他更可能是鲜卑族而不是汉族之后。

如果说先后在巨大的社会灾难中迅速开创了"贞观之治"和"康雍乾盛世"的两位中国历史上最杰出帝王都不是汉族，如果我们还愿意想一想那位至今还在被全世界历史学家惊叹的建立了赫赫武功的元太祖成吉思汗，那么我们的中华历史观一定会比小学里的历史课开阔得多，放达得多。

汉族当然非常伟大，汉族当然没有理由要受到外族的屠杀和欺凌，当自己的民族遭受危难时当然要挺身而出进行无畏的抗争，为了个人的私利不惜出卖民族利益的无耻之徒当然要受到永久的唾弃，这些都是没有异议的。问题是，不能由此而把汉族等同于中华，把中华历史的正义、光亮、希望，全部押在汉族一边。与其他民族一样，汉族也有大量的污浊、昏聩和丑恶，它的统治者常常一再地把整个中国历史推入死胡同。在这种情况下，历史有可能做出超越汉族正统论的选择，而这种选择又未必是倒退。

《桃花扇》中那位秦淮名妓李香君，身份低贱而品格高洁，在清兵浩荡南下、大明江山风雨飘摇时节保持着多大的民族气节！但是，她万万没有想到，就在她和她的恋人侯朝宗为抗清扶明不惜赴汤蹈火、奔命呼号的时候，恰恰正是苟延残喘而仍然荒淫无度的南明小朝廷，作践了他们。那个在当时当地看来既是明朝也是汉族的最后代表的弘光政权，根本不要她和她的姐妹们的忠君泪、报国心，而只要她们作为一个女人最可怜的色相。李香君真想与恋人一起为大明捐躯流血，但叫她恶心的是，竟然是大明的官僚来强逼她成婚，而使她血溅纸扇，染成"桃花"。"桃花扇底送南朝"，这样的朝廷就让它去了吧，长叹一声，气节、操守、抗争、奔走，全都成了荒诞和自嘲。《桃花扇》的作者孔尚任是孔老夫子的后裔，连他，也对历史转捩时期那种盲目的正统观念产生了深深的怀疑。他把这种怀疑，转化成了笔底的灭寂和苍凉。

对李香君和侯朝宗来说，明末的一切，看够了，清代会怎么样呢，不想看了。文学作品总要结束，但历史还在往前走，事实上，清代还是很可看看的。

为此，我要写写承德的避暑山庄。清代的史料成捆成扎，把这些留给历史学家吧，我们，只要轻手轻脚地绕到这个消夏的别墅里去偷看几眼也就够了。这种偷看其实也是偷看自己，偷看自己心底从小埋下的历史情绪和民族情绪，有多少可以留存，有多少需要校正。

## 2

承德的避暑山庄是清代皇家园林，又称热河行宫、承德离宫，虽然闻名史册，但久为禁苑，又地处塞外，历来光顾的人不多，直到这几年才被旅游者搅得有点热闹。我原先并不知道能在那里获得一点什么，只是今年夏天中央电视台在承德组织了一次国内优秀电视编剧和导演的聚会，要我给他们讲点课，就被他们接去了。住所正在避暑山庄的背后，刚到那天的薄暮时分，我独个儿走出住所大门，对着眼前黑黝黝的山岭发呆。查过地图，这山岭便是避暑山庄北部的最后屏障，就像一张罗圈椅的椅背。在这张罗圈椅上，休息过一个疲惫的王朝。奇怪的是，整个中华版图都已归属了这个王朝，为什么还要把这张休息的罗圈椅放在长城之外呢？清代的帝王们在这张椅子上面南而坐的时候都在想一些什么呢？月亮升起来了，眼前的山壁显得更加巍然怆然。北京的故宫把几个不同的朝代混杂在一起，谁的形象也看不真切，而在这里，远远的，静静的，纯纯的，悄悄的，躲开了中原王气，藏下了一个不羼杂的清代。它实在对我产生了一种巨大的诱惑，于是匆匆讲完几次课，便一头埋到了山庄里边。

山庄很大，本来觉得北京的颐和园已经大得令人咋舌了，它竟比颐和园还大整整一倍，据说装下八九个北海公园是没有问题的。我想不出国内还有哪个古典园林能望其项背。

山庄外面还有一圈被称为"外八庙"的寺庙群，这暂不去说它，光说山庄里面，除了前半部有层层叠叠的宫殿外，主要是开阔的湖区、平原区和山区。尤其是山区，几乎占了整个山庄的八成左右，这让游惯了别的园林的人很不习惯。园林是用来休闲的，何况皇家园林大多追求方便平适，有的也会堆几座小山装点一下，哪有像这儿的，硬是圈进莽莽苍苍一大片真正的山岭来消遣？这个格局，包含着一种需要我们抬头仰望、低头思索的审美观念和人生观念。

山庄里有很多楹联和石碑，上面的文字大多由皇帝们亲自撰写，他们当然想不到多少年后会有我们这些陌生人闯入他们的私家园林，来读这些文字，这些文字是写给他们后辈继承人看的。朝廷给别人看的东西很多，有大量刻印广颁的官样文章，而写在这里的文字，尽管有时也咬文嚼字，但总的来说是说给儿孙们听的体己话，比较真实可信。我踏着青苔和蔓草，辨识和解读着一切能找到的文字，连藏在山间树林中的石碑都不放过，读完一篇，便舒松开筋骨四周看看。一路走去，终于可以有把握地说，山庄的营造，完全出自一代政治家在精神上的强健。

首先是康熙，山庄正宫午门上悬挂着的"避暑山庄"四个字就是他写的。这四个汉字写得很好，撇捺间透露出一个胜利者的从容和安详，可以想见他首次踏进山庄时的步履也是这样的。他一定会这样，因为他是走了一条艰难而又成功的长途才走进山庄的，到这里来喘口气，应该。

他一生的艰难都是自找的。他的父辈本来已经给他打下了一个很完整的华夏江山，他八岁即位，十四岁亲政，年轻轻一个孩子，坐享其成就是了，能在如此辽阔的疆土、如此兴盛的运势前做些什么呢？他稚气未脱的眼睛，竟然疑惑地盯上了两个庞然大物，一个是朝廷中最有权势的辅政大臣鳌拜，一个是自恃当初做汉奸领清兵入关有功、拥兵自重于南方的吴三桂。平心而论，对于这样与自己的祖辈、父辈都有密切关系的重要政治势力，即便是德高望重的一代雄主也未免下得了决心去动手，但康熙却向他们，也向自己挑战了，十六岁上干脆利落地除了鳌拜集团，二十岁开始向吴三桂开战，花八年时间的征战取得彻底胜利。他等于把到手的江山重新打理了一遍，使自己从一个继承者变成了创业者。他成熟了，眼前几乎已经找不到什么对手，但他还是经常骑着马，在中国北方的山林草泽间徘徊，这是他祖辈崛起的所在，他在寻找自己的生命和事业的依托点。

他每次都要经过长城，长城多年失修，已经破败。对着这堵受到历代帝王切切关心的城墙，他想了很多。他的祖辈是破长城进来的，没有吴三桂也绝对进得了，那么长城究竟有什么用呢？堂堂一个朝廷，难道就靠这些砖块去保卫？但是如果没有长城，我们的防线又在哪里？他思考的结果，可以从一六九一年他的一份上谕中看出个大概。那年五月，古北口总兵官蔡元向朝廷提出，他所管辖的那一带长城"倾塌甚多，请行修筑"，康熙竟然完全不同意，他的上谕是：

> 秦筑长城以来，汉、唐、宋亦常修理，其时岂无边患？明末我太祖统大兵长驱直入，诸路瓦解，皆莫能当。可见守国之道，惟在修德安民。民心悦则邦本得，而边境自固，所谓"众志成城"者是也。如古北、喜峰口一带，朕皆巡阅，概多损坏，今欲修之，兴工劳役，岂能无害百姓？且长城延袤数千里，养兵几何方能分守？

说得实在是很有道理。我对埋在我们民族心底的"长城情结"一直不敢恭维，读了康熙这段话，简直是找到了一个远年知音。由于康熙这样说，清代成了中国古代基本上不修长城的一个朝代，

95

对此我也觉得不无痛快。当然，我们今天从保护文物的意义上修理长城完全是另外一回事了，只要不把长城永远作为中华文明的最高象征就好。

康熙希望能筑起一座无形的长城。"修德安民"云云说得过于堂皇而蹈空，实际上他有硬的一手和软的一手。硬的一手是在长城外设立"木兰围场"，每年秋天，由皇帝亲自率领王公大臣、各级官兵一万余人去进行大规模的"围猎"，实际上是一种声势浩大的军事演习，这既可以使王公大臣们保持住勇猛、强悍的人生风范，又可顺便对北方边境起一个威慑作用。"木兰围场"既然设在长城之外的边远地带，离北京就很有一点距离，如此众多的朝廷要员前去秋猎，当然要建造一些大大小小的行宫，而热河行宫，就是其中最大的一座。软的一手是与北方边疆的各少数民族建立起一种常来常往的友好关系，他们的首领不必长途进京也有与清廷彼此交谊的机会和场所，而且还为他们准备下各自的宗教场所，这也就需要有热河行宫和它周围的寺庙群了。总之，软硬两手最后都汇集到这一座行宫、这一个山庄里来了，说是避暑，说是休息，意义却又远远不止于此。把复杂的政治目的和军事意义转化为一片幽静闲适的园林，一圈香火缭绕的寺庙，这不能不说是康熙的大本事。然而，眼前又是道道地地的园林和寺庙，道道地地的休息和祈祷，军事和政治，消解得那样烟水葱茏、慈眉善目，如果不是那些石碑提醒，我们甚至连可以疑惑的痕迹都找不到。

避暑山庄是康熙的"长城"，与蜿蜒千里的秦始皇长城相比，哪个更高明些呢？

康熙几乎每年立秋之后都要到"木兰围场"参加一次为期二十天的秋猎，一生参加了四十八次。每次围猎，情景都极为壮观，先由康熙选定逐年轮换的狩猎区域（逐年轮换是为了生态保护），然后就搭建一百七十多座大帐篷为"内城"，二百五十多座大帐篷为"外城"，城外再设警卫。第二天拂晓，八旗官兵在皇帝的统一督导下集结围拢，在上万官兵齐声呐喊下，康熙首先一马当先，引弓射猎，每有所中便引来一片欢呼，然后扈从大臣和各级将士也紧随康熙射猎。康熙身强力壮，骑术高明，围猎时智勇双全，弓箭上的功夫更让王公大臣由衷惊服，因而他本人的猎获就很多。晚上，营地上篝火处处，肉香飘荡，人笑马嘶，而康熙还必须回到帐篷里批阅每天疾驰送来的奏章文书。康熙一生身先士卒打过许多著名的仗，但在晚年，他最得意的还是自己打猎的成绩，因为这纯粹是他个人生命力的验证。一七一九年，康熙自"木兰围场"行猎后返回避暑山庄时曾兴致勃勃地告谕御前侍卫：

> 朕自幼至今已用鸟枪弓矢获虎一百五十三只、熊十二只、豹二十五只、猞二十只、麋鹿十四只、狼九十六只、野猪一百三十三只，哨获之鹿已数百，其余围场内随便射获诸兽不胜记矣。朕于一日内射兔三百一十八只，若庸常人毕世亦不能及此一日之数也。

这笔流水账，他说得很得意，我们读得也很高兴。身体的强健和精神的强健往往是连在一起的，须知中国历史上多的是有气无力病恹恹的皇帝，他们即便再"内秀"，也难以面对如此庞大的国家。

由于强健，他有足够的精力处理挺复杂的西藏事务和蒙古事务，解决治理黄河、淮河和疏通漕运等大问题，而且大多很有成效，功泽后世。由于强健，他还愿意勤奋地学习，结果不仅武功一流，"内秀"也十分了得，成为中国历代皇帝中特别有学问，也特别重视学问的一位，这一点一直很使我震动，而且我可以肯定，当时也把一大群冷眼旁观的汉族知识分子震动了。

谁能想得到呢，这位清朝帝王竟然比明代历朝皇帝更热爱和精通汉族传统文化！大凡经、史、子、集、诗、书、音律，他都下过一番功夫，其中对朱熹哲学钻研最深。他亲自批点《资治通鉴纲目大全》，与一批著名的理学家进行水平不低的学术探讨，并命他们编纂了《朱子大全》《理性精义》等著作。他下令访求遗散在民间的善本珍籍加以整理，并且大规模地组织人力编辑出版了卷帙浩繁的《古今图书集成》《康熙字典》《佩文韵府》《大清会典》，文化气魄铺地盖天。直到今天，我们研究中国古代文化还离不开这些极其重要的工具书。他派人通过对全国土地的实际测量，编成了全国地图《皇舆全览图》。在他倡导的文化气氛下，涌现了一大批在整个中国文化史上都可以称得上第一流大师的人文科学家，在这一点上，几乎很少有哪个朝代能与康熙朝相比肩。

以上讲的还只是我们所说的"国学"，可能更让现代读者惊异的是他的"西学"。因为即使到了现代，在我们印象中，国学和西学虽然可以沟通，但在同一个人身上深潜两边的毕竟不多，尤其对一些官员来说更是如此。然而早在三百年前，康熙皇帝竟然在北京故宫和承德避暑山庄认真研究了欧几里得几何学，经常演算习题，又学习了法国数学家巴蒂的《实用和理论几何学》，并比较它与欧几里得几何学的差别。他的老师是当时来中国的一批西方传教士，但后来他的演算比传教士还快。他亲自审校译成汉文和满文的西方数学著作，而且一有机会就向大臣们讲授西方数学。以数学为基础，康熙又进而学习了西方的天文、历法、物理、医学、化学，与中国原有的这方面知识比较，取长补短。在自然科学问题上，中国官僚和外国传教士经常发生矛盾。康熙不袒护中国官僚，也不主观臆断，而是靠自己发愤学习，真正弄通西方学说，几乎每次都做了公正的裁断。他任命一名外国人担任钦天监监副，并命令礼部挑选一批学生去钦天监学习自然科学，学好了就选拔为博士官。西方的自然科学著作《验气图说》《仪象志》《赤道南北星图》《穷理学》《坤舆图说》等等被一一翻译过来，有的已经译成汉文的西方自然科学著作如《几何原理》前六卷，他又命人译成满文。

这一切，居然与他所醉心的"国学"互不排斥，居然与他一天射猎三百十八只野兔互不排斥，居然与他一连串重大的政治行为、军事行为、经济行为互不排斥！我并不认为康熙给中国带来了根本性的希望，他的政权也做过不少坏事，如臭名昭著的"文

99

字狱"之类，我想说的只是，在中国历代帝王中，这位少数民族出身的帝王具有超乎寻常的生命力，他的人格比较健全。有时，个人的生命力和人格，会给历史留下重重的印记。与他相比，明代的许多皇帝都活得太不像样了，鲁迅说他们是"无赖儿郎"，确有点像。尤其让人生气的是明代万历皇帝（神宗）朱翊钧，在位四十八年，亲政三十八年，竟有二十五年时间躲在深宫之内不见外人的面，完全不理国事，连内阁首辅也见不到他，不知在干什么。没见他玩过什么，似乎也没有好色的嫌疑，历史学家们只能推断他躺在烟榻上抽了二十多年的鸦片烟！他聚敛的金银如山似海，但当清军起事，朝廷束手无策时问他要钱，他死也不肯拿出来，最后拿出一个无济于事的小零头，竟然都是因窖藏太久变黑发霉、腐蚀得不能见天日的银子！这完全是一个失去任何人格支撑的心理变态者，但他又集权于一身，明朝怎能不垮？他死后还有儿子朱常洛（光宗）、孙子朱由校（熹宗）和朱由检（思宗）先后继位，但明朝已在他的手里败定了，他的儿孙们非常可怜。康熙与他正相反，把生命从深宫里释放出来，在旷野、猎场和各个知识领域挥洒，避暑山庄就是他这种生命方式的一个重要吐纳口站，因此也是当时中国历史命运的一所"吉宅"。

3

康熙与晚明帝王的对比，避暑山庄与万历深宫的对比，当时的汉族知识分子当然也感受到了，心情比较复杂。

开始大多数汉族知识分子都是抗清复明，甚至在赳赳武夫们纷纷掉头转向之后，一群柔弱的文人还宁死不折。文人中也有一些著名的变节者，但他们往往也承受着深刻的心理矛盾和精神痛苦。我想这便是文化的力量。一切军事争逐都是浮面的，而事情到了要摇撼某个文化生态系统的时候才会真正变得严重起来。一个民族，一个国家，一个人种，其最终意义不是军事的、地域的、政治的，而是文化的。当时江南地区好几次重大的抗清事件，都起之于"削发"之争，即汉人历来束发而清人强令削发，甚至到了"留头不留发，留发不留头"的地步。头发的样式看来事小却关及文化生态，结果，是否"毁我衣冠"的问题成了"夷夏抗争"的最高爆发点。这中间，最能把事情与整个文化系统联系起来的是文化人，最懂得文明和野蛮的差别，并把"鞑虏"与野蛮连在一起的也是文化人。老百姓的头发终于被削掉了，而不少文人还在拼死坚持。著名大学者刘宗周住在杭州，自清兵进杭州后便绝食，二十天后死亡；他的门生，另一位著名大学者黄宗羲投身于武装抗清行列，失败后回余姚家乡事母著述；又一位著名大学者顾炎武比黄宗羲更进一步，武装抗清失败后还走遍全国许多地方图谋复明，最后终老陕西……这些一代宗师如此强硬，他们的门生和崇拜者们当然也多有追随。

但是，事情到了康熙那儿却发生了一些微妙的变化。文人们依然像朱耷笔下的秃鹰，以"天地为之一寒"的冷眼看着朝廷，而朝廷却奇怪地流泻出一种压抑不住的对汉文化的热忱。开始大家以为是一种笼络人心的策略，但从康熙身上看好像不完全是。

他在讨伐吴三桂的战争还没有结束的时候，就迫不及待地下令各级官员以"崇儒重道"为目的，向朝廷推荐"学问兼优、文词卓越"的士子，由他亲自主考录用，称作"博学鸿词科"，这次被保荐、征召的共一百四十三人，后来录取了五十人。其中有傅山、李颙等人被推荐了却宁死不应考。傅山被人推荐后又被强抬进北京，他见到"大清门"三字便滚倒在地，两泪直流，如此行动康熙不仅不怪罪反而免他考试，任命他为"中书舍人"。他回乡后不准别人以"中书舍人"称他，但这个时候说他对康熙本人还有多大仇恨，大概谈不上了。

李颙也是如此，受到推荐后称病拒考，被人抬到省城后竟以绝食相抗，别人只得作罢。这事发生在康熙十七年，康熙本人二十六岁，没想到二十五年后，五十余岁的康熙西巡时还记得这位强硬的学人，召见他，他没有应召，但心里毕竟已经很过意不去了，派儿子李慎言做代表应召，并送自己的两部著作《四书反身录》和《二曲集》给康熙。这件事带有一定的象征性，表示最有抵触的汉族知识分子也开始与康熙和解了。

与李颙相比，黄宗羲是大人物了，康熙更是礼仪有加，多次请黄宗羲出山未能如愿，便命令当地巡抚到黄宗羲家里，把黄宗羲写的书认真抄来，送入宫内以供自己拜读。这一来，黄宗羲也不能不有所感动，与李颙一样，自己出面终究不便，由儿子代理，黄宗羲让自己的儿子黄百家进入皇家修史局，帮助完成康熙交下的修《明史》的任务。你看，即使是原先与清廷不共戴天的黄宗羲、李颙他们，也觉得儿子一辈可以在康熙手下好生过日子了。这不是变节，也不是妥协，而是一种文化生态意义上的开始认同。既然康熙对汉文化认同得那么诚恳，汉族文人为什么就完全不能与他认同呢？政治军事，不过是文化的外表罢了。

黄宗羲不是让儿子参加康熙下令编写的《明史》吗？编《明史》这事给汉族知识界震动不小。康熙任命了大历史学家徐元文、万斯同、张玉书、王鸿绪等负责此事，要他们根据《明实录》如实编写，说"他书或以文章见长，独修史宜直书实事"。他还多次要大家仔细研究明代晚期破败的教训，引以为戒。汉族知识界要反清复明，而清廷君主竟然亲自领导着汉族的历史学家在冷静研究明代了，这种研究又高于反清复明者的思考水平，那么，对峙也就不能不渐渐化解了。《明史》后来成为整个二十四史中写得较好的一部，这是直到今天还要承认的事实。

当然，也还余留着几个坚持不肯认同的文人。例如康熙时代浙江有个学者叫吕留良的，在著书和讲学中还一再强调孔子思想精义是"尊王攘夷"，这个提法，在他死后被湖南一个叫曾静的落第书生看到了，很是激动，赶到浙江找到吕留良的儿子和学生几人，筹划反清。这时康熙也早已过世，已是雍正年间，这群文人手下无一兵一卒，能干成什么事呢？他们打听到川陕总督岳钟琪是岳飞的后代，想来肯定能继承岳飞遗志来抗击外夷，就派人带给他一封策反的信，眼巴巴地请他起事。这事说起来已经有点近乎笑话，岳飞抗金到那时已隔着整整一个元朝、整整一个明朝，清朝也已过了八九十年，算到岳钟琪身上都是多少代的事啦，还想着让他凭着一个"岳"字拍案而起，中国书生的昏愚和天真就在这里。岳钟琪是清朝大官，做梦也没有想到过要反清，接信后虚假地应付了一下，却理所当然地报告了雍正皇帝。雍正下令逮捕了这个谋反集团，又亲自阅读了书信、著作，觉得其中有好些观念需要自己写文章来与汉族知识分子辩论，而且认为有过康熙一代，朝廷已有足够的事实和勇气证明清代统治者并不差，为什么还要对抗清廷？于是这位皇帝亲自编了一部《大义觉迷录》颁发各地，而且特免肇事者曾静等人的死罪，让他们专到江浙一带去宣讲。

雍正的《大义觉迷录》写得颇为诚恳。他的大意是：不错，我们是夷人，我们是"外国"人，但这是籍贯而已，天命要我们来抚育中原生民，被抚育者为什么还要把华、夷分开来看？你们所尊重的舜是东夷之人，文王是西夷之人，这难道有损于他们的圣德吗？吕留良这样著书立说的人，连前朝康熙皇帝的文治武功、赫赫盛德都加以隐匿和诬蔑，实在是不顾民生国运只泄私愤了。外族入主中原，可能反而勇于为善，如果著书立说的人只认为生在中原的君主不必修德行仁也可享有名分，而外族君主即便励精图治也得不到褒扬，外族君主为善之心也会因之而懈怠，受苦的不还是中原百姓吗？

雍正的这番话，带着明显的委屈情绪，而且是给父亲康熙打抱不平，也真有一些动人的地方。但他的整体思维能力显然比不上康熙，口口声声说自己是"外国"人、"夷人"，尽管他所说的"外国"只是指外族，而且也仅指中原地区之外的几个少数民族，与我们今天所说的外国不同，但无论如何在一些前提性的概念上把事情搞复杂了，反而不利。他的儿子乾隆看出了这个毛病，即位后把《大义觉迷录》全部收回，列为禁书，杀了被雍正赦免了的曾静等人，开始大兴文字狱。康熙、雍正年间也有丑恶的文字狱，但来得特别厉害的是乾隆，他不许汉族知识分子把清廷看成是"夷人"，连一般文字中也不让出现"虏""胡"之类字样，不小心写出来了很可能被砍头。他想用暴力抹去这种对立，然后一心一意做个好皇帝。除了华夷之分的敏感点外，其他地方他倒是比较宽容、有度量，听得进忠臣贤士们的尖锐意见和建议，因此在他执政的前期，做了很多好事，国运可称昌盛。这样一来，即便存有异念的少数汉族知识分子也不敢有什么想头，到后来也真没有什么想头了。其实本来这样的人已不可多觅，雍正和乾隆都把文章做过了头。真正第一流的大学者，在乾隆时代已不想做反清复明的事了。乾隆靠着人才济济的智力优势，靠着康熙、雍正给他奠定的丰厚基业，也靠着他本人的韬略雄才，做起了中国历史上福气最好的大皇帝。承德避暑山庄，他来得最多，总共逗留的时间很长，因此他的踪迹更是随处可见。乾隆也经常参加"木兰秋狝"，亲自射获的猎物也极为可观，但他的主要心思却放在边疆征战上，避暑山庄和周围的外八庙内，记载这种征战成果的碑文极多。这种征战与汉族的利益没有冲突，反而弘扬了中国的国威，连汉族知识界也引以为荣，甚至可以把乾隆看成是华夏圣君了。但我细看碑文之后却产生一个强烈的感觉：有的仗迫不得已，打打也可以，但多数边界战争的必要性深可怀疑。需要打得这么大吗？需要反复那么多次吗？需要这样强横地来对待邻居吗？需要杀得如此残酷吗？

好大喜功的乾隆把他的所谓"十全武功"镌刻在避暑山庄里乐滋滋地自我品尝，这使山庄回荡出一些燥热而又不祥的气氛。在满、汉文化对峙基本上结束之后，这里洋溢着的是中华帝国的自得情绪。江南塞北的风景名胜在这里聚会，上天的唯一骄子在这里安驻，再下令编一部综览全部典籍的《四库全书》在这里存放，几乎什么也不缺了。乾隆不断地写诗，说避暑山庄里的意境已远远超过唐宋诗词里的描绘，而他则一直等着到时间卸任成为"林下人"，在此间度过余生。在山庄内松云峡的同一座石碑上，乾隆一生竟先后刻下了六首御诗表述这种自得情怀。

是的，乾隆一朝确实不算窝囊，但须知这已是十八世纪（乾隆正好死于十八世纪最后一年），十九世纪已经迎面而来，世界发生了多大的变化！乾隆打了那么多仗，耗资该有多少？他重用的大贪官和珅，又把国力糟蹋到了何等地步？事实上，清朝，乃至于中国的整体历史悲剧，就在乾隆这个貌似全盛期的皇帝身上，在山水宜人的避暑山庄内，已经酿就。但此时的避暑山庄，还完全沉湎在中华帝国的梦幻中，而全国的文化良知，也都在这个梦幻边缘口或陶醉，或喑哑。

一七九三年九月十四日，一个英国使团来到避暑山庄，乾隆以盛宴欢迎，还在山庄的万树园内以大型歌舞和焰火晚会招待，避暑山庄一片热闹。英方的目的是希望乾隆同意他们派使臣常驻北京，在北京设立洋行，希望中国开放天津、宁波、舟山为贸易口岸，在广州附近拨一些地方让英商居住，又希望英国货物在广州至澳门的内河流通时能获免税和减税的优惠。本来，这是可以谈判的事，但对居住在避暑山庄，一生喜欢用武力炫耀华夏威仪的乾隆来说却不存在任何谈判的可能。他给英国国王写了信，信的标题是《赐英吉利国王敕书》，信内对一切要求全部拒绝，说"天朝尺土俱归版籍，疆址森然，即使岛屿沙洲，亦必画界分疆各有专属""从无外人等在北京城开设货行之事""此与天朝体制不合，断不可行！"。也许至今有人认为这几句话充满了爱国主义的凛然大义，与以后清廷签订的卖国条约不可同日而语，对此我实在不敢苟同。

本来康熙早在一六八四年就已开放海禁，在广东、福建、浙江、江苏分设四个海关欢迎外商来贸易，过了七十多年乾隆反而关闭其他海关只许外商在广州贸易，外商在广州也有许多可笑的限制，例如不准学说中国话、买中国书，不许坐轿，更不许把妇女带来，等等。我们闭目就能想象朝廷对外国人的这些限制是出于何种心理规定出来的。康熙向传教士学西方自然科学，关系不错，而乾隆却把天主教给禁了。自高自大，无视外部世界，满脑天朝意识，这与以后的受辱挨打有着必然的逻辑联系。乾隆在避暑山庄训斥外国帝王的朗声言词，就连历史老人也会听得不太顺耳。这座园林，已羼杂进某种凶兆。


4


我在山庄松云峡细读乾隆写了六首诗的那座石碑时，在碑的西侧又读到他儿子嘉庆的一首。嘉庆即位后经过这里，读了父亲那些得意扬扬的诗作后不禁长叹一声：父亲的诗真是深奥，而我这个做儿子的实在觉得肩上的担子太重了！（"瞻题蕴精奥，守位重仔肩"）嘉庆为人比较懦弱宽厚，在父亲留下的这副担子前不知如何是好。他一生都在面对内忧外患，最后不明不白地死在避暑山庄。

道光皇帝继嘉庆之位时已四十来岁[1]，没有什么才能，只知艰苦朴素，穿的裤子还打过补丁。这对一国元首来说可不是什么佳话。朝中大臣竞相模仿，穿了破旧衣服上朝，一眼看去，这个朝廷已经没有多少气数了。父亲死在避暑山庄，畏怯的道光也就不愿意去那里了，让它空关了几十年。他有时想想也该像祖宗一样去打一次猎，打听能不能不经过避暑山庄就可以到"木兰围场"，回答说没有别的道路，他也就不去打猎了。像他这么个可怜巴巴的皇帝，似乎本来就与山庄和打猎没有缘分，鸦片战争已经爆发，他忧愁的目光只能一直注视着南方。

避暑山庄一直关到一八六〇年九月，突然接到命令，咸丰皇帝要来，赶快打扫。咸丰这次来时带的银两特别多，原来是来逃难的，英法联军正威胁着北京。咸丰这一来就不走了，东走走西看看，庆幸祖辈留下这么个好地方让他躲避。他在这里又批准了好几份丧权辱国的条约，但签约后还是不走，直到一八六一年八

---

1 道光皇帝即位时实际为三十九岁。

月二十二日死在这儿，差不多住了近一年。

咸丰一死，避暑山庄热闹了好些天，各种政治势力围着遗体进行着明明暗暗的较量。一场被历史学家称为"辛酉政变"的行动方案在山庄的几间屋子里制定，然后，咸丰的棺木向北京启运了，刚继位的小皇帝也出发了，浩浩荡荡。避暑山庄的大门又一次紧紧地关住了，而就在这支浩浩荡荡的队伍中间，很快站出来一个二十七岁的青年女子，她将统治中国数十年。

她就是慈禧，离开了山庄后再也没有回来，不久又下了一道命令，说热河避暑山庄已经几十年不用，殿亭各宫多已倾圮，只是咸丰皇帝去时稍稍修治了一下，现在咸丰已逝，众人已走，"所有热河一切工程，着即停止"。

这个命令，与康熙不修长城的谕旨前后辉映。康熙的"长城"也终于倾坍了，荒草凄迷，暮鸦回翔，旧墙斑驳，霉苔处处，而大门却紧紧地关着。关住了那些宫殿房舍倒也罢了，还关住了那么些苍郁的山，那么些晶亮的水。在康熙看来，这儿就是他心目中的清代，但清代把它丢弃了，于是自己也就成了一个丧魂落魄的朝代。慈禧在北京修了一个颐和园，与避暑山庄对抗，塞外朔北的园林不会再有对抗的能力和兴趣，它似乎已属于另外一个时代。康熙连同他的园林一起失败了，败在一个没有读过什么书、没有建立过什么功业的女人手里。热河的雄风早已吹散，清朝从此阴气重重、劣迹斑斑。

当新的一个世纪来到的时候，一大群汉族知识分子向这个政权发出了毁灭性声讨，民族仇恨重新在心底燃起，三百年前抗清志士的事迹重新被发掘和播扬。避暑山庄，在这个时候是一个邪恶的象征，老老实实躲在远处，尽量不要叫人发现。

## 5

清朝灭亡后，社会震荡，世事忙乱，人们也没有心思去品咂一下这次历史变更的苦涩厚味，匆匆忙忙赶路去了。直到一九二七年六月一日，大学者王国维先生在颐和园投水而死，才让全国的有心人肃然沉思。

王国维先生的死因众说纷纭，我们且不管它，只知道这位汉族文化大师拖着清代的一条辫子，自尽在清代的皇家园林里，遗嘱为"五十之年，只欠一死；经此世变，义无再辱"。他不会不知道明末清初为汉族人是束发还是留辫之争曾发生过惊人的血案，他不会不知道刘宗周、黄宗羲、顾炎武这些大学者的慷慨行迹，他更不会不知道按照世界历史的进程，社会巨变乃属必然，但是他还是死了。我赞成陈寅恪先生的说法，王国维先生并不死于政治斗争、人事纠葛，或仅仅为清廷尽忠，而是死于一种文化：

> 凡一种文化值衰落之时，为此文化所化之人，必感苦痛，其表现此文化之程量愈宏，则其所受之苦痛亦愈甚；迨既达极深之度，殆非出于自杀无以求一己之心安而义尽也。

> （《王观堂先生挽词并序》）

王国维先生实在无法把自己为之而死的文化与清廷分割开来。在他的书架里，《古今图书集成》《康熙字典》《四库全书》《红楼梦》《桃花扇》《长生殿》，乾嘉学派、纳兰性德等等都把两者连在一起了，于是对他来说，衣冠举止、生态心态，也莫不两相混同。我们记得，在康熙手下，汉族高层知识分子经过剧烈的心理挣扎已开始与朝廷产生某种文化认同，没有想到的是，当康熙的政治事业和军事事业已经破败之后，文化认同竟还未消散。为此，宏才博学的王国维先生要以生命来祭奠它。他没有从心理挣扎中找到希望，死得可惜又死得必然。知识分子总是不同寻常，他们总要在政治军事的折腾之后表现出长久的文化韧性，文化变成了生命，只有靠生命来拥抱文化了，别无他途；明末以后是这样，清末以后也是这样。但清末又是整个中国封建制度的末尾，因此王国维先生祭奠的该是整个中国传统文化。清代只是他的落脚点。

　　王国维先生到颐和园这也还是第一次，是从一个同事处借了五元钱才去的。颐和园门票六角，死后口袋中尚余四元四角，他去不了承德，也推不开山庄紧闭的大门。

　　今天，我面对着避暑山庄的清澈湖水，不能不想起王国维先生的面容和身影。我轻轻地叹息一声，一个风云数百年的朝代，总是以一群强者英武的雄姿开头，而打下最后一个句点的，常常是一些文质彬彬的凄怨灵魂。

张 错

本名张振翱，曾用笔名翱翱，1943年生于澳门，广东惠阳人。中学就读于香港九龙华仁英文书院，后来陆续取得台湾政治大学西语系学士、美国杨百翰大学英文系硕士、华盛顿大学比较文学博士学位。曾任南加州大学比较文学系教授兼东亚系主任，现已退休。出版著作三十余种，包括诗集、散文集和评论集。

# 怀旧

在异国，往往对某一种中国习俗或食物或花草的固执的关注，不是来自本身的兴趣，而竟也发觉是一种怀旧的向往。譬如水仙，在寒冬里看着它的怒放，以浓郁的香味——都不是溺爱的缘由，追其究竟，竟发觉花及它的香味强烈地把我扯回童年时代春节的回忆里，为了追求那一丁点儿快要消失的回忆，于是水仙陡然变得重要起来，因为，它成了从现在搭向过往的桥梁。

过往读到听到很多怀旧的叙述，都是很北方而乡土性的，可是在我怀旧的回忆里，却反映出这时代的一种大变迁。我虽然本身是南方人，但我相信多数三十岁以下的年轻人在所谓怀旧的回忆里，北方的印象可说是模糊或甚至毫无印象的。我原籍客家，但故乡却从未回去过，一九四九年后，我们举家迁去澳门——一个依连着大陆的半岛，当时受葡萄牙殖民统治。在那儿，我度过了平静的童年，而我怀旧的回忆，竟也是从这南方的小城开始的。所以我的意思是说，在这个时代的大变迁里，我们年轻的一代代表了一种现象，我们对京城的描述有如面对一堆明清的古董，我们知道它是什么，以及它的源流来历等等，但我们似乎未拥有过，也从未在那儿生活过（正如我们从未把这些古董用作日常用品一样），所以我们缺乏一种亲切感。相反地，这个虽然名义是属葡萄牙占领地的小城，但在百分之九十五的中国人的生活圈子里，我的怀旧却不是异国的，也没有什么异乡同情的，因为，我念的是中文小学，吃的是中国饭，说的是中国话。

怀旧的感慨最大的当然是房屋的变迁（台北也自是如此）。我的老房子闻道也快要拆建了。这座位在风顺堂街的西洋房子，因为对面便是一座名叫风顺堂的大教堂，所以景物也是赏心悦目的，房子的后面便是澳门总督府的后花园，所以也稍分赏到一些四时花草的变化。那时候，总有三十年前吧，我们一家匆匆从广州迁往澳门，一切都是那么匆忙，以致我种下已长芽的西瓜种子还留在广州双桂坊的花盆里，便急忙随着大人们乘船来到澳门。

那时候，父亲还固执地坚持很快便会回广州老家的，以致在澳门的家里，父亲执拗地不要添置任何家具，至于基本日常所需的家私用具，很多还是租来的。有一家颇大、叫鸿昌隆的家具店，便租售了不少我们的家具。后来过了几年，父亲商人本色的脑筋灵活得很，看看没有回广州的可能性，很多家私便通通买下来了，包括了一张饭桌。

那是一张圆形而两边有活叶折叠的桌子，三十多年来仍旧放在那儿，就像故乡很多的事物，很少能和城市的各种遭变相

114

比；它们静静地躺在那儿，变成了一项历史的见证和象征。这张桌子，以桌子本身而言，不过是一件平凡的工具而已，但每一道时光的流逝，每一种人物的消失与生长，却在桌子上"也曾一道在此吃饭"的主题下做成了每一个掌故的成长。真的，当年的垂髫童子，如今却在照顾儿女吃饭；当年的壮丁男女，如今却已白发沾鬓，每一种生存的事物，都是时间流逝的指针，小者如清晨的一滴雾水，黄昏的一片飘叶，都不断指向宇宙里的动和变。

假如我童年的徙移变迁代表的一种大时代的动荡，那么上面那一张现已残旧的桌子却也代表了我家族的移变。像许多南方的望族，我们在故乡虽有颇为庞大的产业，但大多数的时间都是住在省城里，也许是城里方便做贸易吧。自大陆政权易手后，大多数的中产阶级都没有走回故乡"避难"，而我父亲，也像当年许许多多的成为港澳同胞的中国人，举家迁来澳门。

虽说是迁徙，但却也深深感到"逃难"的仓皇与匆促。那时候，那张圆饭桌只有两三个人在吃饭，与当年在广州吃饭的盛况，真不可同日而语。我的母亲因为要留穗生产幼弟，没有出来，而幼小的我，更强烈地感受到一个大家庭里面复杂感情下的摧残了。那时候，父亲心情不好，四处奔走经商，怜疼我的竟然只有一个用人。

这个用人，每次在我们吃饭时总是站在一旁侍候，待我们吃完后才收拾好那些残羹剩饭回厨房去吃。年少的我，完全没有感觉到这种封建家庭的规矩；但在那时家里的某些长辈，这种规矩的维持似乎直接牵涉到他们日落崦嵫的封建颜面。虽然奴婢制度早成过去，但残余的封建习俗仍然使某些家庭做了变相式的雇用。记得我家里的仆人有一个就是年轻时在家里做婢女，后来找了一个亲戚娶了她，几年后又叫她从乡间出来到我们家里来做事。这些看似很平凡的事情往往代表了一些不平凡的发现。至少，在这些智识低落的用人生活的无声的中国里，她们一生任劳任怨的贫苦生涯代表了一个比二十世纪虚无主义更虚无的问号；至少，悲剧的产生，一部分源自她们没有答案的脑袋，或更甚地，没有感觉及理解这问号存在的能力。我有时在想，有很多不合理的封建制度的"礼"和"教"，就是不断用各种制度去排斥这种去理解问号的能力。至少，在当时少年的我，或那些劳役仆从的雇主看来，往往主仆之间只是一种尊卑的契约关系，至于合理不合理，或平等不平等，却又不容易了解或从未想到去了解。

这个仆人，就是以前我在《祝福》里提到的老仆人阿二婆。站着侍候我们吃饭，一站便站了三十多年，直到她爬不上楼梯为止。阿二婆的身世，没有祥林嫂那般戏剧化。那时候，在广东各县份出来为佣的便数以千计，原因和早年台山、开平、三邑等县份的男人去南洋或美洲当苦工一样。因为家乡收成少，吃饭的人口又多，所以便尽量把家里的人口疏散到各地谋生，男人被"卖猪仔"到外国劳役，女人便大多数入城为佣了。这种家庭佣仆的职业，在妇女的谋生方法中占了大部分，至少在广东如此。沈从文笔下"栢子"老婆的生涯倒是绝无仅有，柔石笔下的典妻习俗也不见得在广东流行。

所以，我的怀旧充满了矛盾：个人的矛盾，时代的矛盾，历史的矛盾。我一方面缅怀故居各种温馨的回忆，另一方面却从故居的人与物上找出正义的愤慨；有时我庆幸自己感到羞耻，因为我真不知道我将会是怎样的一个人，假如我把空饭碗交给站在身旁给我盛饭的仆人？当然，我也不是说如果每人都懂得自己去盛饭，就能够去救中国救人类。

后来，我的母亲在穗生产后，便来澳门和我们相聚。我刚生下来的幼弟没有来。后来长大了才知道，因为家里的九叔婶没有子嗣，便把我的幼弟"过继"给九叔那一房来承继香火。母亲愿意不愿意，我不知道，但我知道在这一个大家族里，一个女人的命运以及她本身的意愿实在太渺小得微不足道了。尤其是我母亲，本来出身自潮州汕头的一个渔村，捕鱼人家，真应得上《源氏物语》内里夕颜对光源氏诵出的和歌——

本是海滨贱人之子，

日惟追波逐浪，

了无定处。

我的外公很早便逝世，听说是条义气干云的硬汉子，但却也酗酒而好斗。潮州民风强悍，据云外公就是斗殴过多而内伤致命的。那种时代，也是应得上一句有强权而无公理的时代，很多事情，用私人方法去处理倒也省事得多；可是这种"私人方法"，却往往需要身手矫捷和丰富经验才得成为强者，看来我那早倒下来的外公也算得上是弱肉强食的牺牲品吧。至于后来母亲怎样在时局不靖的形势来到省城，以及成为这家族的一员，倒可想象到内里自有辛酸的一页。但多年来，在澳门安度过一段快乐童年的我，却从未听过母亲对自己命运作些愤懑的批判。她好像把她那一代的辛酸默默承受过来，就像一块巨大的海绵，静静地吸吮着每一滴时代痛苦的泪水，而又一直无声地蕴藏，好像无声的中国是永远的，愤怒的呐喊是永远不可理解的。在我漫长怀旧的回忆里，往往出现在脑海里的图画是海滨一排排静默的大榕树，沿着南湾掩向西湾，这就是我和母亲一段沉默的交往。

那时候，尤其在夏天，南国的夜晚是潮湿而闷热的，吃过晚饭，母亲就带着我沿着斜斜的长巷走向海边去，然后沿着海堤漫步而行。这是一段漫长的散步。如果母亲有她的同伴，也许我便会和一些童年的游伴在堤边捉螃蟹或游玩；如果没有别人，只有我们两人，或和妹妹一起时，我的散步是一段漫长沉默的追随。在青麻长石铺的行人道上，我低下头看到的是无数熟透了的榕树的褐红色种子掉在地上，一些被践得扁烂，一些还完整，圆圆的像一颗颗小型的小葡萄，抬起头看到的却是无尽的榕树须根，从长长手臂般的枝丫上垂了下来。往侧看去，右边往往是一列古典的欧洲型的房子，依山面海，左边却是黄浪滔滔的海水了。

有时我和母亲倚在石堤坐下来，多年来，童年的我和她，沉默是我俩交沟感情的方式。有时我竭力想从她那望海忧郁的眼神中去找寻出一点什么，但似乎什么也找不到。即使现在，我也永远没法去明白那望海的眼神；因为如果那从前望海的眼睛瞻望的将来就是所谓现在，现在是否就——如理想般展现于她眼前呢？何况，如果那从前望海的眼睛回顾的是过去，那我又该怎样去和她一起追溯回她的过往？

个人的摧残，家族的恩怨，时代的变迁，在我怀旧的底片里，那种褪了色的黑白的确也令人感到凄怆的。我常常想，大概中国在新旧交替时代的每一个大家族都可以成为一本家族历代事迹长篇的"沙格"（Saga）[1] 吧。譬如从我曾祖当年弃文习武开始，得了武举后擢升为九龙城总兵为止，就是沙格最好的第一帖。

所以在怀旧追述中的我，竟也感到存在主义的无所依凭了。我一直是存在的信徒，而以存在决定一切的演绎来解释我的人生；可是每当存在观念投射去将来时，将来竟也成为一桩虚无缥缈的事物。多少年时，我们计划了将来而与将来产生矛盾冲突！我也曾一再叹息于自己已不再追问去做一件事的原因了，因为发生和将要发生的，都像被投掷于万丈深壑的急坠里，过程虽然是急促的，但是那一声期待已久深沉的回响呢，却在不断的期待

---

[1] Saga，即传奇故事。

与失望交替下悬疑着，直到某一刻你感到差不多完全绝望而放弃时，却"咚"的一声把你震醒，把你的一切推向过往，而你又开始另一种急坠与期待。

虽然早已过了激情的年代，以及华兹华斯所谓青草光辉闪耀的时代，但在怀旧的追述里，我仍保持着一种浪漫固执的向往。假如生命是一段时间、一首歌，冯至在《十四行集》里说：

> 我们安排我们在这时代
> 像秋日的树木，一棵棵
>
> 把树叶和些过迟的花朵
> 都交给秋风，好舒开树身
> 伸入严冬；我们安排我们
> 在自然里，像蜕化的蝉蛾
>
> 把残壳都丢在泥里土里；
> 我们把我们安排给那个
> 未来的死亡，像一段歌曲

那么过往的事物都是这段时间晶莹凝浑的露水，或是歌里跳跃起伏的音符。我的回顾，没有代表我的颓废，虽然，几度夕阳，青山依旧，尤其在一个时代和人物的消逝和递变里，有某种程度的伤感是一定的。假如时代历史的发展是直线而没有重复，那么生命历史的发展亦何尝不是如此？而在生命急泻直下的激流里，我的怀旧恰似奔湍的回旋，在岩石间激射起的无数水珠，躺在石间、泥土和草叶间，仍然战栗，仍然翻腾激动，仍然勇敢地在阳光下对自己说——看，这曾是自己，曾是这一些事情。

阿　盛

本名杨敏盛，1950 年生，台湾台南人。东吴大学中文系毕业，曾任台湾《中国时报·人间副刊》编辑、生活版主编、综艺版主编以及《时报周刊》美洲版编辑主任。著有散文集《唱起唐山谣》《散文阿盛》等。

# 厕所的故事

开始念小学那一年，我第一次看见卫生纸，至于正式使用，是在二年级的时候，在这之前，解手后都是用竹片子或黄麻秆一揩了事。大人们的厕所在房间内，用花布帘围住壁角，里边放着马桶；小孩子们没有限制，水沟、墙角、甘蔗田以及任何可以蹲下来的地方，通通是厕所。

在学校里，老师天天交代我们：要穿鞋子，要常洗头发，要买卫生纸，不要随地大小便。我回家跟爸说要买鞋子，爸说没那么"好命"；我提起卫生纸的好处，妈说那太浪费，小孩子不懂赚钱的辛苦；我又引用老师的话，说用竹片子揩屁股会生痔疮，爸生气了，他说老师一定疯了，因为他从一岁到二十多岁都是这样，也没生过痔疮；我小声地说，应该有厕所，祖父说，奇怪，水沟不是很多吗？最后爸解释说，卫生纸太薄，容易破，揩不干净。这以后，妈准许我用粗草纸，那是大人们用的，不过，我还是宁可用竹片子，粗草纸就带到学校让老师检查，我们班上有一半以上的同学都和我一样，老师也不再要我们买卫生纸了。

二年级下学期，三姑带着表弟从台北来我家玩。吃过中饭，表弟说要上厕所，我带他到门前的水沟边，他很惊讶，硬是不肯脱下裤子，说是没有东西挡着他拉不出来。我带他到猪舍旁边，他蹲在地上，不时看着我，然后站起来，说是也拉不出来，我只好走开，隔一阵子就喊："好了没有？"表弟苦着脸走出来对我说没有，我拉起他跑到学校，他急忙冲进厕所，出来之后，满头大汗。在回家的路上，他一直问我：为什么厕所里没有水箱子？为什么有很多很多白白小小的虫？还有，在水沟里拉屎，警察为什么不管？我说警察的儿子也和我们一样。他就说，回台北以后要报告老师，叫老师来抓警察。我听了感到很生气，跟他说，警察和真平、四郎一样伟大，不能抓。他不相信，还说校长可以管老师，老师可以管警察，真平和四郎跟总统一样大，不是跟警察一样大。我气极了，不再理他。

三年级放寒假的时候，爸和叔叔们合资盖了一间厕所。"落成"那天，我们几个小孩子热烈地讨论谁应该第一个使用，六叔把我们赶开，他说他是高中生，当然是第一。他进去了，一下子又走出来，很不高兴的样子，原来，有人先进去过了。六叔一口咬定是那个泥水匠，他嘀咕着说要找泥水匠算账。我们建议六叔把他抓来灌屎，像灌香肠一样，六叔说好。那天晚上，爸和叔叔们在院子里聊天，聊到这件事，二叔说，新厕所有外来的"黄金"，大吉大利，六叔不同意，他认为新厕所应该由自己人开张，才有新气象，爸没有意见。我对爸说，六叔只知道拉屎要争第一，六叔一巴掌打在我屁股上，妈说该打。我很不甘心，跑去告诉祖父。祖父走出来，把六叔骂了一顿："你吃饭争第一，拉屎争第一，为什么英文只考了二十——二十——"我说二十七分，祖父接下去："二十七分！啊？"五叔在一旁笑，他说这也可以算第一。六叔说，五哥以前数学只考二十四分，乌龟笑鳖没尾巴。祖父说："都是尿桶！"过后，我问六叔，还要不要把泥水匠抓来灌屎，他说我以后再这么问，他就灌我。

　　我升上五年级，村长换了人，新村长说，要好好整顿村里的环境卫生。首先，他出钱盖了四幢公用厕所，又一家接一家地劝人盖厕所。他跟祖父说，厕所和吃饭一样重要，祖父说哪有这种事！一有空，他就骑着脚踏车到处巡视，发现有小孩随地大小便，当场打屁股，我们班上有好几个男生被他打过，都很气他，叫他"哭铁面"。每次开村民大会，他一定会再三地说明厕所的重要性，有一次还说"厕所就是生命"，六叔跑到台上去，不知道跟他说了些什么，他马上又补充了一句："厕所为成家之本！"末了，他建议大家不要再用竹片麻秆揩屁股，因为这样会得破伤风。有人站起来发言，说不会得破伤风，应该是会生粪口虫；我们学校一位女老师立刻又发言，她认为应该是生痔疮才对；然后指导员出来解释，他说，应该是会长瘤才合理，他的一个朋友就是这样。到后来，村长说："通通有可能，不过，得破伤风的机会最大。"那一次大会后有赠送纪念品，每家三包卫生纸、两包樟脑丸、一把长柄猪鬃刷子。乡里派来的卫生员特别交代，刷子是清洗厕所用的，妈说这种刷子这么好，用来洗刷厕所太可惜，所以一直放在厨房里使用。

初一那年冬天，嘉南平原大地震，震塌了村里两幢公用厕所。救灾工作结束之后，村长开始计划重建厕所。村长太太负责募捐工作，她几乎天天都在村子里跑来跑去。那阵子，米菜肥料都缺货，物价又贵，村长太太跑了两个礼拜，还凑不到盖一幢厕所的钱。又过了几天，邻村有个有钱人到我们村子来，他说他愿意负责盖厕所的经费，条件是，水肥归他收一年。村里的人开会通过，半个月后，厕所盖好了，还装了水箱，那个有钱人每天派车子来载水肥，听说他包办了好几个村子的水肥，转手卖给鱼塭和农家，一桶二十五块钱。过了一阵子，他问村长，为什么你们这里的水肥特别少？村长说，本来就这么些。他不相信，硬说有人偷肥。村长说那东西又不能吃，谁要偷？两个人先是在路上吵，一直吵到派出所，又吵回路上，然后再吵进派出所。警察耐心地分析：这里的人八成以上种甘蔗，根本不要肥料，村长保证没有人偷去吃。那个有钱人气得脸都歪了，他嘀咕着说，这样下去会赔本，生意真不好做，怎么大家不多拉一点？怎么不多拉一点呢？大约一个月后，政府大量配给农肥，接着肥料两次跌价，那个有钱人再也不派车来载水肥了。村长把他找来，要他按照契约清理水肥。他说要那么多干什么，又不能吃！两个人又到派出所去，结果，一直到我念初二上学期，他都派车清理水肥，一个月一次。有一次，六叔在路上遇见他，问他水肥好不好卖，他说生意不好做；六叔又问他，想不想再跟我们村子订契约？他说只有疯到第三期的人才会这样问。

我读高一的时候，乡里举办中北部春节旅行，我也参加。第

126

一天晚上，住在台中火车站附近的一家旅馆，这才第一次看见了抽水马桶，以前只看过图片。住进旅馆以后，大家都往厕所里跑。乡长站在一边维持秩序，一面叫着慢慢来，他说，留得屎橛在，哪怕没得拉？等轮到我，我一头冲进去，看见抽水马桶，心里有点害怕，还好我知道是用坐的，坐了上去，也不知怎么搞的，几乎用了两百公斤的力量，仍然拉不出来，外头敲门敲得很急，我在里边更急，好一阵子，看看是不会有"结果"了，只好出来，身上直冒汗，乡长问：好啦？我说好了。那天晚上，好不容易熬到厕所空了，我才放心地走进去，蹲在马桶上。以后的两天，我都是这样。第四天早上，我们正在整理行李，旅馆的老板娘气冲冲地跑来，她说不知道是哪些人弄坏了三个马桶护圈。我们都说，那一定不是我们。老板娘唠叨了许久，她说护圈是新装上的，怎么坐得断？真奇怪！

去年暑假，我回家乡，找六叔聊天，聊起有关厕所的事。我对六叔的几个孩子说，你们命好，我们小时候连厕所都没有呢，他们不太相信。我说不但这样，解手后都用竹片子揩屁股呐，他们说我欺骗儿童。六叔说，这是真的。八岁的小堂弟说，他要去报告级任老师，爸爸和堂哥爱撒谎；十岁的堂妹说，最好报告校长，因为校长比较"匈奴"，一定会打堂哥屁股；正在念初一的堂弟说，爸爸是石松，堂哥是余天，搭配得很好，真会"讲笑话"。最后，他们联合问我们一个问题：用竹片可以揩得干净吗？六叔说大概可以，我说差不多啦。

林文义

陈幸蕙

罗智成

张让

廖鸿基

叁 | 山 河 已 秋

# 林文义

1953 年生，台湾台北人。台湾艺术专科学校广播电视科毕业，曾任书评书目出版社及《文学家》杂志社总编辑。著有散文集和小说集三十余部。

# 千手观音

在静肃庄严的金色莲台上，他赢得了永恒的崇敬与敬慕；是千年流传不歇的神话与佛说塑造了他，君临天下般地面海昂坐，庸碌的凡人以热切的顾盼，仰首向他。千手观音，你的千手真能翻云覆海、普度众生吗？人们只交口不绝地礼赞你超俗非凡的形象，却从不问及：是谁巧手地将一块巨大的檀香木雕琢成今日，辉煌而又壮观的神祇。

偏僻而破落的小街，许多仍是民初遗下的旧式老屋。我侧身走过的时候，从两扇斑驳的木门之间，瞥见幽深阴暗的屋里角隅，静立着几尊稍具形态的檀木块；在暗淡的、令人感到窒闷的空间里，隐约的，透着一种古老的幽香。再过去，光线变得忽然亮了起来，我将视线投注而去，才发现那是一处天井投下的天光，有一只长满苔痕的井，以及井畔，一只呵欠连连的虎斑猫。

在这滚滚的红尘，竟有着这么一条偏僻而古老的小街，民初的砖瓦屋，木质镂花的窗棂，以及小街尽头，那片喧哗而发亮的海。而这条小街，恍如是梦里才能存在的，它那种异常宁谧而古老的美，竟深深地震撼着我。多年以来，我的眷爱一直系身在这滨海的小镇，它那荷兰式的老建筑，夕照里，动人的海湾、如画般的舢板……

而我此刻，竟被那老屋里，静立的檀木块所深深吸引着——那不像只是单纯的外销木刻品吧？只能说，它们是一些初次的雏形，威武严厉的神话人物，静坐莲台的悉达多……檀木块与我面对许久，逐渐升高的，是一种敬畏；我的意识变成一双灵巧的手，将那几块稍具雏形的檀木，转眼刻成一尊尊精致如生的神像……我惊惧地倒退。

我的慌乱，在厚重的木扉竟弄出很大的声响，将天井那端，大概是住处里的人吧，吸引了出来。他的脸颜经过天井时，整个都白了起来，而后，闪入长廊的幽暗里，在我再次明澈地看清这张脸颜时，他已鬼魅似的飘到我的前面，是一个白发、瘦长的老人。他问及我的来意，我说，我只是路过，被这几个神像的雏形吸引，留住双腿的。刻神像你有兴趣？他偏着头问，像孩子般天真的老人。我回答：我不会刻，可是，我喜欢看正在雕刻中的神像。你心里有神明吗？没有神明是不能看的。他问着，我点点头。

我成了老人以及檀木雏形们的客人，一张乌心木的圆桌上，老人殷勤地沏了一壶铁观音：以前，我喝的是普洱茶，改喝铁观音是半年来的事，因为我正全力在刻一尊巨大的神像，一座佛寺大殿里需要的，千手观音像。老人慢慢地说完，以极优雅的姿态倒了茶奉客，在提及"千手观音"四字时，老人眼里，竟闪射出异常明亮的神采。

　　幽暗，宁静的室内，仿佛可以听到敲击锉刀的声响，是错觉吧？那些未完成的神像变得怪异而狰狞了起来，在我定神回望它们之时，神像却又显得异样地柔和。我竟冒昧地问老人：您刚才所说的"千手观音"呢？老人并不因为我的唐突而面露不悦，他以极轻微的动作示意我与他同时起身，带我穿过幽暗的长廊、明亮而死寂的天井，重新再走入幽暗，那只原是蹲在井畔的虎斑猫，也无声无息地跟在身后进来。在黑暗里，虎斑猫幽绿的眼睛在黑暗里闪着妖异的光，极令人惊悸的。终于在一扇紧合着的门前，老人用双手推开，强烈的午后阳光，剑般地射满我们的躯体——千手观音在哪里？我四处回盼着，原来是屋后一片荒芜破落的林地，并没有什么千手观音，只有一整块极为巨大的檀香木。

　　你看到千手观音了没有？我摇摇首。老人走过去，轻轻地拍击了那块巨木几下：这就是我正在雕刻的千手观音呵！我客气地否定了他的话，老人竟变得相当地严厉：千手观音就在我心里，一刀一锉地雕刻着，这块巨木只是他的外貌，我雕刻神像，必须先在心里奉守着对他的信仰与敬畏，否则，这座神像是无心的；无心的神像，如何能在苦海茫茫间，伸手普度众生苦难呢？说得我羞愧而无言。

　　我们仍回到前室去喝茶，我感觉，我的步履竟是小心而充满一种敬畏……无心的神像，如何能在苦海茫茫间，伸手普度众生苦难呢？老人的这句话，一再地在我耳畔不断回绕着。我们啜着茶，吃着糕饼，谈论着彼此。

一个从小在鼓浪屿长大的江南少年，而今，在这异乡三十年的离家岁月，已是年近七十的老人了。在鼓浪屿看海峡，在异乡滨海的小镇看海峡，有什么不同呢？共属一道海峡，而故乡却是在海峡的对岸。今生是必须埋骨此地了……老人竟然感叹了起来，眼角是润湿的。来到台湾已经三十七岁，而我选择这里定居了下来，因为这里滨海，好似我的故乡鼓浪屿。

必须追溯到更遥远的年代了，抗日的时候了吧？我已经无法记起年月了，只知道那儿是老河沟……日本的飞机整天蚊蚋似的盘旋在头顶，炸弹的碎片将邻兵的脑袋整个砸得稀烂；他的雪白的脑浆掺杂着鲜血，喷得我一头一脸；几分钟前，还是有说有笑、铁铮铮的一条汉子呢！我记得，我是连机枪手，我的右手食指都扣出血来了，日本人好像永远杀不完——满山遍野，蚂蟥般的鬼子，密密麻麻地，像一大群贪婪的饿狼，踩过已被尸首填满的战壕，狼嗥似的冲杀过来；我干掉一个日本少佐，他被我的机枪扫中，跳豆似的，反弹到铁蒺藜上，就吊在那上头，断气，右手还紧握着，有菊花图案、漂亮的军刀。可是，你不会想到，从他破碎的军服间，像秋天落叶般飘下的，是一张发黄的相片。我很清楚地看到，那是一个含着慈笑、穿着和服的日本老妇人，是他远在祖国的母亲吧？

而死去的少佐，吊在铁蒺藜上，摇摇荡荡的，像一具可笑的傀儡呢。我忽然悲戚了起来，还是一个英俊年轻的少佐军官呢，死在我的连环机枪下，他的生命竟然比一只老鼠还要不如！但是他是敌人，是一个日本侵略者……他的母亲会哀伤地放声大哭吧？像一株落英的樱花，纷纷地坠下……华北，我看过日本领事馆，红墙里的樱花呢，太凄艳了呵！

在上海保卫战时，日本飞机惨无人道地飞临黄浦滩大肆轰炸，许多幼小孩童的父母都死在崩塌的瓦砾里。侵华战争，我看够了人世间的生离死别，甚至，我变得麻木了，太多的死亡，太多的哭声，我在作战，我也在流泪。

一直到有一次，台儿庄吧？我们在一处洼地与敌人正面遭遇，我的左臂被一颗流弹擦过去，血令我慌乱，我以为，下一颗子弹，一定会洞穿我右胸里，那颗急促不安的心脏。我几乎想抡起大刀，冲杀过去；一个陌生的弟兄将我扑倒，然后将他胸袋里，一样香火袋似的硬物递到我的手里，就在下一刻里，我还没来得及向他致意时，他中弹身亡，而我却安然无恙……是他的香火袋救了我吧？

台儿庄，我们二十九军打了漂亮的一仗，我们付出了相当惨重的代价，很多伙伴，都在浓密而残酷的硝烟中捐出了他们高贵的生命……我躺在战壕里，将那个香火袋的袋口松开，里面竟然是一尊小巧、精致无比的观音像。从那尊观音像，我逐渐明白，生命就是一种无限的爱呵！就这样，我一直将那个香火袋及观音像带在身边，直到胜利。

追忆似乎在他眼里闪亮着……他的右手，掌背的筋脉像地图里的河流，里面奔流的，该是一种仍是昔日激情的血液吧？那只瘦削的右手，竟能雕刻出一尊尊为人所敬拜的神像——是神选择了他吧？您什么时候学会雕刻神像的？是不是在台儿庄战役时，殉国的战友的遗物——观音给予您选择了雕刻这件工作？不仅是工作，我把刻神像当作我生命的一种信仰、一种依靠；另外，刻神像是我用来谋生的工具。老人的话缓缓地从他唇中流出，一种宁谧平和的美，在他老去的脸颜浮现着，我觉得，我受了感动。

话题又在我们共同燃起烟的时候，再次回溯到三十年前，那段战役，悲喜交集的日子里——你一定很想知道，我在哪儿学会了雕刻神像吧？我点一点头，猛吸了一口烟。在汉阳，一个辽宁来的老师傅，在市郊的一个小集，开了一家刻神像的小铺。那时，我们驻扎在那儿，没事，我就溜去看他刻神像。起先，他老人家连理都不理一下，他默默地，一刀一刀地刻着，我也捺着性子，一次一次地看着。倒是他老人家先不耐烦了，他粗着嗓门朝着我吼说，这么个老弟，你看呀看，不烦哪？我心中大喜，嘿！泥塑菩萨竟然开其金口了，连忙恭恭敬敬地行大礼，请他老人家收我为徒。事实上，我老早就想要走这条路了，那个兵荒马乱的年头，能够学得一技在身，就不怕混不到一碗饭吃呵！就这样，我跟着老师傅学，就是这么回事。

可是，抗战胜利后，一桩事深深地震撼了我。那时，我离开了军队，就凭这一手雕刻的手艺，五湖四海到处为家了。在芜湖，我看到许多等待被遣送回国的日军战俘，破烂的衣褛，无神的眼睛，每个人都消瘦得不成人形。过去的罪恶，使得他们深切地畏惧着他们曾极度迫害过的中国人民……有些战俘为了吃饭，在街上推垃圾车、清水沟……我恨过他们的，可是，在那时候，我心里却有一种哀痛的感觉。八年的战争¹，我们国家支离破碎，有多少丧生在炮火里的同胞生命？而日本，他们战败了，他们醒悟时，他们的岛国一切都被摧毁了。战争是多么残酷而又愚蠢的，为什么，人与人之间，务必要经历惨痛的死亡或伤害，才能够获知和平的可贵？我默默地望着他们，秋晚的风，强劲地击打着他们单薄而破烂的衣衫，唉！这是谁的罪呢？

我忽然想起一直带在身上的观音像，那是我刚才提及的，死在我身旁的战友的遗物。我竟然不自禁地将他从胸袋里取了出来，走近那几个正在推垃圾车的战俘身旁，他们畏惧得连连向我卑躬叩首地求饶，我竟然掉泪了……这就是侵略者战败后的形象吗？比一条野狗还不如。我将观音像递交到其中一个战俘手中，我说，带着他，一路平安地回乡去吧。他们怔住半晌之后，竟然放声哭了起来……他们的故乡很远很远吧？那个紧握着观音像的战俘竟然以流利的中国话，结结巴巴地告诉我说：先生！我们太惭愧了，您将这尊佛像给我们，他教我们看到了仁慈与怜悯……我们会带着他回国，并且把他供奉起来……因为，他令我们感到有一种无比的希望以及依靠，谢谢您，先生。

从那一刻起，我深深地彻悟到：我能够以灵巧的右手雕刻神像是一桩何等宝贵的事呵！以后，我每逢雕刻一尊神像时，我都会静静地想很久……我心中有没有神呢？如果没有神，刻出来的

---

1 指从1937年"七七事变"中日战争全面爆发至1945年日本宣布无条件投降的八年战争。实际上，1931年"九一八事变"爆发，中国抗日战争就开始了，共有十四年。

神像，只是饰物，而不是有心的，我说的"心"是指我们在从事工作时，对它所抱着的信仰。

三十年来，我镇日与这些木块为伍，它们恍如我亲生骨肉，我熟悉它们特有的质性，经由我手，它们成为一尊尊受人尊崇敬拜的神像，而在他们离去很久之后，我仍会极清晰地记着他们……这种怀念是很幸福的，你知道吗？而我此生唯一的心愿，就是像我那位汉阳的老师傅一样，穷最大的心力，雕出一尊巨大而完美的神像。这样想啊想，想了三十年，几乎成为一种非常强烈的欲望呢。终于，有座远近闻名的大寺庙，他们的住持找上我，要我刻"千手观音"，我几乎以为这只是梦，"千手观音"！我想了三十年的梦……多么遥长的等待呵！而这个多年的夙愿，一旦得偿，我反而变得慌乱而无措了。

千手观音，我必须以最虔敬的心灵去构思他庄严而又慈蔼的法相，尤其在面部的神情，那双法眼必须要刻出一种洞悉大千的神韵……再来是观音的十八只手，或弹指，或微握，或执圣剑，或执法铃、戈斧……说到这里，老人显出一种遭受极大的困难，而又试图突破的坚毅神色，他咬咬下唇，有种非将千手观音完成誓不干休的气势。我沉默地回过头，将视线挪到放置着那块巨木的林地方向。老人又说话了：刚才你在后面看到了，那块巨大的檀木，我寻遍了全岛，才找到它的，它将因为"千手观音"的完成而不朽，人们不会记得赋予他形象的我，但观音会在千万人的崇敬仰望里，默默地，不求回报地，普度着众生。该知道，佛家说的，苦海茫茫，回头是岸。千手观音会成为人们空虚的心灵中，一种闪亮的希望，一种迁善以及怜悯。

过了大约一两年，我离开了北岛的大城，从学校毕业，带着一种空泛而又彷徨的心思，走入军旅；临行时，我的母亲在泪痕里交给我一个红布缝成的香火袋……我忽然感到整个心都疼痛了起来。想起的，竟是滨海小镇，那位木刻老人，他是否已经将那块巨木变成了庄严雄丽的观音巨像了？用他最后的，也是最精粹的心以及血……

训练中心，紧凑而又奔忙的战斗课程，十月炙热如火的太阳，粗糙的野战服汗湿着，结晶着白色的盐粒……战壕里，步枪横在疼酸的右肩，准星对着二百五十码[1]外的迷彩靶，不停地扣发，射杀的，是许多绵长的空寂吧？汗水顺着颈项流入肩窝里，香火袋也润潮着，我用左掌紧紧地护着它，像护着母亲遥远的殷殷嘱咐。将香火袋取了出来，想起的，依然是那个木刻的老人，以及一种深藏在内心深处的惦记：老人的"千手观音"是否已经完成了？

两年的军旅多么迟缓而又飞逝，归乡。在北上的公路长程车里，我平静地想着：回到北城的第一桩事，也是两年里像潮水时时涌动在内心的那分期盼——前往那滨海的小镇，去看那木刻老人，去瞻仰他不朽的"千手观音"。

像许多故事里的情节——虽然我厌恶这种复印似的巧合，事

---

1 英美制长度单位，1 码约为 0.9 米。

实告诉我，老人已经去世了。带着一份悼念的低沉心情，走回两年前住着老人的那条古老的小街，小街依旧，小街的尽头，仍是那片发亮的海。老人的家居已经换了主人，一家窄小狭长的杂货铺，依然是阴暗幽深的。明亮的天井却因成为杂货纸箱的堆积处而显得不再明亮……你找刻佛公的老伯呵！他死去半年了，脑充血。主人黯然地说着。我觉得一阵伤楚，扑空的幻虚感上升着：他那尊巨大的观音呢？我只是不经意地问及，想不到主人却热切地告诉我，应该去××庙瞻仰那尊有十八只手的金身观音：就是刻佛公的老伯亲手雕成的，听说很灵呢。

　　穿过那条幽深的、长长的隧道，两旁，十八罗汉神像静立着，狰狞、威武，而我缓缓地走着，多么长的一条隧道呵！千手观音就在洞的那端吧？该是怎样的一种形貌呢？我在幽暗里走动着，忽然觉得一种疲倦，意识里的……苦海茫茫，回头是岸。老人的话像一种极为遥远的声音向我回绕而至，前面真是茫茫苦海吗？我是否该回头，回头是岸吗？而老人的千手观音就在苦海的彼端，他的慈悲、怜悯会度我一生吗？我一步一步踏实地走下去，不敢回首。

　　幽暗逐渐转亮，那是一处隧道的转角，洞口异常亮烁的天光，整个闪射过来，反照的，是一尊金色夺目的形体，仰首，惊栗……十八只曲线优美的金手，各执佛家法器。我转过身去，与他面对着，千手观音！他法相庄严慈蔼，以四十五度角的斜度，俯首望其尘世，望其芸芸众生。我仰望着千手观音，仿佛仰望着逝去的老人，我潸然泪下。

在静肃庄严的金色莲台上，他赢得了永恒的崇拜与敬慕；是千年流传不歇的神话与佛说塑造了他，君临天下般地面海昂坐，庸碌的凡人以热切的顾盼，仰首向他。千手观音，你的千手真能翻云覆海、普度众生吗？人们只交口不绝地礼赞你超俗非凡的形象，却从不问及：是谁巧手地将一块巨大的檀香木雕琢成今日，辉煌而又壮观的神祇。

陈幸蕙

1953 年生于台中清水镇，湖北汉口人。台湾大学中文系学士、中文所硕士，先后任教于台北师专、北一女中、世新大学等。现辞去教职，为专业作家。

142

# 金合欢

## 无名之夜

仰卧在赤道非洲热带雨林的边缘，当晚风掀动层层碧叶，新月森冷的光，便趁隙闪射进来。

森冷的、刺痛人瞳孔的光——她不禁想起那柄开山刀高高举起时，薄刃处所亮起的寒芒……

如果，日子延续着日子，今天继承着昨天，那么明日，当太阳自印度洋海面升起，又开始梳洗着草原上她所喜爱的金合欢时，艳艳晴光，是否也仍将一如往日，继续投影在她灰碧的眼眸深处？

其实，这是一个非常宁静美丽的夜晚，与死亡无关。

尤其从她所躺卧的方位揣想，啊，维多利亚湖在北，肯尼亚大裂谷在东，更远处是吉力马札罗[1]火山，和终年弥漫热带香料芬

---

1 即乞力马扎罗。

芳的桑给巴尔岛——

而此刻，岛上伊斯兰教寺院的廊荫里，那些身穿长袍、头戴绣帽的长者，还在殷殷祈祷吗？市场上赤足裸臂、披鲜艳印花布块的非洲妇女，是否已扶住头顶装满绿香蕉的篓筐，各自归家了？马口铁皮屋檐下，近乎露天的简单晚餐，想必正包括了木薯和碎花生所合煮的稀汤吧！

赤道非洲的夜，若无瓢泼阵雨，总格外晴朗安详。而每一个像今晚这样无名的夜，都正如十八年前她漂洋越海，初临这陌生土地时，所度过的第一个深受撼动的夜晚一样。

当然，晴朗安详的表层底下，在藤蔓纠葛的林间，在隐秘错综的灌木丛里，甚至在平坦辽阔的稀树草原，或一望无际的野地之上，最凶险不测的杀机也随时不假辞色地隐伏着。但十八年冷静的学术生涯，她岂不早就学会了去面对大自然铁硬无情的律法，去面对弱肉强食最残酷血腥的现实，同时也学会了说服自己——生命，便是一连串爱与受苦、与希望交织纠缠的历程？

因此，每一个做完田野工作的日子，傍晚时分，当她回到研究营地的简陋小屋，独留身后一整片沉默的旷野与清寂的夜空对话，看星星纷纷悬垂如欲落的宇宙泪滴，她便从来不曾也不愿去思索内心的伤口，或此刻——背脊的伤口有多深，诸如此类的问题。在坚强而独立的少女时代，她便已认定疗伤的行为，不能以自怜这样短暂的精神麻醉来速成；不，她拒绝那种会上瘾又于事无补的吗啡——人间渗血的部分，难道不该以积极有效的做法去缝合？而这其实便是十八年前她自故乡加利福尼亚州起飞，横越美洲本土以及一整片大西洋，来到赤道非洲后始终不曾离去的信念和缘由。

十八年前！啊，生命中恍若上古史的一段岁月啊！她不禁微笑起来。

十八年前，她还是一名青春尚未见底的美洲女子，身材高挑健朗，披一肩棕栗色的光洁长发，在晴暖且洋溢果香的加州，拥有安定而收入丰裕的医疗事业。生活，是一道甜蜜如酒、平滑如镜的溪流，直奔向可预见的幸福海口，那样沁软愉悦、视野明亮的日子！但是，三十七岁那年，只不过为了回应非洲大陆在遥远遥远之处神秘的邀请，为了寻找学术研究上的一点秘密，她便郑重但也极其潇洒地放弃了可羡的专业医师生涯，放弃了物质文明种种舒适的享受，来到赤道原始丛林。

她生命中最精彩、最有意义的一段岁月，便这样奉献给了非洲，给了学术领域中尚待开发的一小块园地，也给了原始密林里一种完全为人所误解的稀有动物。

然而，她是不是也被误解了呢？

当那柄开山刀高高举起，薄刃闪亮如冰如鞭，一次又一次落在她背脊、腿股与足踝的同时，她便知道，自己必须宿命地在野蛮自私的利益与贪婪残暴的人性下，成为诸多献祭者中的一个。

明日，太阳仍将自海面冉冉升起，照耀在中部赤道非洲带状绵延的绿色林冠之上，照耀她时时凝望沉思的金合欢，照耀着万里之外她始终不曾归返的滨海故乡，照耀着她经年守护照拂的大猩猩，也将照耀在她温柔灰碧的眼眸深处吧？

# 鲜花织冠

旅行家的回忆录常把它们形容为嗜杀成性的恶魔化身，科学家的文献报告却又说它们是"与人类生理结构极为近似，在进化亲缘关系上亦最为密切的灵长类动物"——那么，在人与恶魔之间，它们，是谁？或究竟是什么？——也许，她对非洲中部山地大猩猩（gorilla）的兴趣，便是从这样一种认知上的差距开始的。

那时，在加州，她只是一名业余的灵长类动物学的爱好者，很偶然地从书上读到有关大猩猩的记载，对于这种直立时身高近两米、体重等于三个足球后卫总和、喜欢以巨掌捶击自己胸腔的动物，有着不弱的兴趣。每日自医疗中心下班返家，回到那舒适且饶具小品风味的寓所，她惯于以松弛身心的热水浴和可口简便的晚餐犒赏自己，然后便闲倚在小几上那只圆圆的灯球畔，继续前晚未竟的有关大猩猩的文献阅读。

那是她独居生活中，使漂泊的情感有所倚托的一个重心，也是她工作了一整个白昼之余，别饶兴味的一种自我款待。灯下课读的情境、气氛，竟都十分有趣地与情人幽会相类，不时有新鲜的进展。

然而长期追索大猩猩资料后，她忽然发现，由于认知的匮乏，人类对于这支近亲族类，总充满疑惧和太多臆想揣测的成分。探险者常开枪格毙林中邂逅的大猩猩，反指称它们是凶残的怪物。一八九二年，探险家加纳到非洲研究大猩猩时，因为担心遭到它们的攻击，竟坐在自制的铁笼内进行观察……

一个初夏夜晚，当她自扉页间读到如此滑稽而又真实的记述时，不免失笑起来。但随即，她严肃地捻熄桌灯，把自己嵌入黑暗里沉思——在自负的人类与无辜遭受格杀的恶魔之间，她想，究竟谁，才更接近恶魔的本质呢？

然后，她也开始读到威斯康星大学动物学家沙勒，在一九五九年到非洲刚果西部，实地考察大猩猩分布情况的报告。沙勒在妻子凯伊陪伴下，曾对这种体形最庞大的灵长类动物，有许多新的、有趣的发现。可是，沙勒之后呢？她常想，沙勒之后，谁会是远赴非洲去和大猩猩生活在一块，去揭开人类对大猩猩迷思的人？

在系统化阅读的最终，她发现自己竟已一步一步走到大猩猩文献的尽头了，尽头以下空白部分，正等待一个热情而又勇敢谨慎的人去执笔。

她三十七岁那年初夏的夜一直很清凉，她也一直喜欢坐在晚风里沉思。恍惚中偶一失神，便仿佛听见遥远的非洲在呼唤她，大猩猩在呼唤她，呼唤的声音一波一波，如夜深人静她伏在枕上耳边所涨落的加州海滨潮汐——她微感茫然，但也不免兴奋——一个三十七岁像她这样只是业余探究大猩猩的女子，难道文献上未竟的章节，真该由她接续着写下去？而大猩猩，真的在那块土地上等她？等她去赴她与它们的约？一场人类与大猩猩之间最长久、最特殊、最亲密，或者最后的约会？

一九六七年，当她终于在刚果一个小机场降落时，她并不能确知自己在这赤道非洲的心脏地带，究竟能停留多久。热带雨林温暖潮湿的气息，如一只看不见的章鱼，自四面八方伸出热情的手来缠裹她。蓬勃丰沛的生命元气与力量，是如此淋漓酣畅地四处流布，强烈浓厚得几乎可以看见，可以触摸；这莽莽苍苍的陌生大陆啊，她知道，在她生命中的意义，已不下于几万千米之外的家园故乡。于是，从刚果、乌干达到卢旺达，非洲十八年的时光，她便极细致地以一寸一寸无悔的青春、一座一座碧森森的原始密林把它贯穿起来，纫缀起来，成为人类记录上一段空前的岁月，她自己生命中一段史诗一样的年光。

为了便于研究观察的进行，起初，她不断模仿大猩猩的肢体语言，学习它们呼叫联络甚至打响嗝的声音，很有节奏地咚咚捶拍自己的胸部，并且不时抓一把嫩叶或一截脆碧的野芹茎，放在嘴里大模大样咀嚼……所有这些企图把自己从动物进化的时间表上，由人逆拨至猿的做法，只不过为了获取大猩猩对她的信任，证明她的友善无害罢了。而在付出极大的耐心与无伪的诚意后，她所获致的报偿，便是取得大猩猩的"许可"，开始加入它们的起居行列，直接深入地去了解它们。

她发现大猩猩完全不是传说中那种凶猛可怖的野兽，相反地，它们是非常温顺而又安分守己的素食动物，性格宁静，不容易激动，日常生活也很从容悠闲。成年的大猩猩对年幼的大猩猩常表现出非常容忍慈爱的态度。它们的眼睛是柔和的深棕色，表情达意的方式很含蓄，捶胸示警只是生命遭到威胁时才有的自卫举动。但由于人类的无知、武断、自以为是，以及不当的优越感，这种内向、和平的素食者，长久以来一直被严重地误解着。

她从来不曾听过大猩猩攻击人的事件，但濒临绝种危机的大猩猩，却不断遭人类捕捉、屠杀、迫害，或生存空间被侵占的困扰。在她研究营地四周，盗猎者和当地土著，常绑走年幼的大猩猩卖给各地动物园，获取暴利，并杀害成年大猩猩，斩下它们的手掌当烟灰缸，头颅则制成标本悬挂起来，作为炫耀勇敢、卖弄虚荣的战利品。

目睹这些血腥四溢的行为，一次又一次就在她身边不断上演，伤痛的感觉日复一日快速累积，终于如利刃般，在她心底划下一道很深的口子。那不仅因为这种遭人诽谤最多的一种动物，从来不曾被公平地对待过，更重要的是在种种残酷杀戮的事件里，她看见了人性最凶戾、自私与野蛮的成分，因而由内心深处对身居灵长类动物中最高等级的人类，彻底感到失望！

为了保护日益锐减的大猩猩，她不得不时常放下野外研究工作，在母猩猩遭人射杀后，担任猩猩代母的角色；不得不像救火员般，四处奔波，去解下倒悬在圈套中达数日之久的年幼大猩猩。而到最后，她发现自己竟无可选择地必须站在第一线，与盗猎者进行正面的颉颃了。她怀着滴血的心情，毁坏了数以千计由他们设计的陷阱，破获了好几处盗猎者私藏弹药的据点，并且说服了当地官员对这些非法之徒提出起诉。

"——因为一九一七年，这里约有一千只左右的大猩猩，一九七六年，只剩下不到五百只，而现在，还不到十年的时间内，这个数字已降到两百四十左右，若再不有效保护，"她沉痛地说，"本世纪末以前，这一群稀有动物就会完全灭种！"

在这一场挺身保卫大猩猩的战役中，她知道那些盗猎者恨她，扬言要取她性命，这美丽浩瀚而又残酷的原始森林啊，她想，对她而言，难道竟也充满了致命的危险吗？但是为了挽救大猩猩的命运——不是为了学术，而是站在人道的立场——她不得不悲剧性地坚持下去。

在研究营地附近，她开辟了一座青苍的墓园。每一天薄暮时分，亲手埋葬被盗猎者杀害的大猩猩后，她常独自站在密林边缘，眺望远处日落大地的景象，看金合欢在赤道夕阳的投影下闪闪发光。

这种生就属于非洲的植物，能够忍耐极长极强的风沙干旱，它们总是以巨大根系在地底牢牢抓住棕红色的非洲土壤。每一株孤独的金合欢，都是以内在的湿润，自己滋养自己，夜间闭合叶片，白昼展开维持生命意义的工作，像极了恬淡而又坚忍的哲学家，在非洲稀树草原上自成朴素的一景，常不知为什么地感动她。

而大猩猩和她之间——凝视着在晚风中逐渐苍茫的金合欢，她常想——这十余年来的岁月，她和它们之间，究竟已培养出一种怎样的生死与共的感情？建立起一种如何不寻常的伦理关系？

"尼罗玛莎比勒！"

——当地的土著常如此称她，意思是"独居在森林之中，不需男人陪伴的年老女士"。她总微笑接受，并且觉得那是以鲜花织缀的冠冕，戴在她不需装饰的头上，而她生命中最菁华、最有意义的部分，也由这土语生动地凸显出来。

"尼罗玛莎比勒！"

她一直非常喜欢如此的称谓。赤道非洲十八年孤独之旅之后，她认为那是她唯一的名字。

## 碧蓬下的新丘

"在我的感觉里，大猩猩是体贴而充满绅士风度的，人类远不及它们。"曾经，在野外札记中，她如此写着。

"我宁愿由这些大猩猩陪伴生活，不愿意与人类共处。"

"若我死了，"一个暮霭四起的黄昏，她告诉前来探望她的朋友，"请把我葬在那座大猩猩墓园里，墓碑上就刻着简单的'尼罗玛莎比勒'吧！"

她仍然记得那个黄昏，当朋友远离，吉普车蜿蜒的辙痕，迤逦至远方地平线时，她一直立在旷野里，遥遥相送……

# 罗智成

曾用笔名成芜、楚天阔、罗某，1955年生于台北，湖南安乡人。台湾大学哲学系学士，美国威斯康星大学文学硕士，博士研究肄业。大学时期曾与杨泽、詹宏志、廖咸浩等友人创办台大诗社。先后任教于文化大学、淡江大学、辅仁大学、东吴大学、元智大学。

# 沙中之沙

　　"于是，我背着画架，到阿尔及利亚当佣兵去了……"

　　在许多年以前的诗作里，我把北非的意象带进某个荒凉的段落，为了营造某种遥远到几乎等于隔绝、等于永不相干的孤独情怀。的确，对一个台湾大学生而言，被遥远的距离、广袤的沙漠阻隔，只有想和自己不堪的过去完全断绝关系的浪子或亡命之徒，才会去那儿当佣兵的。北非，实在是对孤绝心境再恰当不过的联想。

　　突尼斯，就在阿尔及利亚隔壁，同属非洲最北端的国度。

　　不过，显然对许多人而言，它的浪漫与遥远并非不可企及。每年四百七十万人次的旅客，早已使它成为非洲有数的旅游大国，超过了去埃及或日本的访客。突尼斯本身的位置，足以解释它在旅游领域令人侧目的表现：

　　它曾是地中海文明活跃的参与者。

　　它曾是罗马帝国活跃的殖民地。

它是阿拉伯文明在非洲的重心。

它更受到撒哈拉沙漠特殊自然条件的塑造。

在一般人的印象里，欧洲与非洲是一对很遥远的概念：一精致，一粗糙；一进步，一落后……然而在地理上和历史上，它们却十分接近。特别是北非，扁扁的地中海不但没有阻隔它的发展，反而让它在历史初期，就得以加入以地中海为大杂院的欧亚非各大古文明之混血、交易与战争里。

突尼斯的位置更是如此。身为非洲深入地中海的这一支犄角（离西西里岛只有一百三十千米），突尼斯无可避免地，成为最容易被各种自然与文化因素重叠到、影响到的地方。腓尼基人（Phoenician）在这里留下了橄榄树、迦太基（Carthage）传奇和许多遗址；罗马人在此留下了无数的剧场、竞技场和公共澡堂；拜占庭帝国留下碉堡；犹太人留下在杰尔巴岛上的后裔；十字军留下法王路易九世的坟墓；奥斯曼（Ottoman）帝国留下灌溉系统和手工艺；法国人留下优雅的生活方式和法文；阿拉伯人则留下来，成为突尼斯的主体，成为在古市集或度假海滩上热诚向我们兜售商品的人。

而原住民柏柏尔人（Berber），则在节节败退的民族斗争当中，抛下丰富、辉煌的历史，退隐到沙漠边缘……就这样，各种民族和文明所留下来的痕迹、优美的地中海风光、浓烈的阿拉伯情调和沙漠秘境，构成了突尼斯四种最重要的旅游资源。在这当中，迦太基文明曾在我年轻时代就吸引了我的想象与好奇。这个在非洲落脚的东方民族，曾经活跃于西地中海一带，并在意大利、西班牙殖民过；几乎是迦太基同义词的名将汉尼拔（Hannibal），甚至绕道西班牙、阿尔卑斯山，突击过罗马的核心。但是这个商业王朝与罗马争霸失败后，便在历史上失踪，直到二十世纪。

迦太基人是腓尼基人的分支。早在希腊人之前，腓尼基人就靠着航海技术与商业动力，在东地中海各处闯天下了！他们立足于当今黎巴嫩周遭的迦南（Canaan）地区，自称迦南人，却因为所生产的紫红布匹闻名遐迩，被希腊人称为腓尼基人——就是"紫人"之意。

在以希腊、罗马为正统的西方文明史中，腓尼基人和中东、小亚细亚许多朝生暮死的民族一样，被视为某种"前文明"异教文化的即兴演出。但是，我总觉得腓尼基人更世故、聪明而神秘：他们发明的字母是希腊字母以及其他所有西方字母的始祖；他们的航海技术活化了整个地中海区文明的交流；他们到处殖民，遍植橄榄树，可惜没有在历史上留下后裔。

隔着三千年，少年时代就不停神游于威尔·杜兰特（Will Durant）的《文明故事》（*Story of Civilization*）与依迪丝·汉密尔顿（Edith Hamilton）的《希腊精神》（*The Greek Way*）所描绘的地中海文明巅峰盛境的我，和腓尼基人若即若离地交契着。

但我不曾预期去通过具体、可触的景物，来体会、摹想这么一个神秘的异教文明。

直到L邀我合作，要一起到北非出外景。

L本来要找ＳＰ去的，他在主持节目上比我合适太多。而我，拘谨、呆滞、缺乏经验又放不下身段。

L一定是被ＳＰ陷害的——他的正事与杂务都太多，已经快到天怒人怨的临界点了，于是就叫L来找我。L根本就搞不清状况。

至于我，我总是被离奇的遭遇和不属于我的计划所吸引。

当L告诉我："我们的行程会很紧，要在两个礼拜之内，把突尼斯从北到南走一遍，还要转到利比亚，再绕道杰尔巴岛回突尼斯……我们将经过突尼斯的迦太基、苏塞（Sousse）、凯鲁万（Kairouan）、马特马他（Matmata）、利比亚的的黎波里（Tripoli）……可能的话，我们将在的黎波里访问卡扎菲……"

我在隐觉不妥、举棋不定的同时，已经在四处翻找防晒油了！


我们在一九九九年六月八日从台北出发，先在马尼拉换德航，再从法兰克福换机转突尼斯。一个在年轻时期我还不认为它属于我们这个星球的地方，在二十个小时的疲劳飞行之后，已在眼前。

漫长的飞行中，一直跟我们同机的一对台湾夫妇十分特别。他们是要到突尼斯探望女儿的。

"你们的女儿嫁到突尼斯？怎么会？"

"她在日本留学时，遇到了现在的突尼斯夫婿……"

"结婚多久了？"

"四年。"

"那你们一定常去突尼斯了？"

"没有，这也是我们第一次去。以前曾经想去，太远了，不方便。在台湾也找不到可以帮助的专业单位，直到现在……

"那里的中国人很少。从台湾去的只有三位，都是嫁过去的……"

台湾夫妇的体形十分有趣：瘦小无比的先生配上胖大的老婆。他们十分善良、有礼，用生疏而典雅的"国语"热诚和我们交谈。老先生有时沉静，卖力抽烟；太太年轻一截，常会勇敢地呼应我们的对话和想法。

我试图从这对夫妇纯朴的观点，去感受"遥远"的意涵，顺便去想：台湾和突尼斯，到底谁比较偏僻呢？

这时，蔚蓝的地中海尽头，枯黄的版图乍现，一片被强烈的太阳反复烘焙过亿万年的干酪大地，迅速延伸——不久就在机轮下……


我们出了突尼斯的迦太基机场，便立刻驱车赶到首都突尼斯市东北的迦太基。迦太基遗址就在地中海边，和其他几座美轮美奂的滨海小城，构成了突尼斯近郊最负盛名的高级住宅区与观光景点。我们沿着风景优美的滨海公路，绕过本·阿里（Ben Ali）总统的官邸，在一片宁静得有些冷清的树荫中下车。

列名世界文化遗产之首、大名鼎鼎的迦太基帝国遗址，就坐落在林荫茂盛的高级住宅区和安详的海岸之间：一边是戒备森严的总统官邸后院，严禁拍照——感觉如果你背着相机，最好也别朝那边多瞧几眼；一边是潮声的方向——我急急向它走去，因为许多不为人知的岁月在彼埋藏。

公元前二一八年，迦太基名将汉尼拔带领了五万名步兵、九千名骑兵和三十七头大象，突击罗马。他以坚忍不拔的毅力从西班牙绕道比利牛斯山，再翻过阿尔卑斯山，从意大利北边直攻罗马的后门。他神出鬼没，三次大败罗马军团，歼敌一万五千人。

但是，这些丰功伟业依然无法挽回迦太基亡国灭种的宿命。公元前一四九年，罗马人终于还是打到了家门口。经过两年的围城，把本来仅次于罗马、雅典的繁华大城，消耗成不到原先五分之一人口的炼狱。

这便是第三次布匿战争（Punic War）。

但是，罗马人再也无法忍受第四战的可能性了！迦太基人的精明与韧性叫罗马人又敬又恨，罗马监察官凯托（Cato）作出"必须消灭迦太基"的著名死刑宣判。所以，公元前一四六年城破之后，所有幸存的迦太基人全部被卖为奴隶，土地也被洒遍盐，永世不得超生，而被夷平的领土则成为罗马共和国的阿非利加（Africa）省。

经过这样彻底的破坏，当两千年后我们走在迦太基遗址时，更像是走在罗马遗址上。因为触目所见，其实是罗马人在迦太基废墟上盖起来的、更雄伟的建筑。尤其是壮观、华丽、设备齐全的安东尼大浴场（Antonine Baths），它巨大的穹廊、列柱、大理石雕刻，主导着整个遗址的景观，压制着到二十世纪初才重新出土的迦太基军港、神殿、方尖碑、石棺与民宅。

罗马人的建筑语汇与风格，我早已耳熟能详。而属于腓尼基人的迦太基文明，到底又是怎样一副光景，我更加好奇。走在两个文明的幽灵所重叠的废墟里，我细细触摸、观察、体会，并借着地中海那千古不变的和暖海风，把我送到时光更久远的遐想中。

公元前九世纪，腓尼基公主艾莉莎（Elissa）为了逃避兄长皮格马利翁（Pygmalion）的迫害，带着大批财富和落魄贵族，来到这个北非的海湾。传说她机智地向当地原住民柏柏尔人的酋长要了一块地，据此建立狄多（Dido）王朝。不久，这个以迦太基为根据地的商业王朝迅速崛起，到公元前八世纪时，已是西部地中海最活跃、强盛的城邦了！

它纵横四海，并在西班牙、北非、西西里等地殖民。为了殖民地，它在公元前五世纪就和希腊打了一仗，更在新霸主罗马共和国开始向外扩张时，为了西西里、科西嘉等岛，紧咬着罗马人打了几十年恶仗。

这些过往事迹，点出重商的迦太基其实在许多方面足以和希腊、罗马文明分庭抗礼。只是，如今这些事实十分零散、迷乱罢了！

我曾经在突尼斯的迦太基、盖赫库阿勒（Kerkouane）和利比亚的塞卜拉泰（Sabratha），比较具体地感受过泛腓尼基文明的进步与巧思。塞卜拉泰当然也不免被后来的罗马建筑占掉大部分的风水，但那儿有一座举世仅存的腓尼基式方尖碑。这座高达十三米的奇特建筑，分上、中、下三层，包融了埃及、希腊与非洲当地的题材与风格，比起西方传统的方尖碑（埃及式），它的尖头部分占了极大的比例，而且较为繁复柔美。

在盖赫库阿勒，我所见到的则是一个石砌的完整聚落。它静置于邦角（Cape Bon）半岛一个僻静的海滨。由于出土不久（一九五四年），保存完好的程度令人讶异，不但街廊俨然，房舍建筑清晰可辨，可以说，除了整个城镇的上半截之外，盖赫库阿勒这些超过两千多年的超高龄建筑，比起我们九份山区那些年久失修的砖房来得完整、坚固。

沿着半人高的厚重石墙徜徉，透视着屋内有条不紊的布局、隔间及马赛克（mosaic）地板、排水系统、浴室、浴池等设施，时光之外的腓尼基中产者的生活，现场呼之欲出。

在这个看起来似乎没有公共建筑的迦太基社区，还会看见一个神秘的符号深入了家庭生活的各个角落。那是一个圆圈在上、三角形在下，中间横着一条横杠的简化娃娃——$\frac{\bigcirc}{\triangle}$。这是他们著名的坦尼特（Tanit）女神之象征。

坦尼特女神司掌祭拜时所祈求的愿望，同时也被视为生育与丰饶之神。她和她的丈夫巴力-哈蒙（Baal-Hammon），是迦太基信仰的中心，德菲（Tophet）祭坛就是供奉他们的。坦尼特的前身应该是在腓尼基本土、迦南一带广被信仰的天后阿斯塔特（Astarte），她司掌战争与爱情。腓尼基人以烧香和敬献美酒来祭拜阿斯塔特，可是，到了迦太基，他们却以杀婴的方式来献祭坦尼特。

那是一种什么样的心智与信仰呢？以自己第一个出生的小孩献祭给司掌生育的神祇？是因为太虔诚、太迷信，还是因为生活太艰困，命运太不确定？还是，那仍是某种地区性宗教的遗绪——因为，《圣经》和犹太教所推崇的先知亚伯拉罕（Abraham），受到上帝的试炼，要杀小儿子以撒（Issac）献祭时，正是亚伯拉罕率族人迁到迦南这个地方之后的事。亚伯拉罕的试炼与虔诚会仅是个案，还是迦南地方人们的普遍经验?

从迦太基遗址的入口开始，沿着步道两旁，是成千成百的石制小盒，在南边德菲祭坛附近的荒烟蔓草中更多，还有迦太基博物馆里⋯⋯这些长约六七十厘米、宽与高约三十厘米、有着扁扁三角形盖子的小石盒，正是迦太基那些早夭婴孩的石棺。它们静默地、无助地被展示在路边，形成了黄土步道最沉重的边框。我细细窥看着这些紧盖着的、被掀开的、没有盖子的小石棺，里头早已空无一物。除了一些简陋的装饰，我也看不见任何可以保存下来的迦太基父母的心情。

迦太基人用什么方式来杀死他们的婴孩的呢？是一刀刺在心脏，割喉，还是窒息？都不是。他们把这些零至三岁的幼儿带到德菲祭坛的地下室，绑起来，搁在神像的臂弯里，从底下点火燃烧，直到婴儿化为灰烬。他们又是如何掩盖婴孩的哭声？还是根本没有哭声，因为婴儿纯洁到根本分不清生存与死亡的差别？

杀婴祭祀的习俗到后来有了比较变通的方式，例如改用奴隶的小孩或牲畜等，但是走在向晚的迦太基遗址，我再一次强烈感受到远古民族——许多远古民族生活本质里的宿命感伤。

腓尼基人在非洲的四大据点，分别是突尼斯的迦太基以及利比亚的塞卜拉泰、的黎波里和大莱普提斯（Leptis Magna）。这些地方我都曾亲临其地。它们的共同点是：都被覆盖以更壮观的罗马废墟，而且除了的黎波里之外，都没有更后世的文明——特别是住最久的阿拉伯人——的改变与添加，所以上古史迹的原貌保存得相当纯粹与完整。

另外一件让我颇羡慕的共同点是：这些紧靠地中海边建造、被使用、破坏并遗弃了二三千年的遗址，不知是土质、非洲气候还是地中海的温和特质所致，都没有淤积的问题。蔚蓝清朗的港湾、沿海砌造的码头、安定的潮汐一如当初，无视于岁月的侵蚀，它们和海的关系始终都如此清晰、紧密。反之，我们的历史性港口，似乎不免于沧海桑田的轮回，不管是扬州、泉州、鹿港，不过几百年的光景，就远远成为内陆，或被荒烟蔓草遮掩了通到海边的去路……

从迦太基海边往柏沙（Byrsa）山腰走，还有更多遗址、更广阔的视野及收藏着大量迦太基出土文物的博物馆。在此，你可以更具体地感受到迦太基人的心灵图像、生活方式与工艺成就，不过几乎没什么人造访。迦太基永远还是属于迦太基……

张 让

本名卢慧贞，1956 年生于金门，福建漳浦人。台湾大学法律系学士，美国密歇根大学教育心理学硕士，目前旅居美国，自由写作。曾获联合文学中篇小说新人奖首奖、联合报文学奖长篇小说奖。

# 旅人的眼睛

　　每个地方有每个地方的真实，这种真实只能以生活之眼捕捉，而不能以旅人之眼睛观看。

　　我们在一个地方居住一段时间以后，开始熟悉这地方的季节草木、情事脉动。我们在这地方之内，以居民视而不见觉而不感的无谓切入其中，体会周围的一切，因为是局内人，生活在常规中老旧而安心。走过每天走过的街道，进出每天进出的建筑，所有细节在熟悉中泯灭，不能描述那个招牌的颜色，弄不清楚巷子里有几盏路灯，但是那气氛、节奏、味道、声音，所有的总体在我们的印象里。我们在印象的混沌中摸索，这感觉是熟悉到不能再熟悉，准确到不能再准确。我们是这印象的一部分，我们知道，不需要去寻找、去看。

　　当一个旅人远道寻访一个地方，看见的是什么？到纽约看见帝国大厦、世贸大楼、自由女神、第五大道、百老汇，到巴黎看见凯旋门、卢浮宫、埃菲尔铁塔、巴黎歌剧院、塞纳河，这些名胜古迹一一看在眼里，甚至背诵它们的历史事实，仿佛比当地居民知道更多重要细节。然而正是这种仿佛知道，使旅人的看见停留在表面。这是局外人的看，不能在几天之内吸取属于一个地方的精神，以当地的山水人文为自己的血肉素质、风格性情，充其量只能算是眼睛的看。也许所见不是虚假，然而隔了一层，见皮不见神。

许多作家写他们居住的地方，以心灵之眼捕捉真实。乔哀思[1]的都柏林，怀特的纽约，卡缪[2]的阿尔及尔，白先勇的台北，张爱玲的上海……他们写的不是外在的音容笑貌，而是里面的动荡哀乐。

我现在既然近纽约，文学中对纽约的描述便比以前切身得多。美国作家约翰·其佛[3]（John Cheever）在日记里写纽约"似乎制造需要年轻的健康和精力的自我中心主义，而当年轻的健康和精力不再时，以伪装来代替。……似乎预兆深渊，不时你听见沉落的人的声音，看见他们的脸孔"。今年才过世的哈洛·布洛基[4]（Harold Brodkey），在死前一篇散文里有类似的描写："这城市（纽约）的邀请的麻烦是你知道你可能撑不过去；在你做任何有趣的事之前，你可能溺死，可能跌下火车，不管你喜欢哪个隐喻。"是的，熟悉纽约你便可以感觉到，那使这城市迷

---

[1] 即乔伊斯。
[2] 即加缪。
[3] 即约翰·契弗。
[4] 即哈罗德·布罗基。

人的繁华正是背后致命的冷酷。高楼插天，你必须同时记得它投影的长度。

王安忆的《长恨歌》承张爱玲余绪，试图以史笔写下一个上海女人的爱恨，可惜脆弱的故事本身承载不起这样大的野心。但是她描写上海的许多片段，大笔纵横而深入骨髓，是只有长住其中的人才写得出来，观光绝对看不到的神貌。

譬如写上海弄堂："是形形种种，声色各异的。它们有时候是那样，有时候是这样，莫衷一是的模样。其实它们是万变不离其宗，形变神不变的，它们是倒过来倒过去最终说的还是那一桩事，千人千面，又万众一心的。"

"上海弄堂的感动来自于最为日常的情景，这感动不是云水激荡的，而是一点一点累积起来。这是有烟火人气的感动。那一条条一排排的里巷，流动着一些意料之外又情理之中的东西……"

"鸽群飞翔时，望着波涛连天的弄堂的屋瓦，心是一刺刺地疼痛。太阳是从屋顶上喷薄而出，坎坎坷坷的，光是打折的光，这是由无数细碎集合而成的壮观，是由无数耐心集合而成的巨大的力。"

有时虽嫌感情过于夸张，但是以地理写心理，由房屋巷弄而至爱恨起落，从格局捕捉一个城市的灵魂，手笔的壮观在当代文学中少见。

我要以一个居民的身份认识所到的地方，知道那里的山水节气，了解在那个环境生活的甘苦。我想要捕捉属于每个地方的特质，也许是天空的颜色，城镇的格局，或者是居民的口音。我想要在出发前便略有所知，到时能够看见内在生命的肌理，而不是游客一味寻乐的平面。

我不喜欢一般所谓的观光，然而还不到痛恨的程度。六年前到法国旅行，在巴黎街上奔走找寻名胜，好像被谁逼着一站一站往前赶，突然醒悟这样观光庸俗而又荒谬。为什么总是要跟别人的脚步走？为什么凡事必得一窝蜂？最重要的，为什么旅行？旅行的意义在哪里？我不要看大家都看、"非看不可"的东西。我要看我想看喜欢看的东西，以自己的方式、自己的步调。"旅行本身是个自相矛盾的概念。旅行是为了看，但是看的是别人告诉你看的东西，结果看到别人看的东西，自己什么都没看到。"我在那时的札记中写。

我对巴黎最好的回忆不是到了卢浮宫、凯旋门、圣母院、香榭丽舍大道，而是倚在小旅馆房间窗上看街景，或在菜市场上买甜而多汁的血橘，或只是走过街道，看擦身而过的行人，浏览两旁古老建筑，听不同角落的市声，吸取属于巴黎的情调、节奏和色泽。

我喜欢慢慢走过陌生的城镇，给自己充足时间领略新的空间，让自己浸透那里的气息。我理想中的旅行是慢，是体会而不是观光。


意外读到大陆作家张承志在《涂画的旅程》里说："彻底蔑视老外的旅行。"对他的激烈十分惊讶。他的解释是："真正有

168

美的有意味的长旅中，应该有艰苦，有饥饿和干渴、褴褛和盘缠罄尽。路线应是底层民众的活动线，旅人的方向应当同他们谋生的方式一样。"

有时幻想以一种极端素朴的方式旅行，扛一个背包，走路，骑脚踏车或搭便车，住廉价的旅馆，吃粗简的食物。不为强调贫穷和受苦的优越，而是为回避过度舒适带来的隔阂甚至虚伪。我考虑的是一个旅人怎样能看到真实的问题，不关系道德、宗教和任何理论教条。

在法国巴尚松时，我们在朋友古老拥挤的小公寓中过了两晚，随他们走过巴尚松的街道和公园，见到他们友善亲切的朋友。短短三天里，我们分享他们简单、略微拮据的生活方式，多少体会到那个城市。因为他们，我们不只是纯粹的旅客。在巴黎，我记得小旅馆的早餐，在厨房旁的小房间里，几张小桌子，女侍从隔壁端咖啡、热牛奶和新鲜的长面包来，简单家常，没有任何豪华的地方。一天我剪完指甲倚在旅馆房间窗上，看对面楼里的工人做工和小学生上课，不小心指甲刀掉下去，落在行人道上，一对男女刚好走过。出乎我意料，她捡了起来，看没有瑕疵便收进口袋里。我无意中看见巴黎人的实际，好像忽然窥见光亮的窗里普通的家具，不禁微笑。我们没有钱每天吃法国菜，走过一条又一条街找勉强吃得起的小餐厅，小心看门口贴的菜单价钱。尝试的第一家餐馆就在旅馆附近，很小，大概不到十张桌子。我们进去时还没有完全开张，老板让我们坐下，继续在餐厅和厨房间忙碌。我们点了菜，从座位可以听见厨房里讲话做菜的声音。我不记得主菜，只记得白嫩的猪头皮切得细薄，用红葱头煎的马铃薯从没有的好吃。在巴黎的穷酸，变成最宝贵、最接近真实的回忆，因为接近我们平常的生活。

而张承志的出发点不同。他所谓"有意味的长旅"涉及旅行意义的哲学命题，已经不单是旅游的问题。他是回教徒，又显然坚持共产主义神圣化劳动蔑视资本主义的思想，对人生、社会的理想抱持批判刻苦的精神。我尊敬他绝对的人生美学，理解他对旅游的要求，但不能认同他对旅游的定义。我以为一个地方的真实在于一般大众所代表的常态，而不在底层民众和格外的艰苦。我固然不齿上流阶级的豪华旅行，却一样反对刻意褴褛的作态。旅行和生活一样，一个人所能做到的只是顺自己的本性。在游客和平常的自己间，必须有一个合理的过渡。

我喜欢旅行，或者说，需要旅行。经常便会有坐立不安的情绪，觉得应该走了。不管到哪里，总之拔脚离开这里。而我很清楚问题只在"这里"和"那里"，是欲挣脱时空的企图，是打破现实的渴望。而所谓现实，是四面八方，物质和心灵无法超越的局限。我不谈时光旅行或永恒，我只谈一点叛逆的自由：做自己真正想做的事。

有的日子，气温和阳光正好，和小笋坐在后院，面对一小片树林和草地，看顶上的天空，在树林间飞掠的小鸟，听虫鸣和鸟叫，感觉微风拂过肌肤，一边读书，一边和小笋说话，那种从生活和时间走了出去的无重量感，恍惚便给我旅行的感觉。

旅行或不旅行，都使我思索旅行的意义。我想的是旅行的需要和目的：为什么旅行？

　　早先我已经决定人不可能在家里旅行，因为旅行必然的条件是离开。也就是，旅行追求的是空间的移动。更进一步说，以空间的变化换取时空的扩张和延长。因此人不可能旅行而不离家，正如不可能既站着又坐着。然而这时我发现旅行与其说是时空的移动，不如说是心境的变动。旅行不管再怎样匆忙紧张，因为是自愿而不是被迫，它的快乐来自这种必然的轻松之感。而这种卸去压力的轻松之感，不过是情绪的一种变化，有时只在一念之间，和距离无关。换句话说，旅行终极的意义不过是一种心境。读书、看电影、散步的平常愉悦，无非也就是精神上的旅行。而这种精神旅行的极致便是诗，所以法国诗人保罗·发乐理[1]（Paul Vallery）说："诗必然是心灵的假期。"像我坐在后院，心神透明如大气，时空已经不重要。而实际的旅行，往往不超越坐在自己后院的兴致，只是一场乏味徒劳的过程。

　　我心目中的旅行不包括艰苦困挣，重要在某种时空的转换、心理上的更新，像一种人为的、精神的季节。

　　能在一个陌生的地方，走过陌生的街道，以平常没有的雍容和悠闲，不急着到哪里去，只为了"在"——现在，这里。旅行的荒谬和惊喜在我们必须千里跋涉以换取"在"的心境，必须到一个遥远陌生的地方以实现生命在现实中失落或从来欠缺的气象：一

---

　　1　即保尔·瓦雷里。

种美，一种境界，或竟只是短暂放纵的奢侈，童年的召唤。

回到张承志的问题：为什么旅行必须有艰苦？生活本身不够艰苦吗，需要再刻意去寻求艰苦？旅行消极的意义在逃避现实，走离生活常规小事休息，像下课十分钟；积极的意义在山川或人文之美中，寻求知识和感动。旅行是由每天的现实中转过一个弯，气定神闲，从另一个角度回视。如果可能，我们也愿意越出自己，隔一段距离遥遥对看。然则，我们必须通过旅行证明什么吗？证明自己不会被艰苦、贫穷打倒？证明自己是生命中的强者，可以死而不可以打败？还是必须在旅行中寻找某种终极的意义，譬如我是谁？

如果同意旅行的本质是放下重量，为什么要给它加上那么沉重的负担？我们的真相，生命的意义或无意义，在日常生活中已经表露无遗，何须刻意去寻找？（又怎么知道当人刻意去寻找时，找到的是真的？）除非旅行不过是另一种生活，必须负担生活等量的忧患。除非旅行不是度假，而是生活的另一种进入。如同犹太哲学家马丁·布柏[1]（Martin Buber）所说："宗教是一种形式的进入。"

不管旅行的意义是什么，旅行已经成为现代生活的一部分。许多人在度假时，匆匆赶到目的地，在一番精疲力尽的旅游之后，又匆匆赶回来。我不喜欢这样的旅行，却不免落入这样的旅

---

1 即马丁·布伯。

行，正如旅客最讨厌看到别的游客，自己却不免是游客。

也许我在赞扬张承志书中表达的刚劲节操的同时，恰正落入他所鄙视的那种"老外"典型。而我同意他，在某个程度上，我也鄙视自己所代表的"族类"：胆小温吞的中产阶级。他在《汉家寨》里写的"八面十方数百里内只有我一个单骑……在那种过于雄大磅礴的苍凉自然之中，我觉得自己渺小得连悲哀都是徒劳"，给我文字和道德的震动。我想要看到他看到的，不管是山水荒凉还是人文繁华之中，我想要看见底下，那真正使世界美丑的东西：生命的基本元素。

旅行回来，我总问自己这个问题：看到什么？为看到特地做给旅人看的庸俗而失望，而生气，然后尝试在浮面印象中，萃取背后一些朴直无华的东西，譬如那些和观光客无关的住宅区，或雄伟大道以外，不引人注意的斑驳边墙、破落小街。旅人的眼睛要求新奇，要求戏剧，要求娱乐，日常生活里所没有的种种。而我，我要来自真实的感动。我要历史，要生命承受时间的重量和力量，要视觉和超越视觉的美感，然后，我要在所有的拔起和跌落、苍凉和辉煌中哑口无言——不再是旅人，而是进入了时间，成为那个地方的一部分。

# 廖鸿基

曾用笔名沈见智，1957 年生，台湾花莲人。高中毕业后，原以捕鱼为业，后为鲸类生态观察员、台湾寻鲸小组负责人，以及海洋生物博物馆 2008 年驻馆作家。41 岁时，他发起"黑潮海洋文教基金会"，并担任创会董事长。曾获吴浊流文学奖小说正奖、联合报读书人最佳书奖。廖鸿基长年与大海为伴，以独特的海洋经验，书写出迥异于陆地文化的海洋文学。

# 丁挽

　　灰云低空疾走。北风扫起白浪飞扬墨蓝海面。海涌伯手握舵柄两眼凝视着猛烈起伏的船尖，粗勇仔脚步踉跄收拾着甲板上凌乱纠结的渔绳。

　　北风摇撼着桅杆上的小旗子，引擎响着稳定的返航节奏。回航，通常是渔人出海捕鱼过程中心情最平静踏实的一段航程。然而，那一幕幕海上的追逐与挣扎仍然萦绕徘徊在我的脑海里，每一个晃动，每一个声响，都波动捶打在我的心里。这是我首次担任镖鱼船主镖手的一个航次，海洋竟然毫不留情地削灭了我那初露的豪情。我倚着船栏瘫坐在甲板上，港口防波堤已遥遥在望，海涌伯常说的那句话或许可以解释这段诡谲特异的经过。海涌伯说："海洋充满了无限惊奇！"

　　丁挽，是"讨海人"对白皮旗鱼的称呼。每年中秋过后，丁挽随着黑潮洄游靠近花莲海岸。这时节，东北季风吹起，冷锋锋面带动一波波翻涌的浪潮降临，这是个渔船系紧缆绳及上架岁修的季节。丁挽偏偏选择在锋面过境的恶劣天候中浮现浪头。与一般渔船不同，镖丁挽的镖鱼船，在这个起风季节解开缆绳，迎着风浪出海。

冷锋压境，北风掀起波涛，无论在高耸的浪头或深陷的波谷，丁挽始终把尾鳍露出水面一定高度，像一支竖立在海面的小旗子。即使在那根旗子被镖鱼船发现而展开追逐时，它也会像一个奔跑的旗手，一个意气风发不轻易降下旗子的旗手。

出了港后，海涌伯、粗勇仔和我都爬上镖鱼船接近桅杆顶端的塔台上。我们分三个方向在海面搜寻丁挽的那根旗子。潮水墨蓝如破晓前的天空，白浪鲜明地在深色布幕上晕开，一朵朵即开即谢的雪白浪花在高低涌动的黑色山丘上绽放。一波大浪从船只右侧涌来，船只倾侧左舷切入水面，塔台左倾，塔台上的我们像贴近海面凌空飞翔的海鸟，那倾侧的程度已临近翻覆的极限，那即将坠海的尖叫声在喉头隐隐响起。巨浪涌过，船身猛然翻身右倾，塔台在空中画过半个圆弧，我们从左侧海面快速甩摆到右侧，在右侧海面上擦浪飞翔。

海洋以其缤纷多样的鱼群诱惑渔人，又以翻脸无情的风浪疏离着渔人。讨海人说："海涌亲像水查某。"海洋有着谜样的魔力，潮汐般鼓动着渔人血液里的浪潮。初下海的那年春末，我和海涌伯在立雾溪海口拖钓"土托"，船只绕行了大半天，船后的尾绳仍然没有丝毫动静。我坐在船尾，看着水里一只只几乎透明的水母被桨叶搅出的白沫溢向两侧，形形色色的水母像极了星际大战中的飞行器正在海洋的天空里飞翔；一群乌贼扭着大象样的鼻子匆匆经过船边；一只海龟把一颗圆钝的头露出水面，警觉地

176

看着经过的船只。海上丰富多样的生命，让我忘了这趟出海"扛龟"的不愉快。海涌伯突然转头问我："少年家，为什么出来讨海？"我溶在水里的心一时拉不回来，不知如何回答。海涌伯又问："为着鱼，还是为着海？"

为着鱼是生活，为了海是心情。海上的确不同于陆地，渔人的脚步局限在这小小一方可能比囚室更狭窄的漂游甲板上，可是，海上辽无遮拦，船只以有限的空间却能任意遨游无限宽广和无限惊奇的海洋。海洋纾解了岸上人对人、眼对眼的拥挤世界，一个甲板往往就是一个王国。在这里人与人的关系变得单纯和原始，一切规范、制度……那种种人为的樊篱，都可以打破、修改和重建。在海上，我感受到任性的自由和解放，那最原始的人性得以在这里挣脱束缚无遮无藏。我迷恋海洋，也迷恋海里的鱼群。

粗勇仔指着右前海面高声大喊："红！在那里红——咧。"丁挽在海水里闪现红灰色泽，渔人通常用第一个"红"字来表示发现丁挽，再用第二个"红"来表示丁挽的桀骜不驯。

看到船只，丁挽并不走避，仍然高举着旗子从容悠游在翻涌的浪头。镖鱼船上铃声大作，像是遇上了敌人战舰。海涌伯奔进驾驶舱，我踏上镖鱼台，粗勇仔摆好姿势半蹲在我身后，船只吐出一阵黑烟，用一个优美弧度往右前波涛上凌压过去，引擎声亢奋若急响的战鼓。

镖鱼台架设在硬挺的船尖外，踏上镖鱼台，我把闪耀着寒星亮光的三叉鱼镖高高举起，想象自己是舞台上的主角，感觉自己的神勇和威风。水烟似阵阵雨雾从船尖蒙向船尾。

每个渔人心里都埋藏着一幅属于个人的海洋图像，渔人点点滴滴累积与海洋接触的经验来描绘这幅图像。海洋波动不息变幻莫测，再细密精致的图像也难以完整描绘海洋的性情和脾气，一个曾经丰收的钓点，往往就是下回落空挫败的场所。海洋是如此地不可捉摸，渔人除了内心的这幅海洋图像外，仍须凭着"感觉"来与海洋相对待。有一个晚上，我和海涌伯在洄澜湾外捕捉乌贼，船舷边的灯光打亮后，乌贼陆陆续续聚集在灯光下，海涌伯突然按掉灯火，启动船只，说要到奇莱鼻海域钓白带鱼。我纳闷地想，那里既不是钓白带鱼的场所，这时候也不是钓白带鱼的季节。那一夜，我们拉鱼到天亮，白带鱼亮洁的银光溢满了舱口。上岸后我问海涌伯，到底是灵感、运气，还是他心里的那幅海洋图像预知了什么。海涌伯笑笑地说："用听的。"又每一次我们出海放"延绳钓"，到了预定场所后，海涌伯总是迟迟不下钩，开着船走走停停在附近海面盘绕，他说，他在"听流水"。过了很久以后我才明白，海涌伯说的"听"是"感觉"的意思。

　　引擎嘶吼叫嚣，一根张紧欲裂的弦联结着丁挽尾鳍和我手上这根高举的镖杆。船只尾随着丁挽，紧紧咬住丁挽舞出的旋律与节奏。当船只受浪阻隔时，丁挽那根旗子左招右摇，在船只前头游出缓缓曲线，仿佛举着一根标示旗随时在提醒我它的位置，和它示威式的等候。

　　只有两种鱼会如此和渔船戏耍。海豚通常在阳光灿烂波面平静下成群出现，它们追着船只或在船舷边跳跃，向渔人现露着顽皮的眼神。丁挽，只在阴冷灰暗巨浪滔天的天候下孤独出现，它不会主动追逐船只，而是等候勾引着船只的追逐。它把眼睛埋在水面下，让渔人感觉它的狡黠和神秘。

海涌伯也是这样的性格，在渔港内他是出了名的阴冷脾气，也是出了名的镖丁挽好手。只要有人与他谈起镖丁挽的种种，他的回答始终简短一致："无输无赢啦！"海涌伯曾经这样告诉过我，有一次，当他把一尾丁挽拉上甲板，丁挽停在船舷的片刻，它的尾鳍向海面滴落着含血的水柱。在这瞬间，海涌伯感觉到他体内的生命液体，正经过双手，经过丁挽受创的身躯，从丁挽尾鳍滴落海面。海涌伯他说，他的半截生命已沉浸在湛蓝的海水里。跟海涌伯学讨海这许多年，我一直怀疑，他体内流着的不是温红腥热的血液，而是蓝澄澄的冰凉潮水。

跟海涌伯在海上捕鱼，只要稍有疏失，海涌伯必然破口大骂，骂过后，也总是这样一句话："千万不要跟海涌开玩笑！"

在一次回转后，船只顺风逼前了一大步，丁挽巨大的身子整个浮现在镖鱼台下方。看着脚下的丁挽，那硕大美丽的身躯毫无遮掩地浮现在我眼里，像掀开面纱的美女或破蛹而出的蝴蝶，那突破遮掩后的唐突美丽震撼颤动了我的心，海洋给我若隐若现的惊奇感觉，如今毫无隐晦、完整而现实地呈现在我眼里。持镖的手微微颤抖，我感觉眼下一片白雾茫茫。

"出镖啦！冲啥小——出镖啦！"海涌伯斥骂着。那急急的催促声把我拉回现实，我奋力掷出镖杆。

引擎声戛然止住，脚下一阵翻腾浪花，錾入丁挽身躯的鱼叉溢流着鲜血，丁挽旋身跃出水面。它斜身凌空颤摆着，它尖嘴似一把武士的剑凌空砍杀，它斜眼向我瞟视——那仇恶的眼神激爆出星蓝火花狠狠錾入我的心底。

我怔在镖鱼台上，动弹不得。

引擎声再度响起。经验老到的海涌伯急速回旋渔船，将镖鱼台上的我驶离丁挽的剑气范围。

待我惊魂甫定回头看时，丁挽已潜下水面不见踪影。系着鱼镖的绳索像蛇身一样抖动回摆着冲下海面。血水，像一朵朵玫瑰在墨蓝的水里绽放。

海涌伯冲出驾驶舱，在船舷边托住飞奔而出的绳索，转头对失神走下镖鱼台的我破口大骂，仿佛镖中丁挽是一项罪过。

看着飞快落海的绳索，我感觉绳索似是联结着我的肠肚，掏空了我所有的心思。我似乎看到海面下负痛挣扎的丁挽。

粗勇仔站在海涌伯身后，想帮又帮不上忙，转头对我露出白皙的牙齿。

接近镖丁挽季节，海涌伯经常邀约我和粗勇仔一起吃饭，就是在港边也常常拉住我俩坐在港边地上聊天。海涌伯的坏脾气我俩都领教过，如今他一反常态，使得我和粗勇仔都显得拘束不安。我背地里察觉海涌伯除了对我俩友好外，对其他的人或事，他仍然保持那惯常的铁寒面孔。直到现在我才明白，海涌伯早在丁挽尚未靠岸前即着手筹组我们三个人合成的默契，海涌伯明白，任何个人的力量，都将不是丁挽结合汹涌海浪的对手。

海涌伯曾经说过，镖丁挽要正中它的背脊。鱼叉刺入背脊后丁挽会全身僵硬无力，只能沉沉下潜。这一次，我镖中了丁挽下腹部。

渔绳飞奔而去，像握也握不住的一束流水。海涌伯托在手上的绳索慢慢停了下来。海涌伯开始用飞快的速度收回绳索。绳索异常松软，似乎已失去了丁挽的讯息。那是我第一次看到海涌伯慌张的神情。海涌伯回头叫身后的粗勇仔进驾驶舱，准备开船。海涌伯大把大把地收着绳索，从海涌伯凶狂的收绳动作，我感受到海涌伯像在顾忌着什么的焦虑。粗勇仔进入驾驶舱，从窗口凝视着海涌伯的背影，时常挂在脸上的笑容已经失去踪影。

波浪一阵阵推拥着船身，北风夹着浪花呼啸着吹上甲板。甲板上出奇地安静，整个气氛突然严肃静凝起来。

丁挽尖嘴如钉，劲力如挽车，在讨海人眼中，丁挽是一条尖锐刁钻的大鱼。丁挽喜欢用它的尖嘴玩弄食物，像猫在玩弄着已控制在它爪掌下的老鼠。丁挽会刻意放走小鱼，然后用它的尖喙灵活地四处阻挡小鱼的窜逃，直到小鱼筋疲力竭停止不动，它仍用尖嘴拨弄着小鱼，甚至把小鱼挑起抛向空中，让自己以为小鱼仍在跳跃逃窜。那坚硬的尖嘴上长着细密锐利的小颗粒，这些颗粒使得它的尖嘴像一支精制的狼牙棒。小鱼往往被玩弄得遍体鳞伤后，才被它一口吞下。

一声巨响从船头传来，船身重重震了一下。海涌伯撒下手上的绳索，和我一起趴在船舷上看向船头。船只并没有撞上任何漂流物，船头高出水面的船板上有一道崭新的刮痕，像一把利斧斜砍过的凿痕。海涌伯板着脸，起身示意粗勇仔左满舵开动船只。船尾排出一团翻滚白沫，船只启动。这时，我看到丁挽的那根尾鳍。

船身大弧回转，原来冲向船头的丁挽，现在正拦腰冲向船身。露出海面的那根尾鳍，坚定地切剖水面，不像戏耍时的左招右摇。水面被犁出两道笔直的白波。

海涌伯用搏鱼的力道扣住我的肩胛，把我扳下船舷。由于船只飞快地转弯，我看到丁挽侧身飞起，几乎与船舷平行等高。那眼珠子黑白分明，瞄视着跌坐在甲板上的我，然后看向海涌伯。那严厉的眼珠子从船栏格子中穿梭经过，像一个法官在检视着甲板上的罪犯。

"啪嗒——"一声巨响，丁挽未撞到船身悬空落水。海涌伯大声嘱咐粗勇仔全速直行。我以为这道命令是为了要逃开丁挽的追击，没想到，海涌伯拉着我，再度踏上镖鱼台。

海涌伯举起备用镖杆，要我蹲在他身后指挥粗勇仔驾驶。镖杆在海涌伯手上像一把长剑，剑气森寒。

镖鱼台三面凌空，我左顾右盼，害怕丁挽从两旁侧袭。海涌伯似是了解我的惶恐，头也不回地说："看前面，我了解丁挽。"

船只全速直行，甲板上已收回的镖绳在这时再度狂奔出去。搭在船舷上的镖绳像仪表板上的指针指示着丁挽的位置。镖绳渐渐由后赶上，与船只垂直，而后指向前方，镖绳由绷紧而渐渐缓慢松软下来。果然，在正前方一百米的海面上，那根屹立不摇的旗子坚决地等候着。

我拉了一下从驾驶舱延伸出来的铜铃拉绳，粗勇仔会意地将船只停下来。丁挽与船只隔着滔天巨浪在海上对峙。

海涌伯缓缓把镖杆举过头顶，我看到他肩膀重重耸了一下，吆喝一声："走！"我扯了三下铜铃，示意粗勇仔全速冲刺。丁挽那根旗子也在这时动了起来。

丁挽坚硬的尖嘴，曾有刺破船板的记录。像这样面对面对冲，那力道加上气势，足以让船身破个大洞。海涌伯飘在脑后的发梢，滴飞着水珠，那苍劲的持镖姿态，有若破釜沉舟的战神。

丁挽如约飞身跃起，海涌伯凌空掷镖拦截丁挽投身刺来的尖喙。船只再度高速回转。我向前抱住海涌伯用力过猛的双腿，只依稀听到铿锵裂帛的声响交织回荡在船只四周和萧瑟的北风中。

我不曾见过这样直接、勇猛，而且死不甘休的挑战。无论岸上或海上，生活确是一场生存的挣扎。这一刻，我终于了解海涌伯、了解丁挽，也了解了海洋谜样的魔力。

通过堤口，船只进入港湾。防波堤把汹涌的波涛，界线分明地阻隔在港外。除了我的挫败感将永久持续，那一幕幕巨浪中的追逐、戏耍和决斗，那所有的光和热，就要在船只靠岸后停顿、静寂。

码头上，人群聚拢过来，围观赞叹着躺在甲板上的丁挽。旁观者往往只注意结果而忽略了过程，只有我们晓得，离开澎湃海水后，丁挽和渔人都已失去了风采和美丽。粗勇仔站在丁挽身边一脸彷徨，我们无法多说什么，因为我们经历了一场在岸上或风平浪静的港内无法抒述和解释的过程。那是一场滔天巨浪般的演出，没有剧本，没有观众，那是一场远离人群的演出。

海洋默默地流着。丁挽随着潮水冲刷过花莲海岸，刷过我内心深处。没有被拦截住的丁挽，继续践履着海洋的惊奇，随着潮水，远远离去。

庄裕安

王家祥

钟怡雯

陈大为

徐国能

肆 | **浮 生 有 味**

庄裕安

1959 年生于台北，台湾彰化人。1988 年开始写作，以散文和音乐评论为主，偶尔也写写诗，曾撰写古典音乐的专栏。曾获吴鲁芹散文奖。

# 我的唱片进化史

二十年前我初买第一卷"优质海盗牌"录音带，倘若你现在跟随我到台中公园，我还可以指出唱片行的方位，并且描绘一大群"爱波"卡带站在墙上的模样。那是我每个月拿到家教薪水一千两百元，固定的五分之一支出，换回三卷古典派或浪漫派的"标准曲目"。第一次的三卷，应该是《命运》《田园》《四季》，这事并不容易混淆，像写第一封情书那般令人颤动。这些曲子已在广播上听过好几回，开始摸索出一条自我启蒙的道路，了解古典乐是一条一而再再而三的迂回曲径，不像流行乐有所谓"发片期""打歌期"稍纵即逝那回事。台中图书馆替穷学生省下许多束脩学杂费，日后我并未忘恩负义，正正式式再把这些导聆工具书逐一买回。

我那时候几乎是与第一架新力牌手提收录音机陷入不可自拔的热恋，从来不曾有过一个"她"如此盘踞我的生命。除了反复聆听杜比录音的现成带以外，还准备了不少空白带，好整以暇守在今称ICRT的美军电台，等待录下"星光音乐厅"所播放的曲

**187**

子。天晓得后来有"定时预约"这种新奇设备，我那时晚上九点极少出门，只为准确而迅速按下录音键。那动作像极上夜班打卡的人，一定要在这节骨眼现身，一旦完成"在场证明"仪式，便可偷闲去看报、洗澡或泡面。

我那时的精致手工业，包括为卡带制作一个独一无二的庄氏封面，来自从旧报纸、杂志、卡片剪下的典雅图样，逐一标示每个乐章的演奏时间，以及哪个指挥领军哪个乐团的录音。如果古典乐入门有连带的收获，那便是顺便训练英听能力。

我那时已走入不归路小胡同，古谓"诗三百"，其实古典名曲亦三百，你如果有三百首入门曲目，几乎可以大胆闯江湖了。可是我开始陷入"版本比较"的迷宫，卡尔·贝姆为我启蒙《田园》之后，美军电台在一两年内，陆续又播放卡拉扬、克伦贝勒、安塞美、朱里尼、肖邦等各种版本。如果你去翻阅一九九九年的《留声机唱片年鉴》，至少有一百种《田园》录音在唱片市场传售，还不牵涉倒店绝版。卡拉扬死后，媒体统计他正式授权的唱片约有九百张，光是"贝多芬九大交响曲"，就有四套重复录音，还不包括所谓"风衣版"——有人在风衣里暗藏小型录音机到音乐会盗录，也能成为行家眼中有别于录音室磨功的"NONG版"。

李尔王分财产时，大女儿高纳里尔所说的谄媚话，可以拿来给我沿用，送给我的诸位父王——莫扎特、贝多芬、舒伯特、勃拉姆斯……

"父王，我爱你不是语言所能表达的，我爱你胜过自己眼睛里的光，胜过爱自己的生命与自由。"我不敢夸张说，我爱那些德奥古典派大师超过自己的生命与自由，但我与他们交流沟通的时间，确实是远远超过自己的肉身父亲。虽然他们没有分给我不劳而获的广袤森林、牧场与城堡，但是我爱他们超过大体解剖与生理学教授，那群真正领导我打下日后饭碗江山的科学鸿儒。

你是不是信口雌黄的高纳里尔呢？就说说那六七百卷"优质海盗版"与"庄氏手工版"录音带的下落吧。十几年间真正寿终正寝的显然不会超过一成，其余的竟都慷慨送人了。"送终"的时候还满怀卸下重任的快意，赠方至少腾出不少储藏空间，受方则省下钱财与迂路，真是两全其美。你毫不犹豫送走这群启蒙的精神父亲，恩断义绝不亚于日后翻脸无情的高纳里尔，连留下一两卷当日后古董信物，都无所怜惜。你不再过问它们的安危，极可能它们之中的两三卷，现在正躺在汽车方向盘一旁，曝晒着夏日最恶毒的烈阳，而你从前绝不会让它们直射一丁点日照。

六七年后你有一个体面的借口，你的硬体跟软体'都升级了，改听真正德国舶来的德国音乐，自以为有了使用者付费的观念。那巨大而猛烈的快意，大概只有小学三年级，你新配第一副六百度近视眼镜可以比拟。

---

*1* 指硬件与软件。

三十年前，你的欢乐夹杂无比的懊恼，你竟然浑浑噩噩活了十年，不知道一沙一世界与一花一天堂，原来可以看得如此清晰。新音响一如新眼镜，人生苦短，没有几个十年能堪消耗。你反复在第一个礼拜聆听第一批新买来的两张"德意志唱机公司"原版唱片，每张要卖三百五十元的莫扎特《竖笛五重奏》与肖邦《前奏曲》，虔敬得像处女凯琳在"圣礼拜五受难日"这天准备要送马莉亚[1]蜡烛给圣母教堂。

你在体积和售价比新力牌收录音机膨胀好几倍、十几倍、几十倍的欧洲扩大机、唱盘、喇叭里，找到爱乐的第二春，自以为从此听到小提琴的松香。你开始睥睥睨睨，为了拥戴特定的偶像演奏家，竟也学会偶尔轻忽侮慢别的演奏家，特别是跟人抬杠，争得脸红脖子粗那刻。伊始，你像骂第一句脏话的小孩，还有点畏畏缩缩，后来你匣口常开，像饭后的饱嗝一般天经地义。你开始追逐《企鹅年鉴》《留声机月刊》《歌剧指南》这些外文杂志，很快你也学会洋腔洋调，开始有杂志要你写如法炮制的文章。你很认真地钻研萧伯纳写乐评时的慧黠、世故与辛辣，也不忘引进一些苏东坡、李太白才会用的平仄语汇，为能使你看起来比较不像个文化买办。

你开始建立自己的品位与风格，谨慎但绝不拮据购买原版唱片，其中不乏重买几年前的"初恋版"。你对整个西洋古典音乐

---

1 又译玛利亚。

史，渐有宏观概念，略通作曲家族谱与历史定位，也掌握重要指挥与演奏、演唱家的拿手诠释领域。

很快，你又有了五六百张原版唱片，这时也能够对新手侃侃而谈自己的"十大荒岛唱片"，清楚知道某些音乐在你生命所占有的分量。没想到你在这个节骨眼，又扮演一次里根公主，李尔王的二女儿。里根表白得一点也不逊于姐姐高纳里尔，肉麻尤有过之："父王，世上一切欢乐都引不起我的兴趣，只有在孝顺您的那刻，我才感到无比的幸福。"

凭良心说，某些音乐的确曾经带给我销魂般的快感，虽然瞬间强度不如性爱高潮，但其延续力并未逊色。但我要的是珍珠，不是蚌壳。

从前达斯汀·霍夫曼在《毕业生》饰演一个初出茅庐的社会新鲜人，人家告诉他赚钱的金玉良言，只有"塑胶"这两个字，现在要改成"镭射"[1]了。这个时潮终于引发我不可阻挡的二度背叛，那一大堆塑胶唱片若不是送人，就是寄在唱片行二手贱卖。甚至庆幸脱手得早，卖到略高的价钱，因为来势汹汹的镭射唱片，后来逼出更大量离家出走的传统胶质唱片。

我痛快买回第一个镭射唱盘和几张高科技新唱片那晚，舒服地泡了个热水澡，一边想到从此再也不必用各种大小毛刷清理唱针与唱片。躺在浴缸里的我，莫名其妙竟想起野地里的李尔王：

---

1 指激光。

"风雨雷电，你们都不是我的女儿，我不怪你们残忍。我没给你们国土，也没叫过你们一声孩子，你们对我没有义务。所以，你们尽管发挥恐怖的乐趣吧，我站在这里，是你们的奴隶，一个被人鄙视的穷老头！"

别人可能不像我那样服侍我的胶质唱片，我差不多用给新生婴儿洗澡的力气与细心，打理每张唱片离开唱盘的善后。每一张唱片离开我家那一刻，都多了一个防尘塑胶封套，这是最起码的招待。我这一生从没迷恋过积木、拼图、邮票、鱼拓、棒球卡、蝴蝶标本，幸好录音带与唱片挽救了我在这方面的缺陷。

从前音乐选择我，我只能从广播与视听图书馆，被动听到渴望的版本。现在我摇身一变，阮囊不涩，两三个礼拜就去一趟唱片行，等待"三星带花"的新片上架。

从前我顶多只能猜出这是布鲁赫的小提琴协奏曲，如今一定还要努力挤出"耳蜗里的油"，我们的音响派乐评家总爱说最好的音乐能给耳蜗打蜡上油，猜出这是海飞兹、奥伊斯特拉赫、帕尔曼或林昭亮的弓法。

我现在天不怕地不怕，不怕磁场，不怕静电，不怕湿霉，不怕跳针，不怕转速，不只是音响升级，更加是整体生命品质升级，真正达到"人民有免于恐惧的自由"境界。仗着一路狂飙惊人的外汇存底，我的镭射唱片收藏也随着股市攀爬到四位数，一千张、两千张、三千张，全无回档压力。我以为这些号称可以不枯不朽一百年的镭射唱片，从此可以陪我厮守百年孤寂。

且慢，歌剧才演到第二幕，真正的恩怨情仇还没上场！排山倒海的DVD、MP3终于在世纪末汹涌而至，你简直像百年昏君，快保不住你的安稳江山了。

大碟缩成小碟时，你暗自庆幸，昔日冰箱冷冻柜那么大的瓦格纳全本乐剧《指环》，幸好你来不及买下，后来才能买到缩得只剩下一块红砖头大小的CD。然而马上就要来个D什么D的"杀手碟"，连一枚太阳式早餐煎蛋的体积都不必，还可以将所有歌剧唱词及总谱、作曲家与演出者的传记与照片，全部放到图档里，竟还没占满储藏空间。

买吧，尽量买吧，买越多羞辱得越厉害，越显得观念落伍。总有一天，"贝多芬全集"只要一个指头就可以托住，一个硬碟便能容纳整部西洋音乐史绵延江山。数位光纤传输再发展下去，你就会像DG、EMI、BMG、SONY这些跨国托拉斯唱片公司的总裁，任何时间任何心情下都可以轻易到片库下载一首应景曲子来听。人们根本不会再购买任何单张唱片，就像没人会为每一通电话买一架话机。电信局取代唱片行，你和你那群耀武扬威的唱片柜八国联军，侵略过太太的梳妆台与流理台，霸占过儿子的海盗船与停机坪，偃旗息鼓啰，现在都可以回归祖国怀抱了。

你快乐吗？不，正好相反，你想放声一哭，熬了二十年，你发现自己才是不折不扣的李尔王。你有一个长女"录音带高纳里尔"背叛过你，你还有下一个女儿"胶质唱片里根"再度背叛你。你显然比李尔王还要衰，现在轮到三女儿"镭射唱片考狄利娅"，依旧要背叛你。只有去旷野热泪涤颊，才能纾解循环宿命的悲哀，"我的女儿，再会吧。就算以后彼此不再见面了，然而你们曾经是我的血、我的肉、我的最爱，或者说是我的血肉里的一种病毒。我从来不知，你们竟会是我血肉中的一个烂疖、一片毒疹、一团凸痈。"

像我这样膝下无女的父亲，都可能遭受三回感同身受的"李尔王伤痛"，可知莎士比亚的剧本何其普遍而深刻。"陛下，你曾生我，养我，爱我。我的回报亦将恰如其分，服从你，尊敬你，爱你。"幸好，我听到考狄利娅婉转的声音了，"我所以失了你的宠爱，不是由于什么污点或秽行，不是由于不贞或失足，仅仅只因我缺乏一个其实越欠缺越好的东西，一双媚眼，还有幸而未备的饶舌，虽然就因为欠缺这两样东西而失掉你的宠爱。"

现在我可要目眩耳鸣了，卡带转轴是一双媚眼，唱片纹路是一口饶舌，到底我是女儿还是老王，究竟我是负心汉抑或遭弃郎？你一下子敬爱莫扎特和贝多芬如父亲，忽然又亲昵卡带与唱片似女儿，仅只这点便像极痴癫的李尔王。是应该摘下你的皇冠，脱光你的衣裳，夺回你取自蚕的丝、兽的皮、羊的毛、麝猫的香，放逐你到暴风雨的森林，醒醒你的愚昧。如果可能，不如就送我回去一无所有的十八岁吧，像洗掉一卷众声喧哗的录音带一样，洗掉我与西洋古典音乐二十年来的恩爱与背叛吧。不，你休想把一出《李尔王》演成《浮士德》。你只能让你的文章另起炉灶，别妄想再去糟蹋另一个玛格丽特。好吧，那么我的允诺，关于不再购买DVD跟MP3的允诺，已经完全无法掌握，恐怕只能囿于这个千禧年。

王家祥

曾用笔名云水、李群，1966 年生，台湾高雄人。中兴大学森林系林学组毕业，目前专事于乡土和自然写作。曾获联合报文学奖极短篇奖、吴浊流文学奖正奖及佳作奖、赖和文学奖等。

# 冬日的声音

　　强大寒流来临的前一天，我又像个逃学的少年独自游晃在西南海岸，总是习惯去看看曾文溪出海口北岸的潟湖，每年固定来临的三种稀客，然后便移往他处；那是著名的，又被渔人称作"饭匙鹅"的黑面琵鹭，以及打扮着庞克头红嘴巴的大个子里海燕鸥，还有嘴喙又长又弯曲的大杓鹬。

　　赶在第一道寒流来临之前，分布台湾各地的热带性蝴蝶小紫斑蝶、紫端斑蝶、圆翅紫斑蝶以及淡青斑蝶、琉球青斑蝶等九种蝶类，开始聚集成集团南下，越过北回归线到热带气候的高屏地区，寻找温暖避风的山谷过冬。于秋天羽化的这批紫斑蝶，在寒冷的北风吹袭山谷之前，便知道要努力吸食花蜜并将花蜜转化为脂肪储存在腹部。神奇的是它们在前半生从未去过南部的紫蝶幽谷，如何预知天候而赶在寒流来临前集结出发？它们怎么知道屏东有温暖的山谷？而且冬天的山谷中几乎无花蜜可食，必须尽量在秋天饱吸花蜜储存能量，以备越冬之用。根据许多零星的观察记录，昆虫学家认为，生活于低海拔丘陵

197

地的越冬型蝴蝶皆往西出海，沿着海岸南下，到了屏东，再由枋寮、潮州附近的海岸上陆，直飞温暖山谷；内陆深山的紫蝶则顺着中央山脉南下。

忽然突发奇想，想要穿越内海外缘的防风林去看看大海，那天阳光很温暖，有防风林保护的潟湖内海一点也不冷，风很小很安静，可是收音机的气象报告仿佛灾难已经泛滥来临似的，一直宣示着低温将要吞没全世界的那场战争，把我搅得心慌意乱；防风林外的海岸的确有一种声音吸引我，向我招手！平常那儿是没有鸟的，而且海象常常改变，时有沙洲浮覆或沉没，对于候鸟或追寻候鸟踪迹的鸟人而言，都是陌生的危险海域。

在秋天拼命饱食花蜜的紫蝶们是否也听见了冬日即将来临的声音？那意味着严苛的生死考验；它们会看见从未见过的大海，飞越前世走过的海岸与山脉，来到仿佛既陌生又熟悉的避风幽谷；冬天的山谷到处缺乏食物，但至少可以提供温暖，躲开严寒。它们几乎不吃不动地静静度过冬天，仅仅依靠腹部留存的脂肪，等待春日的苏醒；偶尔有暖阳的晴日，它们便会飞出山谷，找寻邻近的水源吸水。

可是预告着强大寒流就要来临的声音紧紧吸住我，使我毫不犹豫地走向它，那是逐渐强大的气流穿不过坚韧厚实的防风林，在林缘的上空被纠缠化解的声音，以及翻涌不安的躁动海潮隔岸叫阵的声音；我向内陆草泽上两位拿着渔网雀跃得像少年要偷抓鱼的中年人问路，犹穿着短裤短袖还停留在夏天的他们，眯着仿

198

佛不知世事的眼神说："不清楚呐！阮嘛是头一趟来。"于是我只好循声穿越森林，独自去寻找寒流。

第一次遇见紫蝶谷是在早春的来义山区，排湾人活跃的古道上。走势封闭的温暖干谷中，紫花藿香蓟已提早开满整个谷底，还有一些蔷薇科的悬钩子吊着白色的小花攀爬在崖壁上；一路遇见不少被露水沾湿的圆翅紫斑蝶尸体，但大部分的紫蝶皆在花丛间雀跃着，似乎并不怎么怕人，只要我们静静地坐在花丛中，便有紫蝶会就近栖停于我们身上。那时还不清楚紫蝶的迁移生态，然而从它们飞翔栖停的姿势可以感觉到它们很虚弱，无法耗费多余的力气高飞躲避我们的侵扰；从现场不少的蝶尸看来，我以为紫蝶正在谷中进行某一种世代交替。那些虚弱的紫蝶被我们误以为已经到了生命末期；我们观察到它们的求偶交配，一度猜测它们将在完成产卵繁殖的天职之后就地死去；二度造访那处山谷时，紫蝶已经消失殆尽。草叶间却没有大量蝶尸增加的痕迹，那时并没想过去翻找紫蝶幼虫的食草植物；假如在叶背下找不到大量紫蝶所产的卵，那么为数众多的紫蝶都到哪里去产卵？直觉上的判断告诉我，它们或许是离开了！并没有终死于这处幽谷。可是虚弱的紫蝶们能够飞往何处呢？瞧它们的气力几乎已用尽的模样，那些飘落在谷底的蝶尸是挨不过冬天的考验，毫无机会在春天振翅飞舞与同伴一起求偶欢愉的吗？

木麻黄林内惯有的死寂沉静透过一条隐秘的小径空荡荡地迎向我，但我听得见林冠上的气流企图摇动森林的意志；那力量翻涌的声音不输海潮，结结实实地存在；小径穿出森林来到一处避风的天然潟湖，十数艘渔筏静静躺在森林护围的港湾沙滩上，有渔人过夜的大型帐篷和炊具分散在林缘各处。我沿着潟湖和森林交界的沙滩走向外海，有一片绵长的沙洲像鲸鱼横躺于汹涌的大海与安静的潟湖间；循着海潮之声，我终于来到了浮浮沉沉的鲸背上。

等待早春的花朵盛开，对于挨忍整个贫乏冬季的紫蝶来说，是多么的漫长。熬得过的紫蝶在获得春天短暂的滋养之后，便迫不及待飞回生长的原居地产卵繁殖，然后死去。早春的紫蝶幽谷有至高欢愉的求偶交配，因为来自冬日漫长严苛的节制欲望。

冬日，听得见一种节制欲望的声音即将来临吗？人类学家发现，兰屿岛上的雅美人认为，节制欲望是维持社会和平必付的代价；印度圣哲甘地则说："地球可以供给人类所需，但无法供给人类所贪。"

美浓黄蝶翠谷的淡黄蝶大发生便是一则欲望失控的凄美悲剧。日据时代这儿原本是亚热带原始林，淡黄蝶并非数量庞大的强势物种，只不过是生态平衡下众多共栖生物中的一种。日本人引进了可以提炼疟疾特效药奎宁的金鸡纳树在美浓六龟一带种植，结果失败而毁了原始林。为了快速复旧造林又引进适应当地气候的铁刀木大量栽植，光复后林务管理机构接下铁刀木造林工作，继续以改良林相的思考模式砍伐被视为杂木的原始林，至一九五九年为止，在黄蝶翠谷五个林班内共种植十八万株的铁刀木。此一生态的剧烈改变独独造就幼虫喜食铁刀木的淡黄蝶食物不虞匮乏，而且在原始林中抑制它的天敌消失殆尽，使得淡黄蝶的繁殖逐年失控而终究不可收拾。每到晚春早夏的温暖季节，成千上万的淡黄蝶幼虫便把铁刀木的叶片吃得精光。六月羽化大发生时，山谷中的花蜜不够吸食，交配后的母蝶找不到叶子可产卵，只好成群结队盲目地往外迁移，寻找活存之地，形成有名的蝶道；然而离开山谷，飞向平原的淡黄蝶主群没有一只能够活着回来。到了九月，生命力强盛的铁刀木恢复元气，长出绿油油的叶子，活存在其他山谷的淡黄蝶又被丰富的食物吸引，飞来此地繁殖。十月又有一次规模较小的自杀式大发生；直到冬天来临，节制了淡黄蝶的活动能力，铁刀木才能暂逃被啃蚀殆尽的命运，休养生息等待春天的硬仗。

淡黄蝶走过欲望失控的五十年代，被迫以自杀的方式来结束每一次的悲剧。六十年代之后，由于人类社会对于铁刀木木材之需求降低，林务局又在该区实施林相改造，大规模砍伐铁刀木，加上果园的大量增加，农药的滥用污染了栖地，淡黄蝶族群的数量也随着锐减。人类的欲望自始至终都是导演淡黄蝶悲剧的元凶，不过人也同样为欲望所苦，如果悲剧的主角换作是人类，可不一定有智慧解脱大自然严苛的平衡律则。抑制淡黄蝶族群无限膨胀的并不是自然界的天敌，而是繁殖过量的淡黄蝶本身。当人类自称为地球上最高等的生物而战胜了所有的天敌，是否有智慧克服自己的欲望？否则与被导演命运的淡黄蝶又有何两样！兰屿的雅美人因为体认到孤岛生态所能供养的食物有限，发展出节制欲望的社会主义；在那儿没有人会饿肚子，也没有人特别富有；雅美语"胖子"的语汇有轻视的味道。因为每年定时来临的蛋白质来源"飞鱼"的数量有限，而且需要船团组织的团队合作才能捕抓，所以演化为事物共享分担的社会组织，加上节制欲望的文化内涵，让雅美人融入大自然的生态平衡千百年，族群得以繁衍不断。

的确开始起大风了！鲸背上的亿万粒细沙被风推移着飞离地面，在贴近地面的上空像河一样地流动。置身沙河之中，我听得见细沙飞离地面又落地的声音，窸窸窣窣地在鲸背上形成美丽的沙纹。那鲸背上由风造成的文身是飘动的，仿佛那只鲸鱼一直在游动。

潟湖沙洲上的黑面琵鹭、里海燕鸥与大杓鹬皆听得见寒冷的北风呼啸于空中喧嚣的声音吧！冬日是磨炼熬忍、节制欲望的匮乏季节，是大自然严格的律则；地球不是无限丰饶，取之不尽用之不竭的后土。地球可以供给万物所需，但无法供给万物所贪。

每当我来到西南海岸，总是听见那只大鲸的肚腹吸纳吐放之声；基隆、宜兰多雨，是鲸呼气喷水的位置；台北是鲸思考的大脑；新竹多风，是鼓浪的胸鳍；嘉南平原是肥满的肚腹；恒春是巨大的尾鳍，拍起强劲的落山风。四百年来冒险患难的渔人、亡命不羁的海盗以及如今孤独的海钓客皆听见了！听见大鲸游动的声音，正驮载着岛上鲸的子民，越过深广险恶犹如沙漠的大洋，寻找一处食物丰富的温暖海湾。大鲸啊！千万别贪心而迷失搁浅，仔细用你的耳朵倾听[1]。

此处是台湾最僻静之地，犹如深山中的荒野；因为僻静，所以听得见最真实之声。

---

[1] 鲸鱼以类似声呐导航的原理辨识方向，联络同伴。

钟怡雯

1969 年生于马来西亚霹雳州金宝市,祖籍广东梅州。作品曾获联合报文学奖散文第一名、九歌年度散文奖、星洲日报文学奖散文首奖及推荐奖、新加坡金狮奖散文首奖、吴鲁芹散文奖、梁实秋文学奖、华航旅行文学奖等。

204

# 垂钓睡眠

一定是谁下的咒语，拐跑了我从未出走的睡眠。闹钟的声音被静夜显微数十倍，清清脆脆地鞭挞着我的听觉。凌晨三点十分了，六点半得起床，我开始着急，精神反而更亢奋，五彩缤纷的意念不停地在脑海走马灯。我不耐烦地把枕头又掐又捏。陪伴我快五年的枕头，以往都很尽责地把我送抵梦乡，今晚它似乎不太对劲，柔软度不够？凹陷的弧度异常？它把那个叫睡眠的家伙藏起来还是赶走了？

我耍起性子狠狠地挤压它。枕头依旧柔软而丰满，任搓任捶，雍容大度地容忍我的鲁莽和欺凌。此时无数野游的睡眠都该已带着疲惫的身子各就其位，独有我的不知落脚何处。它大概迷路了，或者误入别人的梦土，在那里生根发芽而不知归途。静夜的狗嗥在巷子里远远近近地此起彼落，那声音隐藏着焦躁不安，夹杂几许兴奋，像遇见猫儿蓬毛挑衅。我突发奇想，它们遇见我那翘家的坏小孩了吧！

我便这样迷迷糊糊地半睡半醒，间中偶尔闪现浅薄的梦境，像一湖涟漪被一阵轻风吹开，慢慢地扩散开来。然而风过水无痕，睡意只让我浅尝即止，就像舐了一下糖果，还没尝出滋味就无端消失。然后，天亮了。闹钟催命似的鬼号。

我从此开始与失眠打起交道，一如以往与睡眠为伍。莫名所以地就突然失去了它，好像突然丢掉了重要零件的机器。事先没有任何预兆，它又不是病，不痛不痒，严重了可以吃药打针；既不是伤口，抹点软膏耐心等一等，总有新皮长出完好如初的时候。它不知为何而来，从何处降。压力、病变、环境太亮太吵、杂念太多，在医学资料上，这些列举为失眠的诸多可能性都被我否定了。然而不知缘起，就不知如何灭缘。可惜不清楚睡眠爱吃什么，否则就像钓鱼那样用饵诱它上钩，再把它哄回意识的牢笼关起来。失眠让我错觉身体的重心改变，头部加重，而脚下踩的却是海绵。感觉也变得迟钝，常常以血肉之躯去顶撞家具玻璃，以及一切有形之物。不过两三天的时间，我的身体变成了小麦町——大大小小的瘀伤深情而脆弱，一碰就呼痛，一如我极度敏感的神经。那些伤痛是出走的睡眠留给我的纪念，同时提醒我它的重要性。它用这种磨人脾性损人体肤的方式给我"颜色"好看，多像情人乐此不疲的伤害。然而情人分手有因，而我则莫名地被遗弃了。

每当夜色翻转进入最黑最浓的核心，灯光逐窗灭去，声音也愈来愈单纯，只剩婴啼和狗吠的时候，我总能感受到萎缩的精神在夜色中发酵，情绪也逐渐高昂，于是感官便更敏锐起来。远处细微的猫叫，在听觉里放大成高分贝的厮杀；机车的引擎特别容易发动不安的情绪；甚至迁怒风动的窗帘，它惊吓了刚要莅临的胆小睡意。一只该死的蚊子，发出丝毫没有美感和品位的鼓翅声，引爆我积累的敌意，于是干脆起床追杀它。蚊子被我的掌心夹成了肉饼，榨出无辜的鲜血。我对着那美丽的血色发呆，习惯性地又去瞄一瞄闹钟。失眠的人对时间总是特别在意。唉！三点半了！时间行走的声音让我反应过度，对分分秒秒无情的流失尤其小心眼。我想阅读，然而书本也充满睡意，每一粒文字都是蠕动的睡虫，开启我哈欠和泪腺的闸门。难怪我掀开被子，脚跟着地的刹那，恍惚听见一个似曾相识的声音在冷笑："认输了吧！"原来失眠并不意味着拥有多余的时间，它要人安静而专心地陪伴它一如陪伴专横的情人。

我趿上拖鞋，故意拖出吧嗒吧嗒的响声，不是打地板的耳光，而是拍打暗夜的心脏。心有不甘地旋亮桌灯，温暖的灯光下两只猫儿在桌底下的篮子里相拥酣眠。多幸福啊！能够这样拥抱对方也拥抱睡眠。我不由得十分羡慕此刻正安眠的众生、脚下的猫儿，以及那个一碰枕头就能接通梦境的"以前的我"。眼皮挂了十斤五花肉般快提不起来了，四天以来它们阖眼的时间不超过十二个小时，工作量确实太重了。黄色的桌灯令春夜分外安静而温暖。这样的夜晚适宜窝在床上，和众生同在睡海里载浮载沉。

或许粗心的我弄丢了开启睡门的钥匙吧！又或者我突然失去了洄泳于深邃睡海的能力；还是我的梦呓干犯众怒，被逐出梦乡。总而言之，睡眠成了生活的主题，无时无刻不在纠缠着我，因为失去它，日子像塌陷的蛋糕疲弱无力。此刻我是猎犬，而睡眠是兔子，它不知去向，我则四处搜寻它的气味和踪迹，于是不免草木皆兵，声色俱疑。众人皆睡我独醒本就是痛苦，更何况睡意都已悉数凝聚在前额，它沉重得让我的脖子无法负荷。当然那睡意极可能是假象，尽管如此，我仍乖乖地躺回床上。模糊中感到钝重的意识不断压在身上，甜美的春夜吻遍我每一寸肌肤，然而我不肯定那是不是"睡觉"，因为心里明白身心处在昏迷状态，但同时又听到隐隐的穿巷风声游走，不知是心动还是风动，或是二者皆非，只是被睡眠制造的假象蒙骗了。那浓稠的睡意蒸发成丝丝缕缕从身上的孔窍游离，融入众多沉睡者煮成的无边浓汤里。

就这样意志模糊地过了六天，每天像拖个重壳的蜗牛在爬行。那天对镜梳头时，赫然发现一具近似吸血僵尸的惨白面容，立时恍然大悟，原来别人说我是熊猫只是善意的谎言。此时刚洗过的头发纠结成条，额上垂下的刘海悬一排晶亮的水珠，面目只有"狰狞"二字可形容。头发嫌长了，短些是否较易入眠？太长太密或许睡意不易渗透，也不易把过多的睡意排放出去，所以这才失眠的吧！

到第七天，我暗忖这命定的数字或会赐我好眠，连上帝都只工作六天，第七天可怜的脑袋也该休息了。我听到每一个细胞都在喊困，便决定用诱饵把兔子引回来。那是四颗粉红色、每颗直径不超过零点五厘米的梦幻之丸，散发着甜美的睡香，只要吃下一粒，即能享有美妙的好梦。

然而我有些犹豫，原是自然本能的睡眠竟然可以廉价购得。

小小的一颗化学药物变成高明的锁匠，既然睡眠之钥可以打造，以后是否连梦境也能够一并复制，譬如想要回味初恋酸酸甜甜的滋味，就可以买一瓶青苹果口味的梦幻之水；那瓶红艳如火的液体可以让梦飞到非洲大草原看日落；淡黄色的是月光下的约会；蓝色的呢？是重回少年那段岁月，尝尝早已遗忘的忧郁少年那种浪漫情怀吧！

我对那几颗小小的东西注视良久。连自己的睡眠都要仰仗外力，那我还残存多少自主，这样活着凭的是什么？然而我极想念那只柔顺可爱的兔子，多想再度感受梦的花朵开放在黑夜的沃土。睡眠是个舒服的茧，躲进去可以暂时离开黏身的现实，在梦工场修复被现实利刃划开的伤口。我疲弱的神经再也无法承受时间行走在暗夜的声音。醒在暗夜如死刑犯坐困牢房，尤其月光令人发狂地恐慌。阳光升起时除了一丝凉淡淡的希望，伴随而来的是身心俱累的悲观，仿佛刑期更近了，而我要努力撑起钝重的脑袋去和永无休止的日子打仗。

我掀开窗帘，从没看过那么刺眼的阳光，狠狠刺痛我充血的眼睛，便刷的一声又把帘子拉上。习惯了苍白的月光和温润微凉的夜露，阳光显得太直接明亮。黑夜来临，我站在阳台眺望灯火灭尽的巷子，仿佛一粒泄气的气球，精神却不正常地亢奋起来，如服食过兴奋剂，甚至可以感觉到充血的眼球发光，像嗜血的兽。

我想起大二时那位仙风道骨的书法老师。上课第一节照例是讲理论，第二节习作。正当同学把浓黑的注意力化作墨汁淌到纸上，笔尖和宣纸作无声的讨论时，突然听到老师低沉的声音说："唉！我足足失眠两个星期了。"我讶然抬头，还撇坏了一笔。老师厚重镜片后的眼神闪现异光，那是一头极度渴睡的兽。我正好和他四目相接，立刻深深为那燃烧着强烈睡欲的眼神所慑，那是被睡意腌渍浸透、形神都沦陷的空洞，或许是吸收了太多太多的夜气，以致充满阴冷的寒意。然而他上起课来仍是有条有理，风格流变讲得井然有序，而我现在终于明白他不时用力敲打自己的脑部、揉太阳穴，一副巴不得戳出个洞来的狠劲，其实是一种极度无奈的沮丧。他是在叩一扇生理本能的门，那道门的钥匙因为芸芸众生各持一把，丢掉了借来别人的也无济于事，便那么自责地又敲又戳起来。

然则如今我终于能体会他的无奈了。可怕的是我从自己日趋空洞的眼神，看到当年那瞬间的一瞥复又出现。昼伏夜出的朋友对夜色这妖魅迷恋不已，而愿此生永为夜的奴仆。他们该试一试永续不眠的夜色，一如被绑在高加索山上、日日夜夜被鸷鹰啄食内脏的普罗米修斯，承受不断被撕裂且永无结局的痛苦。然而那是偷火种的代价和惩罚，若是为不知名的命运所诅咒，这永无止境的折难就成了不甘的怨怼而非救赎，如此，普罗米修斯的怨魂将会永生永世盘桓。

失眠就是不知缘由的惩罚。那四颗梦幻之丸足以终止它吗？我听上瘾的人说它是吗啡，让人既爱又恨，明知伤身，却又拒绝不了，因为无它不成眠。这样听来委实令人心寒，就像自家的钥匙落入贼子手里，每晚还要他来给自己开门。于是我便一直犹

210

豫，害怕自己软弱的意志一旦首肯，便坠入深渊永劫不复了。

睡眠的欲望化成气味充斥整个房间，和经过一冬未晒的床垫、棉被浓稠地混合，在久闭的室内滞留不去，形成房间特有的气息。我以为是自己因失眠而嗅觉失灵的缘故。一日朋友来访，我关上房门后问："你有没有闻到睡眠的味道？"他露出不可思议、似被惊吓的眼神，我才意识到自己言重了。

就像我没有想到会失眠一样，睡眠突然倦鸟知返。事先也没有任何预示，我回避镜子许久了，一如忘了究竟有多少日子是与夜为伴，以免吓着自己，也害怕一直叨念这一点也不稀罕的文明病，终将为人所唾弃。何况失眠不能称为"病"吧！如此身旁的人会厌恶我一如睡眠突然离去。而朋友一旦离开就像逝去的时间永不回头，他们不是身体的一部分，亦非血浓于水的亲密关系，更不会像丢失的狗儿会认路回家。

那天清晨，自深沉香醇的梦海泅回现实，急忙把那四颗粉红色的梦幻之丸埋入昙花的泥土里。也许，它们会变成香喷喷的钓饵，有朝一日再度诱回迷路的睡眠；也可能长出嫩芽，抽叶绽放黑色的夜之花，像昙花一样，以它短暂的美丽温暖暗夜的心脏。

陈大为


1969 年生于马来西亚霹雳州怡保市，祖籍广西桂林。台湾大学中文系学士、东吴大学中文所硕士。曾任杂志编辑与行销业务员，现任台北大学中文系教授。作品曾获联合报文学奖散文及新诗第一名、星洲日报文学奖新诗及散文推荐奖、台北文学奖文学年金及世界华文优秀散文盘房奖等。

# 南京东路

总是有那么一个瘫痪在窗外的夜色，负责酝酿一篇都市散文的沉重氛围；外加一些斜斜靠在墙上的影子，管他是醉倒，还是累坏了身子瘸了脚，影子是不可或缺的道具。夜色之瘫痪，向来就是都市书写之必要，若是把夜色描述得太温馨或者充满浩然正气，那就不真实了。

究竟是夜色把都市带坏，或者都市想借用夜色来为非作歹？它们通常一起行动，尤其在我构想这个题材的时候，前者挟持我的思维，后者驱使我的十指在键盘上移动如傀儡。隐隐约约，案前有掌声传来如寻灯的夜蝶，那是前行代作家既存的文本，在赞赏我如何嫡传他们的影子。

难道我的步伐一定要往都市散文的路径迈出？

从五月犹豫到八月，一边对照文本里外的真实，一边回想我所选择的南京东路。

我不想从"汗"开始描写那个夏天，在这个38摄氏度的高温盆地，很多意象早被前人蒸熟炖烂。可是现实的地理不管这些，

213

个子矮小的风全挡在群山的外头，再怎么创新也没有用，难不成把台北盆地擅自整形成台地或风城？我在下午两点半的大街上张望，看看附近有哪双风的翅膀路过，然后追上去当几分钟列子，御风而行，让全身毛孔高歌一曲。

这是南京东路一段和林森北路交接的地方，远远不及傍晚的西门町或深夜的大东区热闹，但它离我们公司最近。而我被分派的推销区域，正是从一段向东走到三段，然后右转，往南，沿着敦化南北路一直延伸到基隆路交接口为止。路线颇长，沿途大约有数千家公司行号，全是我们的目标。

我站在宽阔的路口发呆了好一阵子，觉得自己有点像那等待起风的风车。手表的分针一直在刺痛着我，只好无奈地走向另一栋大楼，继续我那业务员的宿命。

许多眼神聚集在大厦华丽的厅堂，或到访，或正打算离去。我忽然想起几位都市诗人对上班族的描写，典型的词汇从我口袋探出头来，搜索可以对号入座的眼神和姿态。拉近距离，我一一检视这些尚未贴上形容词的瞳彩，其中有小小的思绪在移动，有兴奋有冷漠有沉思，也有善意的招呼。眼珠子仅仅一厘米的直径，却是一个可以让我肆意诠释的感情直径，前有制式的丑化逻辑，后有期待新意的读者眼睛。大堂内共有十余人，如果我选择身边那位中年男子，所有跟礼貌相关的辞藻即将脱颖而出，诸如彬彬有礼、和蔼可亲，或者借他那腕上那串蜜蜡佛珠，来开启描写之大门，从良善男子的气度写到暖暖微笑的嘴角。当然我也可以配合大堂的冷气和金属色的硬体结构，将叙事视角沿着那位心情不好的女子、那位吃力抱着一堆文件的小弟，一直延伸到某副冷酷的眼镜。我不但可以用全知观点来界定他们的生存价值，更可以在许多前文本当中，汲取一大串都市文学的专门用语。

电梯缓缓上升，一层熟悉一层陌生。门开门合，我在挣扎里窥探每家公司的业务潜能。这是非关情欲、非关消费的行为心理。最切身，可又最茫无头绪，我不知道该如何出手，找不到现成的诗篇可供参考，也没有任何力量和信念贯注我的椎骨。我仿佛游离在都市文学之外，其实仍在其中；我只能用身体来书写此刻的处境，也许这不能称为书写，而是某种实践。十分明确地，我感到每一层楼的地板，集邮般搜集了无数业务员的鞋印，但我读不出它们的神情，究竟是阵亡还是凯旋归去。我的鞋子正要踏出一步，地板张开血盆大嘴，准备把我的意图咬住。

像一只木鸡站在柜台前面，赫然发现口袋里的词汇和意象都逃走了，我是找不到字眼落款的穷书生，墨绿色的大理石地板，向我炫耀它的收藏，非常傲慢。我实在无法百分之百地转述这种感觉，尤其"谢绝推销"的冷峻楷体，像守门的恶犬朝我龇牙舞爪。可是按照我们经理的分析，越是吓人的柜台气氛，里头越是一片充满商机的处女地，因为其他业务员都到此为止，不敢再越雷池。于是我斗胆释放我的话术，如出洞的鳗鱼，圆滑地溜过柜台小姐的防线，或把自己当成访客气宇轩昂地走了进去，或搬出独门的寻人借口和身份，将小姐唬得一愣一愣的。

到头来所有的柜台皆成为我的鉴赏对象，从它的气派来预测员工的架子，从它的空间设计悄悄推演对话的位置。柜台小姐的一颦一笑，都是一盘小小的甜点，增添了许多可口的业务经验。我差点忍不住歧出本文的叙述架构，用三百个动人的字眼，仔细地赞叹某位小姐醉人的唇。不过，对这种会醉人的东西，最好忍住。

实战的经验或许无法写成扣人心弦的诗篇，它太单纯，没有学理可以落脚的层面，更没有让专用的词汇上下其手的部位。它真的很单纯，只有一种目标和话术，只要鼓起勇气与架好心理，就可以天人合一，把高傲的地板践来踏去，临走前再留一个微笑给柜台小姐，潇洒地离开。

随着越来越高的成功率，我渐渐淡忘掉来打工的目的，专心一致地平步眼前的青云。这种志业与事业的拉锯心理，以及其中微妙的转变，都不是数十行篇幅的诗篇所能承载的讯息。并非因为它太重，而是实在太细腻。其实我相当喜欢这种上班族的生涯，这家约有七八十位员工的公司，让我找到都市小说里一向从缺的人情，融洽且带着几分关怀几分激励的人情。公司请了两位不错的厨师，上至老板夫妇和各部门经理，下至业务员和小弟，都能享用同样的佳肴。我那组的作业地点以中山区、松山区和信义区为轴心，所以每天午餐和晚饭都来得及回公司吃，通常是和老板同桌，话话家常和业绩。有时我很纳闷，也有点虚幻，为什么会出现这种平凡至极的温馨情节，我果真置身于都市文学里的都市吗？我读过的种种奸恶的都市人际描写一一落空，心理非常矛盾。就像一个吃下过量迷幻药的旅人，我终日在都市真实与虚构的疆界上蛇行。

连我的诗也在犹豫。

满脑子平凡有趣的工作情节，在冲击我对都市的认知。也许有人会这么形容我——都市海洋里的浮游生物，不知暗潮之汹涌，不识深海的生态活动。我该不该潜泳到那个读过无数遍的深邃海域，去体验一下完全负面的生活形态？我的诗叫我别再犹豫，更不要傻乎乎地学人家潜泳去，反正这个世界可以书写的题材多的是，除了被大伙反复涂鸦的黑脸，仍有无数动人的表情，虽然表情是善变的。

我也是善变的。

在我决定离开这份工作之后，剩余的一个星期就变得毫无干劲。一向流利的推销话术变得痴肥臃肿，舌头简直就是一头养来比赛用的千斤大猪公，面对那些自动送上门的客户，仍旧不想动弹半斤肥肉。某个炎热的下午，我勉强上紧发条决定拼完最后一次。走着走着，路经南京东路的某家证券行，顺道进去凉快一下。灯很亮，大厅里全是永不言累的头颅在钻动。冷气很强，在肩膀与肩膀的缝隙间，我隐约听见一些肋骨使劲舒张的声音，肺叶不得不吸进更多提神的冷气，哪怕吸进的是二氧化碳。他们很自然的，被我比喻成一个巨大玻璃瓶里的丁香鱼，泡在油里拼命呼吸，全神贯注于那荧幕上的股票涨涨停停。我发现某些久违的字眼从思维的土壤萌芽，某些熟悉的诗篇绽放在我面前，虽然比起目睹的实况，它们不免显得有点肤浅。我真实地感受到贪婪的力量，这里是一个欲望的沼泽，而我是唯一能够自拔离去的旁观者。

经过一个小时的冲击，我的眼睛变更了焦距。

于是我跟其他都市文学的作者一样，用"黏滞"以及相关的丑陋字眼，来形容南京东路的两岸。眼前的街道失去原有的内容，变成一条干涸的河床，我的神经开始纠缠，汗水疲惫地灌溉人行道上的红砖。我低头看了看手表，下午两点五十分，还有两个小时可以去狩猎潜藏的客户。身边走过的都是客户，也都不是客户！下一分钟和下下一分钟，我还要重复同样的话术。过去曾经说服过的千百张脸庞，将来要继续去说服的陌生五官，左右拉扯，活生生地把我的发条扭断。

很难形容的一种空茫，所有存在的声音一一自听觉退出，仿佛站在风萧萧兮的易水河畔，思想停格，瞳孔放大，南京东路变得好宽好宽。不见文学，也不见牛羊。

我总算体会到都市生活的某种非常本质性的感觉，远远超越所有读过的相关描写。

离职之后，每次经过南京东路一段，老是有一种故地重游的错觉。这个高度商业化的路段，帮助我反省了许多创作和生活上的问题，同时收藏了我那纷乱的鞋印。就因为我永远不会再回去，所以更珍惜这段仅有的业务记忆。

# 徐国能

1973 年生于台北，湖南长沙人。东海大学中文系学士、硕士，台湾师范大学文学博士。作品曾获联合报文学奖、时报文学奖、台湾文学奖等。

# 刀工

1

当年健乐园还在时，父亲的刀工是没有话说的。

一般而言，谈吃之人喜言材料、火候与调味，很少研究刀工，这不是没道理的。讲材料，须见多而识广，山珍海味，荤素酱料，博通者当世已是几希，略知一二足可夸夸其谈，是为"权威"；论火候，则是以心传心的独门功夫，要有天分才可领悟其中意境，像禅趣机锋，最为引人入胜；论调味，则是魔术师之流的综艺节目，趣味有余但内涵不足，不过观众最多，当年我们健乐园的大厨曾先生最不屑此道，他说"味味有根，本无调理"，味要"入"而不能"调"，能入才是真，调，就是假了。

材料、火候与调味，在烹煮时自是有其天地玄黄，发为文字也饱藏余韵，但刀工，实是一门易学难精、永无止境的庖膳功课。

2

刀工虽然被视为雕虫末技，但自古也有其承传。基本上，以用刀的顺序来说，厨刀有阳刀与阴刀之分，阳刀宰杀活的禽畜，而阴刀则割分已宰杀完成的食材，接着又有生刀与熟刀之别，生刀切批上砧而未煮之物，而熟刀则分剖已熟之菜。这在传统社会颇有一些禁忌，譬如《论语·乡党》篇中便记录孔子"割不正，不食"，一般人妄解切割得不方正，孔夫子便不吃，其实大非，"割不正"者，乃肢解兽体未依礼法，其实就是刀具不对，庖人用了血衅的刀具来分割食材，孔子便不忍下咽，善哉此心！仁者家风所遗，故孟子见齐宣王才说："见其生不忍见其死，闻其声不忍食其肉，是以君子远庖厨。"

以今日的科学来看，这些区别实乃以卫生条件作为出发，阴阳熟生不分最易传播细菌，引起中毒。古人不明所以，只以鬼祟言之，试看今日，不也强调生食熟食宜用不同的刀叉甚至砧板？

生熟刀中若再细分，其用途又有文刀武刀。文刀或称批刀，料理无骨肉与蔬果；武刀则又称斩刀，专门对付带骨或特硬之物。现今家常多备一柄文武刀，前批后斩，利索痛快，唯无法处理大型对象，是为一憾。另有专家用的马头刀、三尖刀等，今已少见，暂且按下不表。前日见报载，某青少年持西瓜刀飙车砍人，其实并无所谓"西瓜刀"之流，此类刀具应称烧刀，柄薄背厚，只砍不刺，锋不甚利，但因其沉重，故入物极深，切西瓜自是得心应手，砍人则不免过于凶残矣。

一柄良刀未必能造就一位良厨，但一位良厨，则定有一柄宝刀。

刀会认生，故在厨中，绝无借刀之事，轻则大小方圆不匀、花丁不碎，重则断指伤人。诸多恐怖的传说在厨中绘声绘影，刀的形象似乎趋向恶邪一端，其实父亲说：刀本无心，是用者多心而已。

一柄好刀，包括质材与设计两大部分，两相得宜，才好入手。

刀不宜纯钢，需入以其他金属，如钨，否则锋易钝缺。古人"轻用其锋"之说便是制刀技术不发达时的一个见解，今日科技下的好刀愈用愈快，不必常磨。刀柄与刀身的比例因人而异，重量亦因用途与膂力有所不同，但要能与手掌曲线契合，稍重为佳。若以力道而言，父亲说"杀鸡用牛刀未尝不可，但杀牛却无用鸡刀的可能，大材可以小用，但小材却万不能大用"，话中似有无限感慨。

3

常人切割，能够整齐利落就算及格，至于刀法则略通砍剁划拍等常法即已无碍于色味，但要作为厨师，什么材料用什么样的刀工，却要花些时间琢磨，不过三五年也可出师，但真正要得到其中精髓，非用一生来追寻，其中还要有名师指点，方可完全。

当年在健乐园，二厨赵胖子的刀法可算一流。他身广体胖，臂力惊人，使一柄沉甸甸的马头刀，刀腰沾着一抹乌沉的油渍，大骨之类在他手中往往一锤定音，无可置喙，再细小的葱头姜丝，也在他肥糯糯的指掌间灿然生华，在刀工里颇有"通幽"之致，但他自言刀工不及父亲，并非谦让。

父亲用刀不疾不徐，但准确无比，手中食物愈切愈小，可还是一丝不苟，直到最后一刀。但这只是入门而已，一般烹饪多是下锅前即切剁完毕，但有些菜肴须要一体入锅，待煲熟后才行分割，这种菜最见刀工，其中有许多名堂。如一刀沥鱼脊，只用一划，即将整条鱼骨连鱼头取出，既不拗折，也不留刺。又如分全鸡，一坛乌骨鸡要在席上半分钟内分割完毕，坛小鸡肥，要能宛转间肉骨截然，汤水不出，要靠点真功夫。

父亲用刀，除了讲究力通腕指、气贯刃尖与专心致志等泛论之外，对于一把刀的发挥，也有过人之处，如一般人较少用到的后尖，甚至柄梢，父亲都能开发其中的奥妙，在许多重要场合派上用场。如前述"一刀沥鱼脊"，厉害的就是刀后尖的运用，料理时后分前挑，一刀两式，一明一暗，不知其中巧手者真是叹为观止。又譬如杀鳗，多数厨子用摔昏法，有时鱼未死而脑已碎，血汁一浊，肉质即有变酸硬之虞；但父亲的功夫就在刀柄，往鱼两眼间轻轻一顿，再大的鱼也立刻翻眼昏厥，再反手一挥，皮骨开矣。

有回在健乐园，酒余饭后，论起食道，父亲说：古代名庖中，取材调味以杀子入菜的易牙排第一，论刀工则属庄子笔下的无名庖丁。庖丁善解牛的关键是"以神遇而不以目视"，这话说穿了并不特别，只是庖丁对于兽类的筋骨结构比一般人了解更多而已，可能是早先研究过牛只的生理构造，有点像西方文艺复兴时代的绘画，对于人体的肌肉、骨骼了解透彻，所以画作中的肢干比例、细部表情能更准确而栩栩如生。故这位"科技领先当时一步"的庖丁刀法，恐怕未必有传说中的神奇。

自健乐园风流云散之后，父亲绝少下厨，现已茹素多年，再也不碰刀具，连这一手技艺也不肯觅寻传人，每天但抄读陶诗、《心经》而已，"能吃就好，何必不厌精细"是父亲现下的名言。倒是赵胖子南下自立门户，在高雄闯出了一些名堂。前年赵胖子七十大寿，亲披围裙做了几样，自言是晚年的心境神味，父亲因病不克前往，命我送对联一副，席上展开，写的是"心犹未死杯中物，春不能朱镜里颜"。赵胖子对龙飞凤舞的字句饮尽三大白，流下泪来。

4

那回饭后，赵胖子微醺之际说出了父亲刀艺的来由。

父亲艺业颇有传奇色彩。父亲少年从军，一直从事文职的工作，据说与写得一手好字有关。父亲字学颜柳正宗，又自出机杼写成行草，他的解释是在乡下写红白练出来的，还曾得意地说于老的字也不过如此。来台后，因代步方便，花了三十元购置二手脚踏车一辆，经常在营区附近老王处修理。这老王不知何许人也，因为来台时遗失了身份证，谋职无门，只靠修车为业。一年春节，父亲在营区写春联，因为纸多，一时收不了手多写了两副，无处悬挂，遂转赠给老王。老王感动之余，竟说要"切个菜给父亲瞧瞧"，硬拉着父亲到他的"厨房"，其实只是个违章建筑的矮棚，取刀一柄、砧一张、红白萝卜冬笋各一枚、夹心肉一方，二话不说，笃笃笃地开始动手。

那天黄昏，赵胖子回忆，父亲失神落魄回到营区，本来两人约好要去吃涮羊肉，但父亲推说头痛不去。第二天，伙房的老杨神秘兮兮地到处对人说，那个刘少尉真是深藏不露，几下就把全营的菜都切好，刀法之奇，他干伙房几十年也还没这本领呢！

5

这个故事我猜八成是假，不是赵胖子诳我，就是醉后胡言，向父亲求证的结果，父亲无可无不可地默认了，但他意味深长地说："子独不见狸牲乎，东西跳梁，不避高下，中于机辟，死于网罟……"

我不明白他们在说什么。

父亲一生失意，经营事业几度成败，其中尤以健乐园的转让令其最为痛心，那是他一生的冀望所系。但近来父亲对这事却有了不同的解释，认为健乐园的失败反而是他人生境界的一次拓展，是一种福缘。

早年曾听父亲自论刀法，父亲尚在得意之时，说其刀法有三大奥妙：一是意在刀先，要有灵感才好切菜；二是马步需稳，如此浮沉二力方能施展；三是听声辨位，断定材料的内部结构才好施力。初听之际，以为父亲是武侠小说看多走火入魔了，但亲自下厨时才渐渐体会出话中之理。我求学台中之时，经常在一家香港烧腊店中用餐。那香港老板刀工极好，叉烧肉片薄如信纸，我暗中观察其用刀，发现他以左手持刀，右手拿菜找钱之时，左手不忘用刀背轻轻在砧板上敲出一种节奏，这是一种不让灵感"跑调"的方法。而他切菜，双膝微屈，两足不丁不八，愈细的刀工，双胯越开，父亲说这是沉气于踵，使浮力于锋线的刀法，市井之中，自有奇人，这是不消说的。

中年以后，父亲更执着于刀工的钻研，此时他最得意的是发现了均匀吐纳与刀工的关系。他常对友朋推广，既可切好菜，又可健好身，但一般人常闻言大笑，多当他是疯子看待，为此父亲受到不少打击，从此自己默默"练功"，不再对任何人提起这套"切菜内丹"。尤其后来事业失败，这门绝技也就无疾而终了。

晚年父亲不再提刀，只写书法，字中一派圆润祥和，甚至近于绵软，不像是杀生无数的人所手书。有一回父亲掷笔浩叹："我的刀法从字中来，还是要回到字里去。"我仔细回忆父亲用刀，并揣摩了他的书法，这才了解父亲用刀的技艺，"老王"可能是个神灵启蒙，而真正的老师，恐怕就是那些人生的风霜，与积叠成篓的唐碑晋帖吧！

# 6

父亲病后，我们极少闲谈，沉默反而成为我们之间相互习惯的一种语言。

有一次我偶尔说起他用刀之神，希望能唤起他对往日美好的记忆，但父亲只平淡地说："若非我困于刀工，可能早是大厨了，刀工刀工，终究还是个工！"我明白父亲的不甘，当时在健乐园，父亲似乎只能切菜，我猜他有更多的想望，但都被他那独步当世的绝艺所埋没了，如果没有这项绝艺……无怪乎他发展出各种玄虚刀工理论，其实都是一种情感的转移而已。

回想这些年，父亲教我写字，却不督促我勤练；教我弈棋，却不鼓励我晋段；教我厨艺，却不准我拜师……让我在每件事上，都是一个初入门庭的半吊子，一个略知一二的旁观者，最后他写给我的一张字是"君子不器"，那时秋夜已深，父亲望向庭中那株伛偻老树，月明星稀，风动鳞甲，久久不能言语。

如今我几乎不到厨房，免得生出一些不必要的感伤，成为一个真正远庖厨的君子。我重新拾起书本，发现了其中腴沃的另一种滋味，偶尔可以尝出哪些文章是经过熬炖，哪些诗是快炒而成。有时我甚至猜想，某作者应该嗜辣，如东坡；某个作者可能尚甜，如秦观；至于父亲晚年最敬仰的渊明，执着的一定是一种近于无味的苦；而刀工最好的必属黄庭坚，因为他的字那么率真而落拓，因为他的诗，父亲晚年抄了许多。

228

我经常思索父亲的哲理，但并没有成为我人生的指导，有时我会沉溺在某种深邃里而感到迷惘；但有时则在其中，找到一种真正朴实的喜悦与宁静。

唐捐

许悔之

刘大任

刘克襄

古蒙仁

伍 | 闲 看 人 间

唐 捐

　　本名刘正忠，1968 年生，台湾嘉义人。作品曾获联合报文学奖散
文第一名及新诗第一名、台北文学奖新诗评审奖、梁实秋文学奖散文
第一名及第二名、优秀青年诗人奖、创世纪四十周年诗创作奖等。

# 有人被家门吐出

> 黑暗啊，我的本原，我爱你胜过火焰。火焰在一个圈子里发光，遂将世界框限，出了圈外，谁还知道火焰。唯黑暗包集万有：物件、火、野兽和我，以至一切的一切，人和威权。好像有一种伟大的力，正在我的身旁滋生、繁衍。我信仰黑暗。
>
> ——里尔克

远山的形迹已经完全纳入雾的范畴了，小雨还在落。我从墓地归来，在窗前枯坐久久，燕子啾啾的鸣声始终不曾间断过。它们从屋旁的草地衔泥、沾水，再飞回檐下，修补往年留下的巢穴。这是秋日例行的节目，随着微风细雨，点染着我们无聊的生活。稍远处一摊浅浅的积水，间歇地摇颤着，或轻或重，时缓时急，如同龛上的香炉，默默反应天地的脾气。

小雨还在落，燕子的羽翼就要湿透了，仍然颉颃不止。记忆像一张张发霉的幻灯片，在心的暗室里反复地播映。本来阳光璨璨，过了晌午，忽然细雨如织，把天空织成一张白色的布幕。午前我们曾经出门，浩荡的队伍穿过冷清的街坊，灵幡伴着麻衣在风中无力地颤抖，唢呐里流出一种黏腻浑浊的声响，如同粗犷的草籽撒在耳膜，使人神经紧绷，怕要长出一些些什么。墓地里布满高低错综的五节芒，幡幡如发，嚣张刺目地向八方扩展它的版图。

棺木缓缓沉入墓穴，一种黑暗从此定型、凝固，如冷却的柏油。

这样很好。再没有断断续续的咳嗽切入熟烂的眠梦，没有浓稠的痰从墙壁上渗透过来。有些可爱可恨的故事、或好或坏的运命或将就此打住。天花板上不再弥漫着呛鼻的乌云，壁虎们不再发出咯咯咯咯，喔，令人目热齿冷的笑声。南天无云，北窗放晴，东篱花开，西亩稻青，草木欣欣向荣，世界一片光明。这样很好，光天化日的上午，在左右邻舍的帮忙之下，我们已经将父亲掩埋。

入土以前，他躺在屋子里，隔着薄薄的棺木，与我们共度十数个晨昏。初秋的太阳仍然盛气凌人，斜斜地射穿镶着毛玻璃的门窗，轻易占去大半个厅堂。空气凝滞不流，只有三两只苍蝇拖着细长的尾音，吃力游走于人的眼前耳后，像扑拍不着的残念杂感，骚扰着焦躁的心神，愈捉愈烦，终于任它们这样飞去。烛焰渐长，烛身渐短，时间像是燃烧的烛肉，一寸寸融解成泪，悄悄滑过躯体，终于在根部凝固、冷却，等待下一次轮回。我们枯坐如烛，各自顶着一把思维的火，上一个念头刚刚凝结，下一个念头立刻垂落，念念不绝，相融互透，终于使我们的坐姿更加牢固，如同蕨草在朽木上生根，再也不能拔足抽身。这样枯坐，等待一个宜于入土的时日。

十数个晨昏，却好像在灵前枯坐了半生。有一种愈来愈陌生的气味在周遭形成，起先飘扬如尘——苍茫，干燥，琐碎，接着逐渐落实，溽溽的，却不宜拿温润的霜露来作比喻。滑黏腥腻，竟是一种疲惫的感觉，像油漆一般，有着诡谲的质感、刺鼻的气味，一层一层漆在耳目、舌根、胸膛，漆在脑门脊椎。剥刮不下的油漆，顽强耐风雨的油漆。油漆未干，永远不干的油漆，从身上漫延到地板天花板，漫延到墙壁，到窗外的天地。

　　夜晚铺着草席守在灵前，彻夜亮着的灯火搓揉着眼球，眼球像两颗煮不熟的汤圆，在脑海上滚动。有一些模糊闪烁的声影在感官里飘浮。光，喔，冰冷而残酷的光，诱引着头顶上的火，叫我们枯坐如烛，横躺亦如烛，不能自止地思考、回忆、想象。人们说不能放任死者孤零零地躺在午夜的灵堂，把灯打开，不要让他独自面对一大片黑暗。我们躺着，在燥郁的强光下，感觉像是把梦境剥开，赤裸裸地暴露在千目万指之下，叫人感到强烈的不安。光，喔，彻夜明亮的光。

　　人们怎么知道父亲喜欢这肤浅而无聊的光？

　　那年夏天，我们住在深邃的山林里，日日带着刀斧与铁锥，到水边一座岩洞采撷水波石。据说那是石灰地形特有的产物，土壤中浓厚的石灰质随着泉水涌出地面，在碎石枯木的阻拦之下，逐步凝滞，再经数十百年的积淀，终于化作美丽多姿的奇石，有时附生着青翠的莓苔，有时印记着枝叶的纹路，深具造景观赏的价值。岩洞位于山崖与石涧之间，巉削隐秘，唯有一条勉力开凿的小径贴壁通入其中。洞里无风，但蒸腾的水汽带来一种沁骨的阴凉，若非持续劳动着，必然要发冷打战。父亲运斧落锤，或凿或锯，寸寸卸下纠结的岩块。渐渐地，岩洞里露出一些粗暴的疮痕。美，我猜想，在父亲的目光里并不存在。他下手切割的角度，多从搬运的便与不便着眼，浑然不顾石形的完整与否。其实刀斧一旦与石块碰触，天机尽泄，美也就蒸发殆尽了。父亲眯目攒眉，左手扶锥，右手轻重落锤，细碎的石屑断续飞溅，向他的脸部反击。美，不太重要。从他盲目挥舞的动作中，我看到的是谋生的意念。日头在树丛里闪灭，光线不断延展，到山阴只剩细末的发丝。于是岩洞里始终积蓄着浓浓的夜暗，起先我们赖微光指照，勉力动手挪脚，后来似乎敛起了视觉，唯凭一种明快的触觉工作着。不是触觉，一切官能都在黑暗的岩洞里消退，如同洪荒以来幸存的爬虫，怀持一股粗糙蒙昧的直觉，在浩大的混沌中放心地行止。

夜晚疲乏地躺着，在纯质的黑暗中。竹床架在梁柱之间，与整座竹寮结为一体，雨滴扑扑打在屋顶，床铺也随之震荡，仿佛与天地的脉搏相互接契。难眠的父亲翻来覆去，时而长咳不止，时而弓身吐痰，竹制的床壁梁顶也都摇颤起来，俨然与心肺同病。我躺着，不受声音与晃动的影响，因为一切是如此熟悉，叫人感到安全、温暖。直到某日，父亲从陷阱中逮回一只穿山甲，把它关在原本用来盛水的大铁桶。这善于钻土的小兽，不肯放弃求生的本能，它左右钻研上下试探，怎样也不能突破坚强的铁壁，徒然制造各种刺耳的声响。砰砰，那是它以全身的力气掷击铁壁；喊喊，用兽甲摩擦；唰唰，是它正用尖唇利爪拼命地搔抓。我的眠梦被它撕得七零八碎。它想要入土，正如我想要入睡。我必须习惯小兽挣扎的声音，既然我不能逼它习惯铁的囹圄。啊，夜，感谢法力无边的黑夜，在它的掩护之下，矛与盾也似无所差别。我既能熟悉父亲的呻吟，自然也可以把兽的嘶喊等同于风吼、雨鸣、山涧撕裂复合、枝叶相互摩挚的声音。夜，山里的夜不仅安抚视觉，其精彩奥妙处，更在于洗涤我们一切的官能，你听见了，但你渐渐不因这种种音声而悲喜，你闻到了，但你不会去理会那气味的来源与意义。

你赤身浸在水里，外在的声色都将显得悠渺模糊，温柔的水具有同化的作用，叫你认定血肉已渐渐溶入其中。纯粹的黑暗跟水一样，浸润你掩护你溶解你。你在炉边长坐，热力一点一滴渗入肌肤，起先你感到温暖，后来竟微微觉得灼痛，那种痛觉充盈着全身，有力地坐实了血肉的存在，使你清楚地将身体与衣物区别开来。强烈的光就像火，它唤醒你的意识，逼你正视自己的记忆和思维，点燃你，如一根蜡烛。

淡淡的灰雾从烛焰里升起，在天花板上游走盘旋，终于凝聚在灯管附近，久久不肯消失。我们在灵前躺着，父亲也安安静静睡在棺柩里，不咳，无痰。没有波澜从床的另一端传来，我却感到极度的不安。眼球如两颗酸梅，被腌浸在浓浓的光中，已经失去了生机，却被禁止腐烂。有一些陈旧的声影慢慢分泌出来，我想起穿山甲在铁桶里挣扎的声响，棺木中的父亲是否跟它一样，有着入土的强烈愿望。光，喔，蛮悍而虚伪的光，叫生者不宁死者有憾。我怎样也无法透过强烈的光去认识父亲，只有在漆黑的暗室里，才能触及他真实的人生。

那是更早更早以前，我们住在街尾的木造平房。阁楼上有个房间，四壁无窗，中间铺着三张榻榻米，此外便是一座高大老旧的橱柜。我在那里出生，度过遥远而茫昧的婴幼期，不知道当时父亲是否剧咳多痰，却清楚记得他总睡在我的左边。后来我们在楼下加盖房间，闷热的阁楼也就废置不用了。在寂寞的童稚岁月，那里成了我发动想象的秘密基地。每当家人外出工作，我便悄悄进入里面。灯座早就拆走了，只有一股浓稠凝滞的夜色在那里默默地生成壮大。我用烛光挤开黑暗，稍稍辟出一片视域，四处摸索着。每一挪移，总有一层厚厚的灰尘扬起，四壁无窗，看来这灰尘并非外来，也许，它们是伴随着黑暗而生，在烛光的照耀下逐一结晶，如同阳光把海水晒成盐巴。我抚着一具笨重的挂钟，掀开钟面，把发条扭到极点。滴答滴答的声响流淌出来，如屋漏，如未拧干的毛巾，如远方起落的马蹄。我每日旋开几枚螺丝，卸下一个齿轮，看它逐步死去。如同解剖青蛙，不打麻药，一边割取脏腑，一边欣赏它垂死的挣扎。又如以拖鞋重击蟑螂，秒针是它的触须，仍在原地微微兀动着。不血，无泪，没有凄厉的嘶鸣。滴声由急而缓，仿佛垂挂的毛巾渐干，终于戛然止息。静。有种巨大而恐怖的寂静遽尔生成，如雷之欲崩，地之将震，一股阴气扑灭了烛火。钟死之前已是静，死后是十倍的静。我摸黑触探，在床底梁上墙脚壁缝搜索着。纸牌，过期的奖券，废弃的旧币，骰子，然后是一张相片。点燃颓萎的烛，就近一照，一男一女两具泛黄的裸体从晦暗的背景中浮露出来，女子确定陌生，那挂着淫秽笑容的男子，仔细端详，不正是年轻的尚未蓄起络腮胡的父亲？

火在冥纸的怀抱里手舞足蹈，清白的蜡烛哼着黑色的小调。出门以前，我们把父亲的衣物以及一些纸马纸屋喂入火舌，据说，火将会把这一切吐出，发给来到阴间的死者。咦，人们怎么知道，贪婪的火不会私吞呢？即使吐出，也将是一堆灰烬，不然，顶多是玩偶大小的纸物。我知道，父亲要的只是浓稠温柔的黑暗，可以安眠、止梦、不咳、无痰的黑暗。而这种鬼东西，亿亩兆吨充塞于阴间，何必焚寄。

招摇的火还在那里扭腰。道士的双唇开合如蝇翅，发送喃喃不止的音波。应该哭泣的时候，我也愿意落泪，目眶却久久不肯湿潖。我抚着棺木，尝试揣想其中的遗容，以落实飘浮的伤悲，脑海里浮现的竟是他年轻的裸体，笑容没有崩卸，性器也没有颓萎。人们纷纷把祭品搬上供桌，亲朋故旧依序拈香，我们木然答礼，如摇晃的蜡烛，思维的火长燃不熄。死者还有食欲吗？若无，则满桌的供品岂非自欺；若有，则应该也有性欲，根器俱好，能辨别声色香味。五官是否如此顽强，至死不灭？据说鱼在深海，视觉将逐渐退化，蝙蝠在暗穴里也将失却听觉，但会有一种新的感应能力代之而生，悄然发用，如电如波。这样看来，死者在冥晦阴暗的时空里，若有官能，也将是全新的形态，非生者所能意会。

……

而父亲已埋在远远的荒岗。

回到家里，剃去蓄积多日的须发，心里竟有一种坦畅的感觉，就像胸口一股埋伏久久的闷痛，一旦酝酿成熟，终于由颈项间升起，通过咽喉，从口腔里爆出。有人被家门吐出，如一口痰。现在他在一个冥晦的国度里，生疏地操作一副全新的感官，像孩童第一日离家上学，摩挲着新发的文具或课本，兴奋，但又有些害羞。而我坐在渐渐漆黑的窗前，衰颓如里尔克笔下的老人，皮肤松懈，看来好像曾经容得下两个男子，一个已躺在墓地，一个仍活在失去偶伴的皮囊里。

许悔之

本名许有吉，1966 年生，台湾桃园人。台北工专化工科毕业，现任有鹿文化事业公司负责人。曾获台湾文学奖新诗第一名、金鼎奖等。

# 气味的辞典

那个气味时而合，忽而散，像苔藓一样，附生在他的鼻腔中，迅速地扎了根，不停地滋长蔓生。

那一天深夜，他开车经北宜公路，去到了礁溪的一家老旅店；洗完温泉，躺在老旧的弹簧床上，闭目欲睡，空中却飘浮充盈了某种气味，呕吐物、硫黄、精液和廉价香水的味道，混而为一，却又可以清晰地辨识出各种单一的组成。

整个房间的味道，海一般鼓荡，呼唤起他生命的众多场景，以及场景中因气味所烙下的斑斑证据。


那个气味是一种初印的油墨的喜悦清新。

念小学时，他最喜欢每学期的开学，老师会发许多的新课本让他们带回家。在教室里，树与田地的气味中，他慎重地在每一本书上，写下年级、班别和姓名。他一贯小心翼翼，在那些新书被大量翻阅之前，舍不得弄脏。他总捧着课本，捧着知识最初开启的奇魅味道。因为他知道，再过几天，那种奇魅便会消失，换而代之的，是书包里那种便当的油腻沉重的咸腥味。

在划线与注记之后，课本将不再崭新焕发，清新的味道褪散后是世故与平庸。每学期开学后的一段时日，他总要不免怔忡地接近悲伤。

那时，他非常地幼小、甜嫩，还没开始思索过朽毁的问题，那时他也不会幻想：人就跟新书一样，翻阅之后，就变了气味……

他嗅着气味，嗅着属于童年专有的记忆。

属于蛇，和田野的。


那时，他是班长，在雨后和村子里的同学一道走路回家，新铺的柏油路的凹处积了水，他们踩踏过去，一路狂叫欢呼。在同学之中，他是属于那种会读书，但才能偏差的个体，比方说削竹蜻蜓、做风筝，或者抓蛇。

他的同学们总是那么敏捷，看见蛇滑行而过，一个箭步，便能抓住尾巴，在空中猛力转圈之后，将蛇掷击在柏油路上，那条蛇便宣告瘫软而濒于死亡。

同学说："来！来！不要怕！"并且善意地拿着那条已经破裂的蛇躯送往他的面前，"来，你拿拿看，又不会咬人……"在惊慌中，他目瞪口呆，同学失去了重心往前倒，那个蛇头，整个塞进了他的嘴巴……

之后好些天，他仿若失了心神，那种湿腥的味道，遂符咒般被他记忆了，他无以或忘，或者说，他努力想要把它忘记却丝毫没有办法……

一窝坏臭了的鸭蛋，破了壳，里头长满了钻动的蛆虫，好像要爬出来，却蠢蠢欲动，依恋不舍。那就是蛇的味道。他养的鸽子也一再地被蛇吃去了蛋，夜半时分，鸽子如果扑扑作响，他便知道，那条蛇又出来了。

多年以来，他和蛇之间的争斗仍旧持续着，面对蛇，他依然害怕、怯懦，唯一的胜利是，他从未在梦里梦过蛇，也就是说，从来没有一条蛇能爬进他的梦里……


那种冷血的动物，屡次在他的童年出没，然而童年是一切知觉、感应发轫的时期——那么，他的一生都将被蛇诅咒吗？寒夜中的晒谷场，虎姑婆仿佛在竹林外招手，家，是唯一的寄托，然而，那片童年的屋舍废置已久……

他躺在床上，继续想蛇，和童年。

蛇爬在草里，吊于树上，游在水中，滑进屋内。无所不在的蛇，干燥的鳞甲，温润的蛇芯。走往花生田的路上，他穿着雨鞋，拿着竹枝，一路打草，果也真的惊了蛇。他坐在花生田旁，拿着《西游记》，似懂非懂地读。那时，他的世界非常的小，妖魔鬼怪却非常的多。干旱的花生田里，有斑鸠的粪便和腐叶的味道混合着；土气浮动，数种气味交相激荡，直冲入鼻。他可以一直读到天光变暗再回家吃饭，那是他小小的世界里被莫名吸引的逃亡……

他想起他所养的那些鸽子。鸽子的粪便，像是发臭的海带的味道，加上了一点点石灰。

他养了许多只鸽子，在清晨和傍晚时分，他会撒出玉米和谷粒在屋瓦上，成群的鸽子低头啄食，轻盈地踱步，然后结队飞入空中，成为一朵灰云。

有时，发情的雄鸽吹鼓了气囊，向雌鸽示爱，雄鸽会低头、抬头，不停地绕着雌鸽转圈走，似乎气急败坏而又扬扬自信。然后，雄鸽咕咕地发声，雌鸽偶尔挪挪头部，炯炯地注视雄鸽的求爱之舞。然后，雄鸽跨上雌鸽，将尾翼倾歪，雌鸽也应和着动作，在瞬间中，它们完成了交尾，然后比翼，狂飞至无垠的空中……

那时他并不识交合之喜与悲。但是，空间中充满了鸽子的咕咕叫声和气味。一窝蛇卵正在竹林中孵化。他心爱的老鸽溺死在池塘中。雪白的羽翼变得如此脏污，他将它埋在竹丛中。

竹丛中有腥腐的味道，腥腐地衬映着死亡，为死亡哀悼。


他又闻到房间里廉价香水的气味，想起自己在城市混迹多年，也学会了分辨几种女人常用品牌的香水。

有一些香水，挥发的速度很慢，味道也有着不同的层次和强

244

度。有一种牌子单纯、稳定，如旷野的清香。若干种香水极为浓艳，大略是年龄的另一种暗示。身体是无法掩盖朽败的，不管是女人或者男人，身体或早或晚终会散发出明显的气味来标识时间的刻度。在那些香水分子的空隙中，身体正残忍地告诉我们青春的终将败亡。就像成熟的女体所散发出的苹果般的芳香，在最美丽的时刻，是多么的残忍；在临界点上昂扬的甜与香，转眼就要没有了。

他回忆起初生儿的乳香，强烈得仿佛有芥末的强劲力道。初生儿并不吃五谷杂粮，那么直接可喜的味道，源自于他尚未被污染，然而，老病的身躯呢？

他想起父亲胃出血住院的那一年。他陪父亲在医院过夜，由于父亲手臂上都是点滴管，于是他帮父亲洗澡。

他陪父亲进入浴室，解衣，把点滴瓶挂在墙上的壁钩，衰弱的父亲双手趴在墙上，他用水、用毛巾，帮父亲慢慢地洗澡。

肥皂沫中，他闻到人体的味道，有一点点呕吐物的气味，又像滞流的排水沟，他看着那副肌肉摊出开始松弛的身体，突然感到恐怖和悲伤。

童年时，他常趴在父亲背后，搂着父亲的腰，坐他的摩托车。父亲的衣服上，有着劳动的汗味，混合着烟、酒的奇特组合，仿佛那是成年男人勇毅的担当与气魄。

然而这个曾经年轻的、豪健的男人，终致不免于衰老。

后来，待在癌症病房陪他父亲的十几天里，他目睹父亲因钻六十照射后而引发的体力衰竭。他的父亲食道受伤，无法进食，他和母亲帮忙注射灌食。

他的父亲断断续续地发烧，剧烈地咳痰，并且不断地需要含水润喉。他在半夜闻到父亲口腔中所散发的浓重的气味，好像是身体腐败的征象，整个病房中充满了药水和电线走火后的味道，凝、重、厚、苦、辣、酸、臭。他帮父亲擦脸，父亲流出了泪。

后来父亲出了院，有一段时间，当他面对美食，总是无法安心地咀嚼与吞咽，父亲的苦痛毋宁说是属于气味的，无以救赎地蔓延。凭着气味的地图，他再次找到与父亲交集的种种……

他又想起母亲，傍晚时分从皮革厂下班，工厂的交通车在五点二十分左右送母亲到村子口，母亲的身上总是有着皮革和硫化物的味道，母亲教他背九九乘法，教他写字，和画画。他画过一只有四只翅膀的鸽子，母亲并没有怪他画错了，她并未扼杀他偶尔脱轨的想象。

在床上，他继续追索各种气味：公车内，市场中，花坊里。一座山寺门前的桂花香，像海潮一样几乎将他灭顶，那些桂花宣告着美好的激动如沸滚的汤，教人眩晕地灼烫。他双腿发软，快站不住脚地扶着树干，真想死在那里就好。

朋友新赠的春茶，要用好杯好碗才益显清芳，有一些气味必须经过视觉的加强与想象：池塘边的苦楝树，有毒的夹竹桃，小学校长家门口的十里香。无可数计的蜻蜓在被日头蒸熟的水田气味中狂舞……

十几岁的时候，偷偷地靠近历史老师，闻她身上的气味，她从不搽香水，也仿佛从未流过汗。他隐约觉得这样的偷嗅会有良心和道德的谴责，但是却一点也没有办法将自己阻挡。

他的脑海里，浮现了各式的图像，伴随着种种的气味。他知道，只有气味，才能保证记忆永不被遗忘……

听巴哈[1]的时候，仿佛看见一个人喃喃而虔诚地向上帝礼赞，教堂的气味是天堂的气味吗？他不免胡思乱想。记得有一次，他听舒伯特，脑海中浮现着田野和溪流的清香，如幻觉痴梦。

他当然知道，各种气味并不单独存在，他需要各种经验来当坐标，气味的印记才会清晰、可靠。

在部队里，有许许多多的夜晚；尤其是夏日，他都无法入睡，各种人味在寝室内闷烧，有焦了的味道。他早已忘记了那个参谋的脸，却永远无法忘记他口中所散发的大蒜味……


他想起爱人的气味，在千千万万人中也能清晰地分辨。当他们同床并躺，他总是闭上眼睛，贪婪地嗅着，闻着，头发的，身体的，和衣物的味道。他甚至能从她的汗味中判断她近日的身体状况，还有情绪的低或涨。她让他接近，开放一切的感官特质供他记忆。有时她是青涩的葡萄味，而夜晚之后，她则往往像剥开

---

*1* 即巴赫。

的冬日柑橘，无比恣意地发散幽微的甜香，甚至她的呼吸。

爱是一种气味的索求吗？他不免如此妄想。气味甚至能够比爱活得更久更长。如果不是爱上她的气味，那么因何会恋恋不忘？他开始想象，那些不再能够相爱的男男女女，一定是彼此吸引的气味开始覆亡罢。

气味若已覆亡，如何执子之手，与子偕老？

时间或停滞或穿越，在礁溪的小旅店中，时而激动，时而感伤。

凭借着各种气味的回忆，被投掷在当时的情境与场景，在气味里，他的身体自由穿梭、飞越，像长了翅膀。

那些气味又不仅是回忆而已，他清晰地感觉到气味的重量，沉甸、厚实，仿若不可轻忽的预言和启示。

拥抱她之前，他就曾嗅闻到许可的指示，无关眼神，也非身体的姿势，而是一种气味。

他嗅闻到她身体的热气，像海风吹过他的脸，那时，其他的气味隐退，他凭借这样的指示而拥抱了她。这个世界，如果连气味都不可靠，那么要凭借些什么呢？话语早已衰老，诺言发臭腐败，只有气味，只有气味能够引领他做出判断，判断那个在他面前的人是爱他，还是恨他。

气味也让他能够记忆，他在记忆中不断地看见自己，或者说，他借着气味而拼凑出自己。气味像针，缝补了他的每一片支离破碎。气味像辞典，给了他生命的解说和想象。气味也将带领他走进未来，给他感应与生存的能力。

　　臭鸭蛋般气味的蛇，始终没有爬进他的梦里，天就快要亮了，他连忙打开紧闭的门窗。

# 刘大任

曾用笔名金延湘。1939年生，江西永新人。台湾大学哲学系学士、美国加州大学伯克利分校政治学硕士。曾任夏威夷大学东西文化中心科学研究员、加州大学亚洲研究系讲师，并曾申请到非洲工作三年。1972年考入联合国秘书处，曾任秘书处资深编审，1999年退休，现专事写作。曾获时报文学奖小说推荐奖。

# 江嘉良临阵

对于世界各地身手矫捷、野心勃勃的万千乒乓球运动员，三月二十九日至四月九日的联邦德国鲁尔区杜蒙城[1]，就是他们的麦加。

对于遍布全球数以亿计的黄帝子孙，杜蒙是一个不大不小的里程碑。三十年前，一个名字叫做容国团的中国人，背着近百年东亚病夫的包袱，击败了各国选手，拿下男子单打冠军，夺得了现代中国人的第一面体育运动的世界金牌。

甚至可以说，在杜蒙这个以啤酒和煤著名的小小工业城市里，中国人创造了第一个"世界第一"。虽然这个"世界第一"，在许多人心目中，只不过是儿童玩具似的"游戏"。一个轻飘飘的乒乓球，重不过一两，打起来，活动范围也不过三五步的距离。

---

*1* 即多特蒙德。

然而，这个"游戏"，可不那么简单，为它献身一辈子的人大有人在。在国际体坛上，它是五大运动项目之一，以参加这个运动的活跃人口统计数字算，它是人类第二大的项目，仅次于足球。在这个运动的专业领域里，除了运动员、组织者、行政人员以外，还有专门从事研究的理论家、医生和乒乓学专家。专业教练员会告诉你，现代乒乓球攻球的飞行速度，每小时超过一百哩，质量高的弧圈球，每秒钟旋转不下两百次。在一次国际水平的竞赛中，当这个轻飘飘的白色赛璐璐球体以不到零点四秒一个来回的高速，夹带着变化多端的强烈旋转，面向你冲来时，受挑战的岂只是人体肌肉收缩机制与神经纤维反射机能的复杂协作，运动员的情绪控制、智力判断、意志品质，甚至可以说整个人的精神组织，都面临瞬间定成败、刹那决生死的极限考验。

对于杜蒙城威斯特法仑体育馆练习场边观众席上的斯坦纳先生与井上先生，这是一场盛会。

"这是我的第五个'世界'，你呢？"

"第三个，下一个'世界'，就在我家乡日本千叶县举行，你来不来？"

"你赌吧！"

"你也玩乒乓球？"

"很惭愧，十五年前开始的。人家是年轻时打乒乓，年纪大了玩高尔夫，我刚好相反，你呢？"

"噢！人生不往往就是这样？是的，我也玩一点，不过，我的职业是日本乒乓球事业的重振。你知道，日本人五〇年代是世界冠军，现在，我们有钱了，却落后了，堕落了。你知道，日本战败后，乒乓球给了我们信心和荣誉。美国人大概没这个问题吧？"

"美国人？我们还没学会玩这种游戏，太精巧太细致了。也许我们也该好好玩玩，是不是？照相机、电脑、汽车，什么都玩不过你们了，我们也得学学这一类技术难度高的东西，对不对？"

"哈……你看这次谁能拿第一？"

"中国人，当然！"

"谁？"

"江嘉良，当然！"

"江？哦，我们都叫他 J. J. ……"


对于代表过美国也代表过加拿大的丽儿·纽伯格尔太太（原名Leah Neuberger，绰号MS. PING，即乒小姐），杜蒙是重温生命光彩的梦土。环形的威斯特法仑体育馆像罗马时代的竞技场，门前车水马龙，远处湖水荡漾，四周是新绿初现的公园草坪，高大的花树含苞待放，半空里飘扬着五大洲八十一个国家和地区的彩色旌旗，国际健儿的风云际会，庆典式的喜悦与欢腾，青春岁月，战斗呐喊，猎犬的身体，狡兔的动作，红黄白黑一律发光的皮肤上，大汗淋漓……

乒小姐身上是轻便的丝绒运动服，头上扎着蝴蝶结，她跟一位相貌凛然的中国男子握手。在他们身后有一座雄伟的建筑，远处隐约可见百年不坏的天安门城楼。

乒小姐和中国男子的脸上都放着光芒，那是一种色质与荣耀的混合，一种光泽，瓷器的光泽。乒小姐与周恩来握着手，笑着，站在巴掌大的瓷像里，别在纽伯格尔太太粉红色的衣襟上，她稀疏的金发刚烫过，带着莎莎·嘉宝的风姿。纽伯格尔太太别着她特制的纪念章，在观众席上看江嘉良练球，她爱中国人，她爱中国人给过她一生的唯一一个永恒。她的永恒发着瓷器的光泽，在纪念章里。那是一九七一年，乒乓外交。

"他们，你知道，那些政客，那些官僚，他们都说打开中国的大门，是他们的功劳……"过了中年的莎莎·嘉宝认真地埋怨，"他们不知道，真正造成历史的是我。中国人认得我，对我好。一九五四年，我打败过孙梅英、邱钟惠，当然，两年后她们又打败了我，她们是世界冠军呀！在东京，要不是她们认出我来，怎么会邀请他们，这批官僚，这批政客……"


对于连获两届世界男子单打冠军的江嘉良，杜蒙可以是天堂，也可以是地狱。

一九八五年，瑞典的哥德堡，第三十八届世界大赛，来自孙中山故乡的江嘉良，一路过关斩将，决赛时碰上的是另一名中国选手，四川人陈龙灿，打了一个轻松的胜仗。观众席上发出开汽水的嘘声。有人说这是中国人预先布置好的比赛，"他们要江嘉

254

良赢，因为他身材好，脸蛋漂亮，像个世界冠军……"

一九八七年，印度的新德里，印地那·甘地体育馆，第三十九届世界大赛。一个瑞典冷面杀手华德纳冲破了中国人的包围圈。八强决赛打败陈龙灿，准决赛又"宰"了滕义。发球刁钻古怪，正反手能拉能冲能打，节奏别扭，落点毒，技术全面，近台搓、点、推、挡、撇，中台拉扣结合，远台放高球打回头，各有一套本领。

决赛进行时，中国教练团里有人不敢到场，在旅馆房间里连转播也不敢听，电视机响着，人躲进厕所，掌声雷动时便冲水……

在世界赛上，男子单打采用五盘三胜制。第一盘，江嘉良的独门功夫正手快带弧圈球不灵光，失误率高达百分之九十。华德纳看准了这个弱点，尽量用拉两大角的战术。江嘉良的攻势也不灵光，小弧圈一拉起来往往就给华德纳反手一板打死。少了这两手，江嘉良攻守两条阵线都出现危局。二十一比十四。在场的中国教练面如死灰。

第二盘开局形势依然。华德纳以九比三领先，这个距离再拉大一点就逼上了绝境。江嘉良两条浓眉皱成黑线一条，换发球时，他不顾擦汗，两腿蹲地，上下跳动，扭头转颈，甩臂摇手，他拼命要求自己加速进入兴奋状态。不兴奋到极点，江嘉良打不出水平。目前的形势要求他超水平。


印地那·甘地体育馆可容纳两万人，世界各地的电视机前，观众以亿计。以人口算，江嘉良的后援强大，但现场实况却是一面倒。除了集中坐在一处的百来个旅印华侨组成的啦啦队，场内两万名观众绝大多数支持华德纳。打倒中国人雄霸乒坛多年的局面，成了在场所有非中国人的共同愿望，华德纳赢一球，场内便欢声沸腾一次。江嘉良顶着四面八方的压力，顶着来自内里更顽强的压力，他的手并不软，该打该杀还是照打照杀，但他的身体太紧太硬，手腕太僵太直。他的失误喂养着他的愤怒，愤怒使他兴奋，兴奋使他放松……

华德纳信心强了，胆子越来越大，他走向不可侵犯的江嘉良禁区，放手发了一个斜线左侧旋长球直追江嘉良的身体。这时刻，百分之百的本能反射，因为快如闪电，江嘉良右脚一蹬地，左脚向前方滑一大步，侧身，重心还原右脚，持拍手猛烈大爆发，重扣一板。这是最凶狠的江嘉良接发球抢攻，这是拼命的打法，因为对方若是转挡正手，侧身后的江嘉良，势难抢救。

华德纳改发近网下旋球，江嘉良摆短，华德纳起不了板，也摆短。江嘉良右脚伸入台下，右手平伸台内，调整拍型。一记快拨中路，华德纳轻拉江嘉良反手，江嘉良退后一步打直线，华德纳大步移位猛拉正手空当，江嘉良轻轻一蹬脚，立即交叉步扑正手，好不容易救了这一球，对方已经打回了头，落点更刁，因为扑救正手的江嘉良正在向中路位置还原，大板前冲弧圈球，已经拉到了正手位台角，角度更偏，眼看这一球就要飞走，但是，江嘉良也飞起来了，一记漂亮的正手快带，球过了网，江嘉良的右脚才落地，华德纳呆了，连拍子都来不及伸出去……

全场惊愕。至少有三秒钟，听不见任何声音。没有球的声音，也没有人的声音。

这一盘，江嘉良赢得并不轻松，二十一比十九。第二十一分靠的是对方的失误，球一出界，江嘉良空手接住球，持拍手本能地向下一沉，准备把手上兜到的失误球一板打上天去，半路又缩了回来，球轻轻放回台面。多年训练有素的纪律，突然在极端兴奋、完全飞了出去的身体与精神状态中，适时收了回来，好像中间连着一根无形的橡皮筋。

这一个无意识的、几乎失控的动作，使人感觉江嘉良过了严峻的一关，第三盘他打得果然得心应手。相反，华德纳的第三盘，球路平板，一星星火花也没有。

第四盘，华德纳面临淘汰，他打得沉着严密。事实上，他一路领先，终局前的比数一度到二十比十六，江嘉良落后四分，只要一个球，华德纳便可以将战局逼上第五盘。从双方的对垒状态看，华德纳的技术实力已显优势，江嘉良靠的是气势，靠的是意志力，靠的是不服输的拼搏精神。但是，华德纳也非等闲之辈，发誓要夺世界冠军，少说也有四年。一九八三年，东京第三十七届大赛铩羽之后，华德纳狠了心，要出头，非过亚洲关不可。他到北京学球，苦练对付亚洲近台快攻的手段。他拿过欧洲冠军，不但瑞典，全世界都把他看成打败中国霸权的希望。中国人让他去了一次北京，第二次申请便挡了驾。"再让他学下去，不好对付了。"中国人说。

这最后一轮五个发球掌握在江嘉良手上。他擦完汗，走到左半台，先面向右，准备发正手球。华德纳偷偷调整两脚，心里的疑问是：侧身快拉正手直线，还是压反手斜线？江嘉良突然转身，轻轻抛球，反手挥拍，在球底部迅速擦过，发了一个强烈下旋近网短球，华德纳跨步向前，一碰球，下了网。接着，发近网中路，打反手，再打正手……一连串巧取豪夺，形势扭转，竟以二十一比二十领先，眼看一场恶战就要结束，江嘉良人整个傻了，眼睛发直，全身神经紧绷，血脉偾张，喉咙深处发出非人的声音，听起来不像呐喊，而像呻吟！手里依然握拍，梦游症患者似的，沿着长方形的比赛场地走了一圈。这个违反常理的举动，不但江嘉良本人如在梦中，全场观众也看傻了，华侨组成的啦啦队傻了，连裁判员都傻了。虽然规则里没这一条，但比赛中的球员形同示威似的跨过战斗线，到对手的阵地逛上一圈，却是从未见过的场面。裁判员没有表态，因为他不知道该如何表态。

战斗并没有在这里结束，还持续了五个回合，但江嘉良的胜利姿态已经镇服全场，镇服对方，甚至镇服了自己。华德纳最后一球拉出界外，江嘉良左手握拳在空中猛挥，接着，你几乎可以听见他全身的细胞一颗颗炸开，是的，你也许听不见他的细胞，但你绝对不会听不见他的极其舒畅的哭声，像一个受尽委屈的小儿女，忽然面对了真相大白的世界……

　　在所有乒乓球运动员中，江嘉良的临阵姿势，最能传达间不容发的临界点状态。拉开长镜头，对好焦距。裁判员宣判比赛开始，记分员翻出了零比零。江嘉良碎步向前，移向左半台后方不到一臂的距离，两脚掌在地下摩擦着，仿佛短跑运动员寻找起跑点，然后身体半蹲，两腿分立，小腿上状如纺锤的肌腱，根根暴起，腰部微弯，上身微向前倾，两臂曲成九十度，小臂向前平伸，持拍手青筋微露，五指形成狰狞曲线，拍底三指并叠，仿佛要抠进板内，拍面大拇指与食指相扣，形成大虎口。

　　江嘉良临阵，气压立刻上升。站在对面的，无论是谁，立刻感觉一线悬命。因为迎你而来的，是丛莽里贴地潜伏伺机猛扑的食肉兽，直瞪着你的，是俯冲鹰鹭的两只眼睛。


　　下午两点到四点，中国队暖身练习时间，地点排在威斯特法仑四号馆。模仿欧洲两面拉打法的许增才给江嘉良喂球，两点打一点，江嘉良横向移位，左推右攻，从正手位回到左半台，偶尔打一板反手。有个新闻记者注意到了，问中国队教练："加反手了？"教练说："加是加了，用不用得上，还成问题。"观众席上，有外国球员观摩，有敌队教练侦伺，江嘉良所到之处，总有一群人跟着，少年球迷等他休息的时候签名，专业和业余摄影家在周围寻找角度，捕捉瞬间。有这么一种气氛笼罩在四十届大赛男单比赛的前夕，笼罩着江嘉良。江嘉良的正宗中国近台快攻打法面临危机，发球技术不够硬，前三板优势没有了。瑞典人的快弹破了他的反手推挡扣小弧圈过度；韩国人的中台拉回头破了他的抢攻。还有波兰的格鲁巴、苏联的马祖诺夫、法国的加提安都赶了上来，技术更全面。左推右攻碰上了新兴的横拍近台两面弧快，顶不住了。不久前，在巴塞隆纳¹，江嘉良败在比利时一个名不见经传的十八岁少年菲律浦·赛伊夫拍下。一九八八年汉城奥运会，江嘉良没有进入前四名。同年稍后的欧亚对抗赛，江嘉良连前八名都没打进去。在湖北黄石为这次世界锦标赛备战的封闭式高强度训练中，江嘉良加练了新发球，强化了反手攻，但是，模拟比赛中，第一轮便遭淘汰。

众目睽睽之下，江嘉良奔跑着，挥汗如雨。有这么一种空气笼罩着，全世界的好手，配备了现代录影的便利，专业知识的指导，早就把江嘉良研究得通体透明。江嘉良的每一个动作都在他们心目中背熟了，练好了对策，全世界的好手都来到了杜蒙。在江嘉良抢攻三连冠至高荣誉的每一个关卡上，都埋伏着一个有备而来的刺客。


江嘉良，广东人，八岁开始学球，二十二岁登上世界男单冠军的宝座，现年二十六岁，身高一米七五，体重六十五公斤，具有中国乒乓球专家心目中最优秀的体能条件和精神品质，神经类型属上上选。中国传

---

1　即巴塞罗那。

统正宗近台快攻打法的代表人物，右手惯用老顺风直拍，贴上海红双喜ＰＦ-4的红色正胶片，国际乒联评定一九八五年至一九八九年世界第一号男单种子选手。没有人知道他此刻心里想些什么，但每个人都知道，他只剩下三天，便将临阵。

——定稿于一九八九年四月

## 刘克襄

曾用笔名李盐冰、刘资愧，1957 年生，台湾台中人。刘克襄是诗人、小说家，也是自然写作者，长期在台北近郊从事自然观察、拍摄与绘画，投入自然志、旅行历史与古道的研究。曾获吴三连文艺奖、时报文学奖、联合报文学奖、台湾诗奖。

# 溪涧的旅次

迩来入山赏鸟时，逐渐地脱离森林的核心地带，转而喜爱沿溪跋涉了。

可能是年近三十吧！我想自己已变得容易感受孤独。而溪涧似乎存藏着一股山中最旺盛的生命力，能够赋予我强烈的安全感。连带的因了溪涧向下流出，最后势必汇入平野的河川，便莫名地依赖这种源起的亲密关系，进而支持自己到山里继续活动的欲望。几经思虑，为求观察的方便，调适这种情绪，最后，我抵临的所在直指山谷，位于八百米上下的溪涧。那里是溪鸟永远的家乡。

我所逗留的溪涧世界，不是坐落于浓荫密林里的瀑布地带，也非切穿两座高耸山峡下的急流，而是横陈两岸较平坦、开阔的森林，同时短距离即微有起伏的溪道。

这种溪道长则一两千米，短则一两百米时便形成一个独立的小天地，每一个山回溪转以后，就出现另一个类似的溪涧王国。一个王国衔接着另一个，沿着溪道的逆溯，在平地与高山之间，从三四百米海拔起到一两千米内，一条溪的上游就是无数个溪涧王国的大串连。

在溪涧里，我所关注的溪鸟们是最高统治者。它们是寡头的君父，控制着一个小而近乎封闭的独立世界。大如鱼虾、青蛙，小至蚊蚋、蜉蝣等昆虫都是觅食的对象。在自然环境竞争激烈的生活下，一如其他地区的动物，它们也时有争执，时有互助的情形出现。比较其他地区如沼泽、森林，溪鸟们显然生活于一个简单的食物网里，也如同长期定居于小型社区的公民，位于食物链最高点的枢纽上，它们必须相互依赖，借以获得下层食物的平稳与充裕。

跟水鸟的习性对照，溪鸟的活动趋于静态，只觅食在固定的领域里。水鸟的栖息比较不安定，春秋两季的南北奔波几乎横跨南北半球。调查水鸟时，光只一个过站，我就必须尾随四处旅行。而观察溪鸟时，只要找到适当的地形坐下来枯坐就成了。

依着它们的习性，我总是选择较复杂的溪道，躲入视线良好可以隐蔽自己的巨岩后。我认为"复杂"的溪道，主要包括了急湍、回流、水潭与岩石累累错综交叠的水域。拥有如此特色的溪道却不容易寻找。有些溪涧受了地形与地质的局限，经常只剩急湍、回流，不等构成复杂的条件时，已经流入平野城郊，只有两三种溪鸟会幸临，或者让水鸟沿溪上溯所占据。

偶尔随朋友去露营的南势溪却不乏这种复杂性，遂变成我的定点旅行区。每回坐在岸边守候，待上个两天一宿的旅次，或者仅止于一个下午的瞭望，徘徊这类溪道时，总能够在急湍听见紫啸鸫尖啸，在回流看见河乌潜伏，在水潭发现鱼狗飞掠，在岩石滩邂逅孤独伫立的小白鹭、小剪尾与铅色水鸫。这六种溪鸟加上秋末冬初滞留的灰、白鹡鸰，组成了溪涧王国最上层的主宰。

为了观察溪鸟，连续两三个钟头枯坐在岩石后，我已习以为常，溪鸟们多半没有这种镇静功夫。在这个王国里，枯坐等于毁灭。食物不会自己送上门来的，每隔一段时候，溪鸟们都靠着不停地移动位置，巡行于自己认定的领域里寻找食物。

小白鹭也许是较特殊的例子。当它静寂伫立时，凭借着硕大的躯体几乎可以睥睨周遭的一切，也没有多少动物敢于上前侵扰。

铅色水鸫的行为最具代表性。它常守候在溪面浮凸不动的岩石上，然后沿着岩石群逐一跳跃，捕捉溪岸附近肉眼难见的蜉蝣与蚊蚋科小虫。溪涧的天地小，溪鸟的领域感自然十分强烈，铅色水鸫更是如此。它的体形约莫麻雀大，攻击性却勇猛凶悍。我经常看见大它半倍的小剪尾遭到驱逐，落荒而飞。在溪涧王国里，这种场面算是最激烈的争斗。日后，我也发现只有小剪尾独独会遭受铅色水鸫的排斥。究其原因，原来它的习性类似铅色水鸫，不但觅寻的主食来源一样，体积也相似，而且活动的位置都是岩石滩。一山不容二鸟，两者之间势必起冲突。我却未看见小剪尾打赢过铅色水鸫。

鱼狗的活动领域虽然与铅色水鸫接近，由于主食小鱼，两方近距离对峙时，并不会发生争执。但鱼狗十分在意同类的入侵。时常遇见这种场面后，我猜想，鱼狗和铅色水鸫可能有相互合作觅食的一种默契吧？这种容忍食物来源不同的朋友进入自己地盘的情形，有点近似人类社会的某些生活特征。当我看到同样模式出现在人与人的交往中，反而带来某种利益时，我相信，溪鸟也应该深谙此道。

河乌、紫啸鸫，与前三者也没有摩擦的现象。河乌的主食是溪里的水中生物。紫啸鸫体形大它们三四倍，加上惯于栖息隐蔽之处，都不可能有相互冲突的理由。

孤独生活也是溪涧错综地理下的一大栖息特色。对溪鸟而言，溪涧的空间狭窄，视界又不开阔，除了繁殖期，它们自然易于独自觅食以求生存。不像大部分的山鸟或者水鸟，依赖着团体生活，借以保持个己的安全。当然造成孤独生活的还有其他因素，依生物进化的原则，地理环境的影响却是最大的。

最符合这种推论的当属小白鹭。在平野、沼泽时，它们经常群集觅食。入山以后，刚好相反，我看到的多半是单只伫立的小白鹭。较特殊的仍是铅色水鸫，有时我会遇见雌雄一对的铅色水鸫，保持一段距离，相互警戒四周，或是三四只成群，来往于溪岸。此外，白鹡鸰进入秋末的溪谷以后，也时而成对飞行。

随着溪涧位置不一，溪鸟的分布数量也颇有起伏。例如屏东的枫港溪水质清澈，溪鱼群集，鱼狗的数量也特别多。南投的杉林溪处处是急湍深壑，人工开发不多，小剪尾活动的频率便最高。南势溪的环境属于复杂型，卵石累累，溪面又较开阔，铅色水鸫的只数就高居榜首。

溪鸟种类虽少，觅食的花招却百出，各有各的特色。有一天，我尾随一只河乌，观察它的觅食方法，觉得那是生平所见最奇特的鸟类。它不像山鸟一样逐林而居，或者像水鸟沿着岩礁、沙丘海岸栖息，只是固定选择一段水流汹涌的溪道，顺水而下，时而浮游，时而没入水中。每游完一小段后，便跳上岩石小憩，瞬间又没入水中。游了百来米后，它才折回，飞到原先的地点，再度潜入溪里。我无法想象，只有手掌大的河乌如何克服溪水的强劲冲力。它在水中的速度犹如人在疾走。当地溪道的岩石密集起伏，我必须边走边藏连爬带跑，才能赶上。等它再飞回起头时，又得快速奔回去寻找。追踪一个小时下来，我已累得四肢发软，连举脚走路的气力也没有了。

鱼狗的捕鱼方法也是独一无二。虽然是体形最小的溪鸟，它却最聪明慧黠。同样的有着长嘴，也是善于等待的捕鱼者，它不像小白鹭逮到鱼顺口便吞进去。鱼狗发现猎物时，总是巧妙地利用垂直降落的重力加速度，从空中俯冲而下，潜入水中戳捕而上，然后，衔至附近的岩石，慢慢处理。

铅色水鸫的动作却像直升机的起落。当它立足于岩石时，会经常不断地往空中跳飞，再落回原地。就在这个短暂迅速的上下时间里，它已完成捕食蚊蚋、蜉蝣等小虫的任务。至于紫啸鸫、小剪尾与灰、白鹡鸰一如常鸟，以一般跳跃前进的捕食方法沿着溪岸活动。

从它们的觅食行为，我们可以发现，为了生存，它们也各自发展出顺应环境的特有体型。例如鱼狗与小白鹭有一张适合戳捕小鱼的长嘴，而河乌有一高翘的尾羽，帮助它在水中保持平衡与操纵方向。铅色水鸫也拥有在半空快速回旋、拍击的短翅，便利于捕食飞行的小虫。

当整段溪道的觅食活动热络时，如果用卡通影片描述，我仿佛进入一个圣诞大餐的会场。鱼狗像饕餮的小猪，猛想吞掉比它大的苹果。小白鹭一如盆口大开的牝猪，张嘴就是一块完整的蛋糕送进，毫不溜嘴。铅色水鸫正是专挑一粒粒朱红樱桃啄食的小鸡们，镇日吱叫不停。至于河乌，像极了钻入蛋糕里囫囵吞枣的小老鼠，东奔西窜永远是忙碌的。

这就是溪涧王国君父们的生活方式了！溪鸟们一如其他动物，顺着自然环境的变迁，早已学会调整自己去配合。溪鸟能生存下来，也是基于此因。这种改变是经年累月的结果，非一朝一夕所能形成。若是人为的突然破坏，情形就迥异了。虽然人为破坏也有可能会衍发另一种进化，只是大部分的结局都是绝种，不然就是消失。

在觅食与憩息的循环过程里，鸟类的叫声执行着十分重要的功能。截至现今，我们仍无法全盘了解各种鸣叫的意义。多样性的山鸟、水鸟如此，简单生活的溪鸟也在它们的小天地里布满了诡谲的声音。以只会发出类似刹车声的紫啸鸫来说，有人认为，这是在警告别种鸟类不得侵入它的地盘。最近，一位鸟人却发现刹车声竟有冬夏之分。冬天时，紫啸鸫的叫声显得较为短促、无力。为什么呢？是否夏季鸣啼清亮中夹杂着求偶或其他的讯息？这种台湾特有的鸫科有一个非常好听的别名：琉璃鸟。如今，它单纯的声音已考倒所有鸟类专家。

鸣声复杂的铅色水鸫更加叫人困惑。它时而尖啼向四周警戒，也时而以声音相互联络。地形与晨昏改变时，似乎又有不同的音调。仅止鸟类的语言一项，我们对自然的认识到底下了多少功夫，就该有数了。

鸟人们通常也知道，紫啸鸫与铅色水鸫多半在伫立时鸣叫。河乌、鱼狗与灰、白鹡鸰却截然相反。它们飞行前进时，像救火车叮当作响的疾驶，边飞边叫。这不是暴露自己的行踪吗？是什么原因呢？一如所有鸟人，我仍然百思不解。

研究鸟类的巢穴也是门大学问，长期逗留在溪涧里，我也强求自己寻找每种溪鸟的巢穴。虽然没有受过找鸟巢的训练，以自己的经验与花费的时间，我想应该不难找到。结果，迄今只找到一个。能掩饰得十分隐秘，让其他动物难以发现，仅凭此点，我认为溪鸟们也是一流的建筑家。

唯一被我找到的巢穴，还是偶然发现的。第一次看到时，根本无法想象那是个鸟巢，倒像是个蛇洞。它建造得异常灵巧，除非蹲下来仰视，不然毫无发现的概率。那是一个鱼狗的家。它坐落在溪边的石壁边，洞口前悬垂着蕨草，必须拨开才能看清。洞形是倒立的高脚杯状，里面铺陈着青苔、蕨草，还没有鸟蛋。洞口位置约莫离溪面一尺，这是否已避离溪水暴涨时的最高水位？我想，鱼狗比我更清楚。

旅行溪涧也有一段时日，只找到一处鸟巢，我并不觉得丢脸，因为河乌的巢穴也是去年才首次被人发现。

最近，传闻有人学到专门找鸟巢的技术，也听说十分灵验。

我颇担心此事，这跟学会开门锁一样，专家学会了当然便利研究，捕鸟的人懂得这门技术，溪鸟可就惨了。

溪涧王国如何掌握各种溪鸟的数量，维持它的稳定平衡呢？在台湾的溪流里，溪鸟的天敌甚少，蛇鼠的出没仍无法构成严重的威胁。我想，天然的灾变应是主要控制因素。当溪鸟的数量达到饱和时，夏季固定来袭的暴雨往往会造成山洪，摧毁了溪涧原有的生存环境，大量的溪岸生物消失了，溪鸟的食物来源相对减少，终于迫使它们选择两条路：面临死亡，或者远走高飞。这种俗成的生态模式也可印证到人类的历史。当人口膨胀到一定程度时，战争、瘟疫等灾难固定会带来严重的破坏。人口大量锐减后，再整个缓慢地复苏。

整个说来，我以严肃心情观察的时间不算长，大约是冬末至春初间的冷雨期，不像观察水鸟曾经耗费冗长的四季。近来，我也宁可坐守这个小而完整的天地。它不像水鸟的世界幅员广袤，跨洋又跨国，随便一个过往的驿站遭到破坏，连带整条迁徙线都受影响。溪涧的天地是固定不变的，溪鸟们也不须具备长途跋涉的能力，一道河段便自成一个王国。在非人为的破坏下，也能从自然的一时失衡中迅速矫正过来。纵使最严重常见的山洪暴发，经过一段时日的自我疗伤，蚊蚋、蜉蝣等小虫又会出现，溪哥、石斑等小鱼也溯游而上，溪鸟们自然跟着回来，继续原先的主宰生活。

前些时，有位专家担心立雾溪上游建筑火力发电厂，将导致水位落差改变，喜欢在含氧量高水域活动的蚊蚋小虫也随之消失，间接影响溪鸟的存亡。这种推论十分正确。影响有多大呢？长期演变下，是否因了发电厂的出现，真会造成下游溪涧王国的毁灭？没有人全面调查过，也无人能提供肯定有力的答案。我认为伤害是必然的，但或许还会出现令人意想不到的反效果。据闻大甲溪的达见水库筑成后就有如下的例子：原本活动频繁的铅色水鸫与河乌顿时消失，因为喜欢急湍的蚊蚋小虫绝迹了。日后，水库蓄满繁富的鱼族，反而吸引鱼狗进来递补它们的遗缺。鱼狗也幸运不到哪里去，有些地区堤坝出现以后，不少习惯上溯产卵的鱼族回不去时，迅即遭到绝种的命运。这时除了水库外，鱼狗也无法跟随上溯。最近有人建议仿效日据时代设立鱼道与鱼梯，然而建议归建议，实行归实行，鱼梯与鱼道成立的时候仍遥不可期。

往昔，水鸟神秘的迁徙行为以及按时南北漂泊的生活一直使我着迷。完成观察后，看到原本要设立保育区的沼泽继续遭受破坏，我好像是做错了事一样，再也不愿去涉足。幸好还有溪涧可以慰藉，只是它又能维持多久？我的同胞们最懂得利用自然的一草一木了，总有一天他们也会完全开发这里。与鸟一样，我将被赶得无处可去。

古蒙仁

本名林日扬，1951 年生，台湾云林人。辅仁大学中文系学士、美国威斯康星大学东亚系硕士。从事小说、报道文学、散文等创作。曾获吴三连文艺奖，时报文学奖小说推荐奖、报道文学推荐奖及优等奖，以及中兴文艺奖章。

# 澡堂春秋

澡堂者，众人洗澡的地方也，和浴室纯属个人洗澡的地方稍有不同，台湾有所谓的"三厅电影"，指的是文艺片中经常出现的客厅、餐厅和咖啡厅；也有所谓的"三堂电影"，指的是江湖片中经常出现的澡堂、教堂和堂口。可见澡堂的格局较大，出入的分子也较复杂，绝非一般浴室所可比拟。

从社会发展的历程来看，澡堂应是工商业发展之初的产物，这时人口开始朝都市及城镇聚集。居所普遍狭隘拥挤，很难有足够的空间作为浴室，邻里中的澡堂乃纷纷出现，一举解决了众人的沐浴问题。从卫生与隐私的观点来看，澡堂确实不尽理想，可是当时民智未开，众人在澡堂里裸裎相见，已习焉而不察；不敢进澡堂洗澡者，反而会被人另眼看待。至于卫生与否，不同澡堂之间的差异仍大，只要管理得当，注意清洁，也少有传染恶疾的情况发生，因此众人仍趋之若鹜，乐此不疲。

台湾早年的澡堂，有许多是日据时代遗留下来的。日本是个爱干净的民族，对于洗澡尤其讲究，名堂多得不可胜数。最传统、最大众化的大约便是澡堂了。连男女都可共浴一堂，彼此相安无事，在大男人主义盛行的社会里，确实令人不可思议，可见洗澡在日本人心目中，是一桩何等神圣的事！而澡堂的地位又是何等的崇高！只有在这里，男女才能真正达到平等的地步。

台湾早年的日式澡堂，大体沿袭了日本人遗风，干净、卫生，唯一不同的是男女不能共浴。中国人讲究男女授受不亲，看来是比日本人保守多了。因此女澡堂自然得另辟一间，以应双方之需。

小时候，我住在台糖公司的日式宿舍里。宿舍区的澡堂正好在我家后面，一男一女，毗邻而建。靠近我家这边的是女澡堂，晚上点灯时，大片大片的毛玻璃上还可看到纷乱杂沓的各种投影，就像我们小时候常看的皮影戏一样。不过并不很清楚，加上外围还有一道竹篱笆，挡住了路人的视线，否则谁还敢在里头洗澡？

因为这种地缘关系，从小我就和澡堂结下了不解之缘，对于澡堂风光乃至于大众的洗澡文化知之甚详。其中的趣味与人情的温馨，都是现代化的浴室里无法看到的，原因无他，因为只有在澡堂里，大家才能真正地水乳交融，裸裎相见。原形既已毕露，再深的城府、再善变的心机，也都无从藏匿，要想不肝胆相照也难！

日式澡堂的格局，大体上都是一致的，中间一个长方形的大水池。一边靠墙，设有冷热两个大水龙头，其余三边空出来让人汲水。为了防止人们滑倒，池内池外都是磨石子的地面。后端略高，两旁设有木柜，供人们存放衣物，再后方有一个木架高台，供小孩子换穿干净的衣服。因此空间并不很大，顶多只能容纳五十来人。而且经常云天雾地，水蒸气弥漫，益发显得拥挤热闹。

　　澡堂开放时间，从下午五点到晚上九点，由于僧多糜少，大家都想抢在前面洗最干净的水，因此每天下午四点半左右，澡堂门前就开始大排长龙了。这时候前来打头阵的，大多是小孩子和妇女，人人一手脸盆，一手换洗的衣物，一路摇晃着到此。男女两排，泾渭分明，除了年幼的稚子之外，男人休想鱼目混珠。大家边等边聊天，等到时间差不多了，一些顽皮的小孩便会抢先去敲门。那扇木门敲来砰砰作响，仿佛战鼓一般，一阵比一阵急遽，哪禁得起众人的拳头？因此每隔一阵子，就要找木匠来修理一番。

　　管澡堂的老人——我们都叫他"澡堂伯仔"，是个温吞的好好先生，每次总要等到兵临城下，号角猛吹的时候，才慢吞吞地出来开门。栅门一开，外面的千军万马便像旋风一般，一阵呼啸，夹杂着匡琅匡琅的脸盆碰撞声，大举登堂入室。这下可好了，每个毛头小子都使出了看家本领，占柜子的占柜子，占池子的占池子，脸盆满场飞舞，加上呼朋引伴的尖叫声，澡堂的屋顶真会给掀了。他们飞快地脱下衣服，便冲往池边，原本平静无波的池水，霎时就像被暴风雨侵袭的海洋，洪流滚滚，波浪冲天，片刻也不得安宁。跟在后头的大人们进来后，天下早就去了一半，因此除非万不得已，他们都会避开这段尖峰时刻，吃过晚饭再来细洗慢磨了。

小孩们到澡堂来，除了洗澡之外，还可打水仗。大伙儿既是同学，又是邻居，一天到晚打打闹闹，在澡堂里当然不会罢休。尤其当澡堂里没有大人在场时，情况更是热闹，只要有人起哄，双方人马便会大打出手。不但在池子外打，用脸盆泼水互相攻击，到后来还会打到池子里，一颗颗小脑袋瓜载沉载浮，遂行肉搏战，总要等到"澡堂伯仔"拿棍子来恫吓时，双方才会鸣金收兵。

打水仗虽然过瘾，但小孩毕竟不敢明目张胆，只要有一两个大人在场，便会安分多了。尤其是冬天严寒时节，脱下衣服全身都要缩成一团，这时还有谁愿意光着屁股到处乱跑？大家飞快地洗净了身子，便飞快地泡到池子里。夏天时空荡荡的池子，这时便显得拥挤不堪了。不管是大人还是小孩，一个挨着一个，全泡在热腾腾的池子里，只露着半个脑袋在外头，半闭着眼眸，仿佛无限陶醉的模样。一向嘈杂的澡堂也安静下来了。只有氤氲的水汽，弥漫在小灯泡的光雾里。澡堂不仅显得寂静、温暖，也带有诗意。每个人都要泡得全身泛红，才愿意起来，这时便有足够的体温，来对抗外面的风寒了。

与男澡堂一墙之隔的，便是女澡堂，所谓的一墙，其实只有三分之二墙，因为屋顶的大梁是相通的，因此澡堂两边不仅空气可流通，男女双方也可互通声息。最常见的情况是一对夫妻临时有事，为了提醒对方，便在两边隔墙对话；妈妈有事要叮咛这边的小孩时，也会隔墙点名。一呼一应，一问一答，谈话的内容不外是：有没有关门窗？等下洗完顺便去买瓶酱油……大家听在耳里，也不以为意。有时这边忘了带肥皂，还会要求对方用过之后丢过来，一不小心，这块从天而降的肥皂，还会打到别人的头，而引起一阵哄笑。总而言之，两边的浴室其实是相通的，双方的泼水声与喧闹声也清晰可闻，足可绕梁三日，与众人共享，这就是澡堂最温馨、最富人情味的一面。

我最初到澡堂见习时，是从女澡堂开始的，读者老爷千万别吃惊，以为我上错澡堂投错胎，不安好心。其实那时我年纪还小，只有五六岁，根本分不清什么男人女人。每次洗澡时都是由母亲押着去，我大概玩过了头，洗澡时常常打盹，母亲一边为我搓洗，一边还得打我屁股，免得我一不留神，睡倒在人潮之中。因此两三年下来，我对女澡堂的印象竟是一片空白。唯一记得的是里头特别嘈杂，女人天生的长舌果然厉害，哪户人家发生了什么事，当天一定传遍澡堂，所以洗了澡之后，左邻右舍的各种动态都可了然于心，大家心照不宣地拎了脸盆回去，都会有满载而归之感。

上了幼稚园后，我这半大不小的孩子，对于上女澡堂便觉得有些不自在了，因为老是会被其他小孩取笑。一方面女澡堂也有不成文的规定，到了这个年龄就该出师了，改由父亲带着到男澡堂洗澡。这项"改土归流"的措施，好像男孩的"割礼"一般，对我们小男孩确实是一种解放，因为妈妈总是唠唠叨叨的，洗个澡就像出基本教练一样，教人动弹不得。回到男澡堂之后，自然如鱼得水，要怎么翻江倒海，悉听尊便。再大一点之后，也不用父亲带了，每次洗澡都和邻居结伴前往，大家又洗又闹，洗起来真是痛快，自然不再视澡堂为畏途了。

我们宿舍区一向平静，加上彼此都是熟人，很少去提防什么。但有一天晚上，大约九点多的光景，女澡堂里突然传来骚动，有人尖叫，有人咒骂，还有匆促的跑步声和碰撞声，由于就在我家后面，听来特别清晰。我打开窗子去看，原来是有个陌生男子企图窥浴，由于形迹败露，当场被人逮获。正在洗澡的妇女们人人义愤填膺，坚持要把该男子拖进去修理。那男子站在门外，低垂着头，妇女们人手一桶，一桶一桶的冷水不断泼在他身上。他支撑不住，终于瘫在地上。由于人声鼎沸，路人愈聚愈多，最后有人建议将他押到派出所，大家才跟着慢慢散去。

这件意外虽因及早发现，未扩大事端，但已在人们心中投下一片阴影。尤其是妇女们，惊慌之色，久久不散，许多已不敢在夜间上澡堂，有些保守的甚至连澡堂都不肯去，宁可在家里简单地洗濯。直到半个月之后，才又恢复平静。当然大家也提高了警觉，澡堂伯仔职责所在，晚上常会出来巡逻，左右邻居也帮忙监视，连我这小孩也不忘探头出去瞧瞧，渴盼着再有黑影出现，好让我显露一下身手，不过以后这种事情就不曾发生了。这个倒霉的窥伺狂偷鸡不着，还弄了一身腥，已成了女澡堂里流传最广的一则笑话，一辈子翻不了身。

这件事情大概给父亲不少刺激，加上我们小孩不断长大，一家大小老是扶老携幼地到澡堂洗澡，确实不大方便，便在厨房边加盖了一间浴室。从那时起，我们就不必再到澡堂里跟人凑热闹了。每天放学回家，我便得蹲在火炉前烧热水，听到火炉内轰隆轰隆的燃烧声，心头也跟着雀跃不已。毕竟这是属于我们自己的浴室，左右邻居中能拥有澡堂的，真是少之又少，相形之下便显得幸福多了。

每年秋冬之交到翌年春分，是糖厂"廍动"的时节，所谓廍动，就是糖厂开工榨甘蔗了，糖厂附设的酒精工厂也要跟着动工。提炼酒精剩余的酒精水滚得烫人，在严冬时分正是最好的热水。澡堂每年到这时节，都不用烧水，而将这酒精水直接引到浴池里，供大家使用。由于没有限制，根本不用考虑节约用水，大家洗来格外痛快，因此每当酒精水一到，澡堂里总会欢声雷动，大家洗得格外有劲，这大概是一般澡堂里难得见到的景观了。

这酒精水的输送水管，刚好经过我家门口，粗大的水管隐约露在地面之上，就像人体的筋肉里跃跃欲现的动脉血管一样。当酒精水日夜不断地流过时，水管上的泥土都会被烫成白色的粉末，宛如土拨鼠翻过的痕迹一般。父亲灵机一动，接了一条小水管到家里的浴室，酒精水便滔滔不绝地流了进来。这时节，浴室里二十四小时都有热滚滚的水，盈盈注满了浴缸。我们每天早上起床第一件事，便是泡到浴缸里，起来后再冷的天气都不用怕了。晚上睡觉前也一样，谁要是感到寒冷，便到浴缸里泡一下，保证血脉偾张，躺进棉被里马上就能进入梦乡。

这酒精水的妙用，逐渐地便在邻居间传开了。有些不愿到澡堂里洗澡的人，央得母亲同意后，便改到我家来洗澡了。一传十，十传百，在邻人奔走相告之下，来我家洗澡的人愈来愈多。

母亲是个好说话的人，几乎有求必应，不久之后，我家已经成了名副其实的公共澡堂了。每天晚上吃过饭后，来洗澡的人便如过江之鲫，穿梭不停；有些人还没到，便先拿脸盆或水桶来排队，曲曲折折，有时还会排到大门外，真是伟矣壮哉，不知情的路人还会以为我家在开水桶店呢！

这些热情而善良的邻居，进得门来，少不了要找母亲聊聊，母亲也是天生的聊天高手，聊出兴致时，有些妇人连澡都舍不得洗了。吵吵闹闹的情景，完全是公共澡堂的翻版。等她们一一洗濯完毕，挽着脸盆挥手说再见时，夜也差不多深了。留在院子里的只有纵横四处的水渍，以及一屋子弥漫的水蒸气。母亲虽然乐此不疲，却把我们的生活秩序全弄乱了。早知如此，还不如到公共澡堂里洗澡，耳根子还比较清净一点呢！

读高中后，我因负笈他乡，离开了故居，家里也在二年之后迁离宿舍区，日式的澡堂和浴室从此远离了我的生活圈，代之的是莲蓬与塑胶帘子。虽然较干净、卫生且具有隐私，但我总无法习惯。尤其天寒时节，不泡到浴缸里，总觉若有所失。直到四年前我由美返回顺道到日本旅游，住在京都附近一家天理教的诣所里，才重温了正宗的日式澡堂的旧梦。

我在那诣所一共住了七天，白天忙着四处观光，晚上才回到诣所里。那时恰好不是参诣的季节，诣所里冷冷清清的，只有几个大学生住在里头。洗澡时人也不多，顶多一两个人共浴。我一个人浸在氤氲的池子里，时而凝神谛听寂静的水流声，时而观察日本年轻人沐浴的动作，但觉清宁和平，心如止水，与幼年时澡

280

堂里乱哄哄的情景，宛若两个世界。

　　当然年龄与心态都不一样了，时空的变迁也如过眼云烟，就像池面上氤氲的水汽，聚散飘逸、无从捉摸，只有身体内的一股暖流却恒常不变。即使在异国最寒冷的冬夜，在最陌生的土地上，它依然那么亲切地拥抱着我。其实那汩汩的声音，就是源自我的童年，从故乡的澡堂一直流到天涯的另一个澡堂。我在这段曲折的旅程里，听到了最真挚、最纯朴的乡音。